岩波現代文庫／文芸 260

ファンタジーと言葉

アーシュラ・K.ル＝グウィン
青木由紀子［訳］

岩波書店

THE WAVE IN THE MIND:
Talks and Essays on the Writer, the Reader, and the Imagination
by Ursula K. Le Guin

First published 2004
by Shambhala Publications, Inc., Boston.

First Japanese edition published 2006,
this paperback edition published 2015
by Iwanami Shoten, Publishers, Tokyo
by arrangement with
Ursula K. Le Guin
c/o Curtis Brown Ltd., New York
through Japan UNI Agency, Inc., Tokyo.

ヴァージニア・キッドのあたたかい思い出に——

適切な言葉《モ・ジュスト》についてだけど、あなたのおっしゃっているのはまちがい。文体なんてとても簡単なことよ。文体って全部リズムなの。いったんリズムをつかんだら、間違った言葉なんて使いようがないの。それはそうなんだけど、もう午前中も半ばを過ぎたというのに、わたしはここにこうしてすわり、アイディアもヴィジョンも頭にいっぱいつまっているのにそれを外に出すことができないわけ。正しいリズムがつかめないから。今言ったことはとても深いことなの、リズムが何かってこと、そしてリズムは言葉よりはるかに深いところにある。ある光景、ある感情が心のなかにこの波をつくりだすの。それにふさわしい文章を作るよりはるか以前に。そして書くことで(というのがわたしの目下のところの信念なんだけど)人はこれをもう一度つかまえて、動き出させて(この動きは一見したところ言葉とは何の関係もなく見えるの)、それからようやくこの波が心のなかで打ち寄せては砕け、逆巻くにつれて、それに合った文章を作っていくの。でも、たぶん、また来年は違うことを考えているんでしょうけど。

——ヴァージニア・ウルフ
「ヴィタ・サックヴィル＝ウェストへの手紙」
一九二六年三月一六日

目次

文中の（　）［　］は、ル＝グウィンによる補足、〔　〕は、
訳者による補足である。

なお、詳細な解説が必要な個所は巻末に訳注をつけた。

個人的なこと

自己紹介

一九九〇年代初めに、パフォーマンス用に書いたもので、何度か上演し、今回この本のために少し手を入れた。

わたしは男である。こう言うと、みなさん、わたしが性別ってものについて、わけのわからないばかな間違いをした、とお考えになるかもしれないし、わたしがみなさんをだまそうとしている、とお考えになるかもしれない。なぜって、わたしの名前は最後がaで終わる〔Ursula〕し、ブラジャーを三枚持っているし、五回ほど妊娠したことがあるし、その他にもこれに似たような細かいことにお気づきになられたかもしれませんからね。でも細かいことはどうでもいいんです。政治家を見てごらんなさいよ。ね、細かいことはどうでもいいんです。わたしは男です。そしてみなさんにもこれを事実として信じてほしい、受け入れてほしいと思います。長い間わたし自身がそうしていたように。

あのね、メディア人とペルシャ人が戦争していたわたしの子ども時代、そして百年戦争が終わってわたしが大学生になったころ、そして朝鮮戦争、冷戦、ベトナム戦争中にわたしが子育てをしていたころ、女なんていませんでした。女っていうのは、ほんとにごく最近発明されたんです。女の発明って、たかだか数十年前ですよ。まあ、学問的な正確さにこだわるなら、あっちでぽつん、こっちでぽつんと、何度か女が発明されたことはありました。でも発明者にも製品の売り込み方がわからなかったんです。販売戦略は初歩的だったし、市場調査もなかったし、というわけで、当然のことながら、女って概念がうまく軌道に乗らなかったんですね。いくら天才的な発明でも、市場がなけりゃどうにもならない。それで、どうやら、長いあいだ女っていうアイディアはブレイクするところまでいかなかったようです。ジェーン・オースティンやブロンテ姉妹みたいなモデルは複雑すぎたし、女性参政権運動家はみんなの笑い者にされただけだし、ヴァージニア・ウルフは時代の先を行き過ぎてましたからね。

だから、わたしが生まれたとき、実際、世の中には男しかいなかったんです。人間っていえば、男のことでした。代名詞だって一つしかなくて、みんな「彼」だったんですよ。だから、わたしも男。総称的に「彼」なんです。「妊娠中絶が必要な者がいる場合、彼は他州に行かなければならない」とか「作家というものは、何が自分の得になるか心得ている」といった具合に。これがわたしです。わたしは作家ですから、彼なんです。だから、男。

まあ、第一級の男ではないかもしれません。実のところ、自分が二級の男、あるいは男もどき、うそっこの男かもしれないってことは認めるにまったくやぶさかではありません。本物の、純粋なオスである男が、グリルで丸ごと焼いたキング・サーモンだとすれば、男としてのわたしは、電子レンジでチンした冷凍のフィッシュ・フライみたいなものですよ。つまりね、突きつめて言えば、わたしは女性を妊娠させることができますか? ボヘミアン・クラブ〔男性のみが加入を許される、政財界のトップを中心にした特権的なクラブ〕に入ることができる? ゼネラルモーターズの社長になれる? 理屈じゃあできるけど、理屈なんて何の役に立つか、ご存じでしょう。理屈だけじゃゼネラルモーターズのトップにはなれないし。ラドクリフ・カレッジ出身の女がハーヴァード大学の学長になる日が来たら、わたしを起こしてそう言ってくださいね。(1)でも、そんなのむり。だってラドクリフ・カレッジ出身の女なんて、もういないんだもの。そんなものは不必要だってことになって、廃止されました。もっと言えば、わたしは雪の上におしっこで自分の名前を書くことができません。いや、できるかもしれないけど、すごく大変ですよ。奥さんと子どもと近所の人を撃ち殺した挙げ句に自殺するなんてまねもできないし。ほんとうのことを言うと、車の運転だってできないんです。免許とらなかったから。おじけづいちゃって。だからバスを使ってます。そう、ひどいもんでしょ。わたしは、男もどきとしても男の代用品としても、本当に情けないもんです。これがよくわかるのは、むかし流行《はや》った、弾薬入れのついた軍隊放出品の服を着てみた時。まるで枕カバーを着たメンドリみたいでした。体の格好がだめなんですね。まず、引き締まってなくちゃ。どんなにやせてもやせ過ぎってことはないってみんな言いますよね。特に拒食症の人たちなんか。人間は、ぜい肉がなくて、引き締まった体をしていなければいけないってことになってます。一般的に言って男がそうだからね。ぜい肉がなくて、引き締まった体。というか、少なくともたいていの男性は初めはこういう体をしていて、中にはずっとこのまんまっていう男だっている。そして男は人間で、人間は男だってことはもう確固たる事実だから、人間、つまり本当の人間、ちゃんとした人間は引き締まっているものだと、こういうわけ。でもわたしは満足に人間になることもできないんです。ぜんぜん引き締まっていなくて、何というかぽちゃぽちゃしていて、あちこちにいっぱい脂肪がついてますものね。ぜい肉ばっかり。それに、タフじゃなきゃいけないでしょ？　歯が立たないほどタフなのがよろしい、と。でもわたしは、これまでタフだったことなんて一度もないんです。ソフトなほうで、ほんとうのことを言えば、柔らかいんです。上等のステーキみたいに。キング・サーモンみたいって言ってもいいかもしれません。キング・サーモンはぜい肉がないどころか、たっぷり肉がついていて、とろけるように柔らかいですからね。でも、サケは人間じゃないし、というか、最近はそうじゃないってことになってますよね。[2] 人間には一種類しかなくて、それは男であるってことになっています。わたしたちが全員このことを信じることが大事だと思います。ともかく、男性にとってはほんとに大事です。

要するに、わたしは男らしくないっていうことなんです。アーネスト・ヘミングウェイと違って男らしくない。あご髭、銃、奥さんたち、ごく短いセンテンス。わたしだって努力してますよ。わたしのあごにはあご髭みたいなものがいつも九本か一〇本、時にはもっとたくさん生えてこようとしてますもの。でも、この毛をわたしがどうするか？ 抜いちゃうんです。白人の男は剃ります。男がそんなことをしますか？ 男は抜いたりしません。少なくとも、白人の男は剃ります。毛深いですからね。白人かそうじゃないかの話になれば、男かそうじゃないかよりもっとわたしの選択肢はせばまります。好むと好まざるとにかかわらず、わたしは白人なんです。お医者さんだって、それを変えることはできません。でも、この状況で、わたしはできるだけ白人らしくなくしようとしてるとは言えるんじゃないでしょうか。髭を剃らないんですから。抜いちゃうんですからね。でも、様になる立派なあご髭を持ってるわけじゃないんだから、意味ありませんよね。それに銃も持ってないし、一人も奥さんを持ってないし、わたしの書くセンテンスときたら延々と続いてどんどん長くなっちゃって、しかもいろんな構文が詰まってます。アーネスト・ヘミングウェイは、構文なんて考えるぐらいなら死んだほうがましだと思ったんじゃないかしら。セミコロンだってそうです。わたしはものすごくたくさん、いい加減なセミコロンを使うんですよ。今も使ったところ。「ですよ」の後はセミコロンだし、

「ところ」の後もセミコロンでした。

それともう一つ。アーネスト・ヘミングウェイは老人になるぐらいなら死んだほうがましだと思ったでしょうね。だから死んだんです。銃で自殺しました。短いセンテンスですよね。長《ロング》いセンテンス〔実刑判決〕、一生続《ライフ》くセンテンス〔終身刑〕だけはがまんできないってわけ。死で終わる《デス》センテンス〔死刑〕は短くて、大変男らしい。一生続くセンテンスは違います。延々と続いて、いろんな構文、修飾節、紛らわしい先行詞が山のようにあるし、おまけに年をとる。というところで、わたしがぜんぜん人間になれてないことのほんとうの証拠が出てくるわけです。わたしは若くさえないんですから。ついに女が発明されはじめたころ、わたしは年をとりはじめました。そしてこれを続けています。恥ずかしげもなく。自分が老人になっていくのをそのまま放置して、銃を持ち出したりを含め、何一つしませんでした。

つまりね、本当の自尊心があれば、少なくともフェイス・リフトをするか皮下脂肪をとる〔liposuction〕かしたんじゃないかってこと。このliposuctionっていう言葉ですけど、これを聞くとわたしは、テレビに出てくる若い人たちか、若めの人たちがよくやってることを連想するんです〔lip唇、suction吸うこと、からの連想〕。年とった人はしませんし、一人が男で、もう一人が女の場合だけで、それ以外の組み合わせは絶対ない、例のあれ。なにをするかというと、この若いか若めの男女がお互いに相手をつかまえて、相手の体に手をすべらせながら、この liposuction をするんです。この人たちがこれをしている間は、見てあげることになっています。この人たちは頭をあちこち動かし、相手の口と鼻に自分の口と鼻を押しつけて平べったくして、いろんなふうに口を開けるんですが、見るほうはこれを見て何か熱くなったり、湿り気を感じたりすることになっているんです。わたしが感じるのは、二人の人間が liposuction をしてるのを見ているなあ、というだけなんですが、ついに女が発明されたのはこれをするためなんでしょうか？　そんなはずありませんよね。

実を言うと、他人のセックスを見ることは、あらゆるスポーツ観戦の中で、一番退屈なものだと思っています。野球よりもっと退屈。もし、自分でスポーツをする代わりに、観なさいと言われたら、わたしは馬術の障害競技を選びます。馬ってほんとうにかっこいいですからね。馬に乗ってる人間のほうは、たいていナチ党員みたいな人たちですけれど。で、ナチ党員はみんなそうなんですが、乗っている馬が強ければ強い、馬がうまければうまいというだけだし、あの障害用横木を跳び越すか、それとも直前で止まって乗っているナチ党員を前に振り落とすかを決めるのは結局、馬なんですからね。ただ、馬はいつも乗り手を振り落とすっていう選択肢を自分が持ってることを忘れてるんです。馬ってそんなに頭がいいほうじゃないから。それはともかく、障害競技とセックスにはいろいろ共通点があります。まあ、アメリカのテレビでは障害競技のほうしか見られませんけどね。それもカナダの電波が入れば、の話で、セックスのほうはテレビではだめ。選択肢があれば(馬ならぬわたしも選択肢があるってことをよく忘れてしまうんですが)まちがいなくわたしは障害競技を観て、セックスはします。逆ってことはあり得ません。障害競技をするにはちょっと年をとり過ぎましたし、それを言えばセックスをするにも年をとり過ぎている……?　どうでしょう?　知っているのは本人だけ。

もちろん、最近では元気な熟年がベッドからベッドへと、障害用横木をジャンプする馬よろしく飛び回るということになっていますが、この七〇代でのスーパーセックスという話の大半は理論上のもののようです。ゼネラルモーターズの女性CEOやハーヴァード大学の女性学長みたいにね。理論というのはだいたいにおいて、不安を抱いている四〇代の人間、つまり男性を安心させるためにでっちあげられるもの。だからカール・マルクスの存在意義もそこにあったわけだし、いまだにエコノミストってものが存在する意義もそこにあるわけで。ただ、マルクスのほうは行方不明になってしまいましたけどね。理論というのは、それ自体はすばらしいものです。でも、実践ということになると——ところで、マルクス主義者たちは実践のことをプラクシスと言っておりました。クとかスとかいう字のついた言葉が好きなんでしょうね——まあ、六〇歳、七〇歳になるまで待ってごらんなさい。そしたらあなたご自身の性的実践、そのほうがお好みでしたら性的プラクシスについて、おっしゃりたければ何かおっしゃってもいいですが、そんなものをわたしが聞くかどうかはお約束できません。まあ、かりに聞いたとしても、たぶんものすごく退屈してしまって、どこかで馬術の障害をやってないかどうか、テレビのチャンネルを回しはじめるんじゃないかしら。いずれにしても、みなさんはわたしの性的実践あるいはプラクシスについて、わたしの口からは何も聞くことはありません。過去についても現在についても、まったく一切。

　まあ、そんなことは全部置いておくとして、今、わたしはここに立っています。老人です。この原稿を書いた時、わたしは六〇歳でした。イェイツ言うところの「笑顔を浮かべた六〇歳の、人に知られたる男」[3]というわけ。でも、イェイツは実際に男でしたしね。さて、今わたしは七〇歳を超えています。みんなわたしが悪いんです。女が発明される前に生まれてしまい、何十年もの間、立派な男になろうと一生懸命がんばっているため、老けずにいるってことをすっかり忘れてしまって、年とっちゃったのです。それから、時制もめちゃくちゃです。何がどうであろうとわたしは若いんですが、突然わたしは六〇歳だったし、ひょっとしたら八〇歳だったし、次はどうなるかわかったもんじゃありません。

　それほどいろいろはないでしょうけれど。

　本物の男だったらなんとかできたんじゃないかって、何かあったはずだって、つい考えてしまうんです。銃ほど過激じゃなくて、でもオーレイ・オイル〔化粧品〕よりは効果的な何かが。でも、わたしはだめでした。何もしませんでした。老けずにいることに完璧に失敗したんです。一方で、わたしは自分が必死になってした努力を思い返します。だって、ほんとうに一生懸命やったんです。一生懸命男になろうと、立派な男になろうとしました。でも、うまくいかなかった。せいぜいだめな男程度。二級品の偽物の、似て非なる男で、あご髭が一〇本しかないし、文章はセミコロンだらけだし。こんなこと、何の役に立ったんだろうって思います。時々、もう全部あきらめてしまおうかと思います。選択肢を実行して、障害用横木の前でぱっと立ち止まって、乗り手のナチ党員をまっさかさまに墜落させてしまおうか、と時々思うのです。男のふりをするのもだめ、若いふりをするのもだめなら、年とった女のふりを始めてもいいかもしれません。年とった女ってものがもう発明されたかどうかわかりませんが、やってみる価値があるかもしれないじゃないですか。

インディアンのおじさん

カリフォルニア大学バークリー校の人類学科で一九九一年一一月四日に行なった名誉教授講演会でのスピーチを、二〇〇一年一一月一六日に発足一〇〇周年を祝う同学科のために書き直したもの。

元のスピーチが、わたしの家族と話に出てくる人たちのことをよく知っている(中にはわたし自身よりもっとよく知っている人もいただろう)聴衆に向けてのものだったため当時は省いた説明を以下に記したい。

わたしの父アルフレッド・L・クローバーは一九〇一年にこの人類学科を作り、一九四七年に引退するまでずっとこの学科で教えていた。父は一九二五年に、わたしの母となるシオドーラ・クラコー・ブラウンと結婚した。わたしたち家族はバークリー市の大学のキャンパス近くに住んでいた。

一九一一年に一人の「野生の」インディアンが北カリフォルニアの小さな町に現れた。彼はその地域で絶滅をまぬがれた他の部族のインディアンの知らない言葉を話し、明らかに、それまでずっと、一族の残りの者たちとともに白人から隠れて生きてきたのである。カリフォルニア大学の言語学者T・T・ウォーターマンはこのインディアンと少し話をすることができて、彼を当時サンフランシスコにあった人類学博物館に連れてきた。以後彼は人類学博物館に住まい、新しい世界の生活を学ぶと同時に、今はなき彼自身の世界の生活について、学者や見学者たちに教えることになった。彼の部族は自分たちの名前を他人に明かさないため、彼は「イシ」と呼ばれることになった。これは彼の言語であるヤヒ語で「人間」を意味する。わたしはこのエッセイで、どのようないきさつでわたしの母がイシの伝記を書くことになったかを語っている。母がイシについて書いた本は『イシ――北米最後の野生インディアン』と『イシ――二つの世界に生きたインディアンの物語』の二冊である。イシの物語は、西部がどうやってアメリカのものになったか、アメリカ人とは何かの二つを知っていると思っている人たち、この二つを学びたいと思う人たちすべてが読まなければならないものだとわたしは考えている。

わたしはこれまで実に数多くの人から、期待と熱意を込めて「イシをご存知だったなんて、すばらしいじゃありませんか」と言われてきました。

そしてそのたびごとにわたしはほんとうに困りきってしまうのです。イシはわたしの生まれる十三年前に亡くなったんです、と説明して相手をがっかりさせることしかできないのですから。わたしの記憶では、イシの名前を聞いたのさえ、一九五〇年代後半になってからで、それはまずイシの伝記のことが家族の会話にのぼるようになり、次いで数年間にわたって母がこの伝記に専念し、それが母の頭を占領しつづけるようになったころのことでした。

でも、わたしの記憶では、父はイシの話をしませんでした。父はほとんど昔の話をしない人でした。思い出にふけるということのない人だったのです。父は母より二〇歳年上で、子どもたちにとっては祖父と言ってもいい年齢でしたから、昔はよかった式の繰り言で聞き手を退屈させるおしゃべりじいさんには絶対になるまいと決心していたのかもしれません。でも、気質から言っても、父は過去に生きる人間ではありませんでした。父はいつも現在に、その瞬間瞬間に生きる人で、それは八四歳で亡くなるときまで変わらなかったのです。父がもっと昔話をしてくれたらよかったのに、と思います。いろいろな興味深い場所で、ほんとうにたくさんの興味深いことをした人でしたし、話も上手でしたから。でも、父に自分の昔のことを話させようとするのは、メンドリの歯を抜くようなもので、まったく無理というものでした。一度だけ、一九〇六年のサンフランシスコ大火の時の体験を話してくれたことがあったのですが(これは母の書いた父の伝記に載っています)、父が回顧的な気分になっている間に、地震とその直後、どんなことを感じたか聞いてみました。父は何本もマッチを使い、じっくりとパイプに火をつけ、マッチの燃えさしをきれいに積み上げると、おもむろに言ったものです。「昂揚《こうよう》だね」。父が最小限のことしか口にしないタイプの男だったと言いたいのではありません。父はとても話し好きでしたが、今起こっていることに対する興味が強すぎて、過去を振り返る余裕がなかったのです。父の最初の妻だった、サンフランシスコ出身のヘンリエッタ・ロスチャイルドのことについて知りたいという気持ちをわたしは強く持っていましたが、何と言って聞いていいかわからなかったし、父のほうもわたしにどう話していいかわからなかったのです。あるいは、秘められた昔の悲しみが大きすぎて、掘り返してそれに光を当てる気にならなかったのでしょう。悲しみのもたらす慎みというものがあります。父は慎み深い人間でした。

父がイシについて語らなかったのは、この慎みによるものなのかもしれません。父は当時もまだ昔の悲しみと痛みを抱え込んでいたのかもしれないのです。これは心理ドラマ好きの人たちがマジシャンみたいに、うすっぺらいシルクハットから取り出してみせる、安っぽい罪悪感とは違います。この人たちが描きたがる図は、感情面で未成熟な科学者が高貴な野蛮人を食い物にする——トリーヴィス博士とエレファント・マン、クローバー博士とイシのように——といったものですが、これは事実ではありません。もちろん、学者によるこうした搾取はこれまでに多々ありました。それはわたしたちみなが知っていること、わたしの父が知っていたことでした。でも父とイシの場合は違うのです。おそらくその正反対だったと言っていいかもしれません。

客観的な観察は、主観性を完全に排除した観察者によってのみ可能だという考え方は、非人間的な純粋性という理念を前提としますが、こうした純粋性は、幸いなことに、実現不可能だということがわかってきています。しかし、客観性を実践しなければならない主観的な人間のジレンマには変わりはないし、このジレンマは人類学者に対して、もっとも鋭く、つらい形で現れてきます。つまり、観察する者とされる者がともに人間である場合に。わたしたち小説家は、人間について書く人間ですから、同じような倫理的な問題、搾取の問題を抱えていますが、人類学者ほど極端な形でこれに直面することはありません。この解決困難な問題に解決困難なまま向き合っていこうとする科学者の勇気に、わたしは身が引き締まる思いがします。

素朴な部外者であるわたしの立場から見ると、フランツ・ボアズの流れを汲む人類学者の大半は、この問題に関してかなり厳格なスタンスで臨んでいたように思われます。わたしの父は、アマチュアであれ、プロの学者であれ、自分がインディアンと感情的あるいは精神的に同一化していると称する白人を信用しませんでした。そんな主張はセンチメンタルで、白人の側の勝手な思い込みだと父は考えていました。父にとって「現地人的な生活をする」という言い方は非難を含んだものだったのです。父とインディアンの人たちとの友情は、友情以外のなにものでもありませんでした。一緒に仕事をすることによって生まれ、個人的に相手が気に入り、尊敬するようになって成立したこの友情は、保護者的な態度とも、勝手な思い込みとも無縁だったのです。

イシ――その悲劇的な孤独によって、ほとんど想像を絶するほど傷つきやすい立場に置かれ、どうしても他人に依存せざるを得なかったにもかかわらず、強く、寛大で、明晰な頭脳を持ち、愛情深い人、あらゆる意味で並はずれた人だったイシとの友情関係は、著しく複雑で密度の濃いものだったに違いありません。

父は、客観的科学という理想に対して、意識的に、一貫して、忠実でした。しかし、イシの遺体解剖を止めようと、ニューヨークから父が送った激しい調子の電信文は、一人の人間としての悲しみと故人に対する誠実さが書かせたものでした。「わたし個人としては、科学なんぞくそくらえだと伝えてくれ。わたしたちは友人たちの味方をしたいと思う」。

父の打った電報は間に合いませんでした。今の人類学者がこう言ったことがあります。もし、クローバーがそんなにこのことに思い入れがあったのなら、どうして飛行機で西海岸に行って、自分でことに当たらなかったのか、と。人類学者なら、一九一六年には飛びのるべき飛行機などなかったことぐらい知っていてよさそうなものだと思いますが。父にとって、死者の冒瀆《ぼうとく》を防ぐ唯一の手段が電報だったのです。

解剖に引き続いて起こった、グロテスクな遺体の分配が、どのような状況でなされたのか、わたしはほとんど知りませんが、連想されるのは、王や皇帝の遺体がばらばらにされて各地に埋葬されることです。頭はウィーンに、心臓はハプスブルグに、他の部分は帝国のその他の場所に、というように。聖人も同じですね——腕が一本ここに、手の指が一本あそこに、足の指が一本聖骨箱に、などなど。ヨーロッパ人にとって、遺体を分割して、いろいろな所に保存するというのは、尊敬の印だというように見えますが。文化相対主義を標榜《ひょうぼう》するわたしたちアメリカ人にとって、これは明らかにつらい状況ですね。この問題は、ここにいらっしゃる人類学者のみなさんに解いていただくことにしたいと思います。

クローバーは敗北を認めて、するべき仕事を続けました。父が沈黙を守ったのは無関心の故ではなく、不本意にも共犯になってしまったための黙秘であり、残された者の無言だったのだと思います。父は友人を亡くしたのです。大切な友人、責任を持って世話をしてきた友人を失ったのであり、それも数年前に妻を亡くしたのと同じ病気、結核——「白い病気」——で失ったのです。父は何度も、部族の最後の生き残りである人たちと仕事をしてきました。でも、経緯はいろいろだったにせよ、彼らの部族を滅ぼしたのは、父の「部族」である白人たちとその白い病気でした。自分自身にも、自分が携わっている科学にも、父が知っていることを言い表わす言葉がなかったから、父は何も言わなかったのです。父は、適切な言葉を見つけられなければ、不適切な言葉を使おうとはしませんでした。

イシが死んでからまもなく、父は人類学からいったん手を引いて、精神分析家になるために教育分析を受け、何年か分析家をしていました。でも、フロイトも父の必要としていた言葉を持っていたとは思いません。クローバーの業績と著書があつかう分野は年とともに広くなりましたが、最晩年に父はカリフォルニアの民族学に戻り、長年かけて蓄積した専門的な知識を駆使して、カリフォルニアの諸部族がアメリカ政府に対して起こした訴訟を支援しました。部族の人たちは彼らの持っていた土地を取り戻し、元通りにすることを求めてこの訴訟をしており、父は何か月にもわたって連邦裁判所で証言し、反対尋問を受けたのです。兄のテッドが裁判所に通う父を車で送り迎えしたのですが、裁判官が老人である父をいたわって時々休憩を入れようとしたこと、しかし父アルフレッドのほうはこの仕事をやり通そうと、忍耐強く、かつ一刻の猶予も許されないという意気込みで臨んでいたことを兄は記憶しています。

父はできるかぎりイシについては書かないようにしていました。イシについて質問されれば、答えました。イシの伝記を書いてはどうか、との提案は断りました。ロバート・ハイザー〔人類学者・考古学者。クローバーの弟子〕はこの仕事をわたしの母に頼むという、すばらしい代案を思いついたのです。母はイシに会ったこともなければ、友人でもなく、人類学者でも、男でもありませんでした。母ならばこの仕事にふさわしい文章を書いてくれるにちがいないと思われたのです。

わたしは今いるこのロウイー博物館に、一〇年ほど前、アルフレッド・クローバーの曽孫にあたる幼い女の子と一緒に来たことがありますが、この子はイシに関する展示のところにあったヘッドホンを指差しました。これを装着するとイシが物語を語っているのが聞こえるのです。わたしはヘッドホンをつけ、初めてイシの声を聞きました。そして泣きだしてしまったのです。わたしはすぐに泣きやみましたけれど、聞こえてくる声に対して、これが唯一のふさわしい反応だったように思います。

みなさんの中には、わたしたち家族のことや、父の同僚や教え子のことをもっと聞けると思ってここにいらした方がいらっしゃるかもしれません。たしかにこうした人たちは、わたしたち家族の生活の中で大きな部分を占めていたのですから。でも、わたしは父アルフレッドに似て、思い出を語るということが苦手なのではないかと思います。わたしは何かを思い出すより、何かをでっちあげるほうがずっと得意なのです。わたしがお話しできる父のインディアンの友人は二人いますが、それは、わたしが子どもだったとき、ほんとうの意味で親しかった人たちです。パパゴ族のファン・ドローレスとユロック族のロバート・スポットです。でも、ここでわたしは、わたしたち物語作家がみなさんのような人類学者と共有する倫理的な問題にぶつかってしまいます。つまり、実在の人間たちを利用することについての問題です。人間は他の人間を利用すべきではありません。この二人のネイティブ・アメリカンの友人に関するわたしの思い出は、警戒と恐怖という鉄条網で囲まれています。結局のところ、わたしはこの友人たちについて何を理解していた、あるいはしているのでしょうか。わたしがこの人たちと親しくしていたあの頃、わたしは彼らの政治的あるいは個人的状況について、何を知っていたでしょうか。なんにも、です。彼らの部族の歴史も知らなければ、彼ら自身の生い立ちも、人類学に対する貢献も、何一つ知りませんでした。

　わたしは一家の末っ子で、ほんの子どもでした。六月に学期が終わるやいなや、わたしたちはいつもナパ・バレーに行きました。両親は二〇〇〇ドル出してここに四〇エーカーの農場を買ったのです。荷物が片づくと、わたしたちはクローケー〔ゲートボールの元になったゲーム〕をするためにクレーコートを整備し、ファンは――クローケーの名手でした――いつも自分の誕生日までにはわたしたちの農場にやってきたものでした。

　大人であるファン・ドローレスがなんと自分の誕生日を知らないことを知って、わたしは大変驚きました。その頃誕生日は重要なものでした。わたしと兄たちと両親の誕生日祝いには、ケーキとアイスクリーム、ロウソクとリボンとプレゼントがつきもので、七歳になるというのはとても大きな出来事でした。自分がいつ生まれたかが大したことではないなんて、どうしたらそんなことがありうるでしょう。西欧的な時間とインディアンの時間の違いを初めて発見し、つくづくとこの違いについて考えていたその頃のわたしは、後に書くことになる物語のなかで文化相対主義が芽生え、繁茂《はんも》していくもとになる土壌作りをしていたのかもしれません。ところでフアン（わたしたち子どもは、スペイン語のフアンという発音ができなかったのでワアンと呼んでいたのですが）は、社会保障や大学から出る年金や何かの書類を作るために、生まれた日の日付けが必要になりました。お役人は、わたしがそうだったように、誕生日信仰の強い人たちですからね。そこで、フアンとわたしの父は、フアンの誕生日を決めることにしたのです。何もせずにのんびりと、自分が生まれた日をいつにしたいか考えるというのはかっこいいことでした。二人は「真夏の夜」、聖ヨハネ祭の前日を選びました。以来、フアンの誕生日も、ケーキやロウソクその他もろもろで祝われることになったのです。これはわたしたちの小さな部族のお祭りになりました。例年行われる六〇マイルほど北への移動の直後のこの日、わたしたちはパパゴ族の儀礼的訪問と夏至の両方を祝ったのです。

　パパゴ族は一月かそれ以上滞在しました。ナパ・バレーの古い家の最上階表側の部屋は、わたしたち部族の長老にはまだ「フアンの部屋」と呼ばれています。こうした訪問の間にフアンと父は一緒に仕事をしたのかもしれません。わたしはまったく注意を払いませんでした。フアンの訪問についてわたしが覚えていることはただ一つ、わたしがフアンを利用したということです。子どもは大人を利用してかまいません。人間は他の人間を利用すべからずというのは、わたしの絶対的な規則ですが、数多い例外の一つがこれです。弱者は当然強者を利用するようになります。そうせざるを得ないのです。でも、利用の限度をどちらにとってもいいように決められるのは、弱者ではなく、強者のほうなのです。ファンは限度を決めるのがあまり上手ではありませんでした。少なくとも、子どもたちが相手の場合は。ファンはわたしたちが好き放題するのを許していました。わたしたちはファンに太鼓を作ってもらいましたが、わたしの記憶では、プレーンズ・インディアン〔北米大平原で遊牧をしていたインディアン〕の太鼓じゃなくちゃだめだと言い張ったのです。なぜなら、それが本物のインディアンの太鼓だったからで、いかにファンが本物の「プレーンズでない」インディアンだったとしても、ともかく。いずれにせよ、ファンはすばらしい太鼓を作ってくれ、わたしたちは何年もそれを叩いていました。

　わたしたちは「見よ！　あわれなインディアンを！」というような言い回しを覚え、何かの雑誌記事のタイトルから「消えゆく赤い人」という表現を見つけました。よく言われる子どもの残酷さで、わたしたちはこうした言葉を使ったのです。わたしたちはファンのことを「消えゆくパパゴ族ミヨ」と呼びました。やあ、ミヨ！　まだ消えゆかないねえ！　などと。ファンもこれをおもしろがっていたのだと思います。そうでなければ、わたしたちにそのことがわかったでしょうし、そうしたらそんなことを言うのはやめたでしょう。そうであってほしいと思います。わたしたちは残酷ではありませんでした。無知で、愚かだっただけです。子どもというのは無知で愚かなものです。でも子どもたちは学びます。学ぶ機会が与えられれば。

ナパ・バレーの丘にはたくさんウルシが生えていて、わたしたち子どもはみな始終カーマイン・ローションを塗りたくっていました。インディアンは絶対ウルシにかぶれないんだ、とファンは自慢しました。兄たちはファンを追及しました——インディアンは絶対に絶対にウルシにかぶれないの？ 何があっても？ 証明してみせてよ！ やってみてよ！ ファンは気温が四〇度近くまで上がったある日、小川のそばの三、四メートルもあるウルシの茂みに入っていって、マチェーテというなたでそれを全部刈り取りました。コダック社のカメラでとった小さな写真があります。一面に広がるウルシの茂みのなかで、小さな、はげた、色の黒い頭が汗で光っているのがかろうじて写っています。ファンは疲労困憊《こんぱい》しましたが、かぶれはしませんでした。何十年も後で、サラ・ウィネムッカ〔北パイユート族出身の活動家、教育家〕の自伝を読んでいた時に、子どもの頃のサラが初めてウルシに触ってほとんど死にかけた、という話を読んで、わたしはファンの説を修正しました。一部のインディアンは絶対ウルシにかぶれない、と。もしかしたらファンは、絶対かぶれまい、と決心していたのかもしれません。

ファンは、意志の強い人間だったとわたしは思います。ファンの残した知的な業績がその証拠です。ファンがわたしたち子どもに示した、とどまるところを知らない忍耐強さは、このためにいっそうすばらしいものに思われます。次の思い出はわたし自身のものではなく、母が語ってくれたものですが、ファンが最初にナパ・バレーの家を訪れた夏は(ファンにまだ誕生日がなかった頃のことです)わたしが歩きはじめた夏、おそらく一九三一年の夏でした。この子はよちよちとファンのところへ行くと、「おんも?」と言うのでした。すると、ファンは何をしていても――物を書いていても、読んでいても、しゃべっていても、仕事をしていても――その場から立ち上がって、重々しくわたしにつきそって、庭を横切り、表の公道までの一〇〇メートルばかりの大旅行につきあってくれました。わたしはファンの指を一本ぎっちり握りしめていたそうです。そこのところは覚えているようにも思うのですが、母が目に見えるように話をしてくれたおかげで、そんな気がするのかもしれません。でも、それがどの指だったか、わかるのです。ファンの左手の人さし指、太く、褐色の力強い指は、わたしの手がやっと握れる暖かい指でした。

一九四〇年代にファンはオークランドに住んでいましたが、一度強盗に襲われ、ひどく殴られました。退院後にファンがバークリーのわたしたちの家を訪ねてくれた時、わたしは怖くて居間に降りていけませんでした。「ファンは頭を割られた」と聞いて、恐ろしい姿を想像したのです。でも、とうとう両親の命令で降りていかなければならなかったわたしは、挨拶をすると、ファンのことをちらりと眺めました。その姿は恐ろしくなどありませんでした。ただ疲れて、年をとって、悲しそうでした。わたしは恥ずかしさときまり悪さのあまり、ファンに愛情を示すことができませんでした。自分がファンを愛していると知らなかったのです。部族の中にせよ、家族の中にせよ、非常に安定した環境で育った子どもたちは、愛情をあまり意識しないものです。たぶん、魚が水をあまり意識しないのと同じようなものなのでしょう。そうであるべきだと思います。空気のような愛情、人間の要素として当然含まれている愛情がなくてはなりません。でも、今のわたしの目には、こんなファンが見えるのです――穏やかで知的な人間が、故郷を離れ、貧困のうちに生きて、偏見のもたらすいじめの犠牲者となった、と。一九四〇年代、世間には弱い者いじめをする人がたくさんいました。そういう人たちは今でもたくさんいます。あの時のわたしに、ファンの手を握る分別があればよかったのに、と思います。

ロバート・スポットが初めてナパ・バレーの家に滞在した時、一番大変だったのは食べ物を確保することだったに違いありません。わたしが記憶しているユロック族のテーブルマナーは、食事中にだれかが話を始めたら、みんながフォークやスプーンを置いて、口の中のものを飲み込み、話が終わるまで食べずにいる、というものです。話が終わって初めて、食事は再開されます。このような習慣は、食べ物がたくさんあって、それを食べる時間もたくさんあった、どちらかと言えば堅苦しい人たちのなかで生まれたと考えてもいいかもしれません。（このことを念頭に、わたしは小説家として、氷河期の惑星に住む民族を創り出したことがあります。その惑星では、食物と暖かさと余暇時間がめったに手に入りません。この民族にとって、食事中に話をするのは極度に行儀の悪いことでした。食事が先、会話は後――まずは最優先のことから、というわけです。これは現実にありうる習慣としては、あまりにも合理的すぎるでしょうね。）それに、わたしの解釈あるいは記憶そのものが間違っていたということもありえます。兄のカールが覚えているユロック族の正しいテーブルマナーは、食べ物を口に入れたら、嚙み終わるまでスプーンや手をテーブルに置く、そして、もてなす主人が食べるのを中断したら、お客も中断する、というものです。いずれにせよ、ロバートのついた夕食のテーブルには、わたしを含む四人の子どもたち、ベッツィーおばさん、両親、そして他の親戚とか民族学者とか難民がいて、みんなおしゃべりの議論好きであちこち話題も飛び、子どもたちも会話に加わることを奨励されていました。というわけで、食卓ではひっきりなしにだれかが何かしゃべり出していたのですが、その度に気の毒なロバートはフォークを置き、口のなかのものを飲み込んで、礼儀正しく、一心に話し手を見つめ、一方わたしたちはと言えば、むしゃむしゃ食べながら、ぺちゃくちゃしゃべり続けていたのでした。さらに、父は行儀はいいのですが、非常に食べるのが早かったものですから、ロバートはあまりおなかにものを入れないうちに食べ終わらなければならなかったに違いありません。ロバートも、ついにはわたしたちの不作法を真似することを学んだと思います。

ロバート・スポットのそばにいると、よく自分がとても不作法だと感じました。ロバートの風采にはものすごく威厳と権威がそなわっていたのです。わたしは長い間ロバートがシャーマン(言語学をやっているわたしの甥は、この言葉は今ではシャーマンと発音するのだ、と教えてくれたのですが、わたしは父が発音していたようにシェイマンと発音しつづけています。そのほうがニュー・エージっぽくないこともありますし)だと信じていました。兄のテッドの記憶は、六歳年上である分もっと正確な知識に基づいているのですが、ロバートのお母さんがシャーマンで、このお母さんと、たぶん一族の他の女の人たちが、ロバートにいろいろなことを教えたというものでした。専門のシャーマンとか治療者になるための訓練ではなく、ただ部族の宗教的な習慣のあれこれを教わったというのです。女たちはロバートにこれを学ぶことを要求しました。死ぬまで部族の知識を守るという重い責任を課したのです。なぜなら、他に適当な候補者がなく、もしロバートがこれを引き受けなければ、知識は女たちの死とともに失われてしまうからです。わたしはロバートがしぶしぶこの重荷を引き受けたと想像します。テッドはロバートが、サクラメントにいた彼の部族のスポークスマンの役割を果たしていた、と言います。彼は、ユロック族の文化と価値観を白人の軽蔑と搾取から守るという、当時は絶望的に思われた戦いを自分の身に引き受けたのでした。だれだってたじろぐような大変な仕事です。当時のわたしは、こうした厳しい政治的な仕事のことなど何一つわかっていなかったから、ロバートのことを、なりたくなかったのにシャーマンにならざるを得なかった人として神話化し、ロマンチックな空想をたくましくしたのかもしれません。女の子は、ハンサムで、堂々としていて、いかめしく、肌の浅黒い無口な男について、ロマンチックな物語を紡ぎがちですから。

ロバートは重々しい、まじめな人でした。わたしたちがロバートを相手に好き勝手なことをすることはありませんでした。文化的な違いなのでしょうか、それとも気質の違いでしょうか。もしかしたら、その両方かもしれません。フアン・ドローレスはわたしたち悪ガキにしんぼう強くつきあってくれ、一方ロバート・スポットは超然としていましたが、いろんなことを教えてくれました。思い出すと今でも顔が赤くなるのですが、いつもはそんなことをしないのに、わたしが食事の席で、その日あったことをぺらぺらすごい勢いでまくしたてていたところ、突然ロバートにそのおしゃべりを止められたことがあります。わたしのおしゃべりは、育ちのよいユロック族の女の子にふさわしい発言量――というのはおそらく一言か二言なのでしょうが――をはるかに超えてしまったのでした。ロバートは、フォークを置いて食べ物を飲み込むと、わたしが息継ぎのために黙ったその瞬間に、大人たちが興味を持つような話題について、大人たちに話しかけたのです。わたしはふくれました。わたしの属する文化のルールでは人の話をさえぎるのは失礼でしたから、わたしは黙ったのです。でも、ともかくわたしは黙ったのです。本物の権威を目の当たりにしてそれに気づかない子どもは、おばかさんか、文化によって愚鈍になった子どもでしかありえません。わたしがふくれたのは、自分の当惑を正当化しようとしたからでした。ロバートはわたしに、非常にユロック族的な道徳感情である、恥という感情を教えてくれたのです。罪悪感ではありません。わたしは罪を犯したわけではないのですから。ただ、恥ずかしいという感情です。子どもはふくれて顔を赤らめ、黙り、それがどういうことなのか考えて答えを出します。わたしが社会的な道具としての恥を非常に重視しているのは、一つはロバートのおかげなのです。わたしの考えでは、罪悪感は逆効果をもたらしますが、恥は非常に役に立つことがあります。たとえば、国会議員が一人でも恥というものを知っていたら——いや、まあやめておきましょう。

ファンとロバートというといつも、大きな青い丸い石を動かしたことを思い出します。道路を見下ろす赤っぽい土のなかから掘り出された、蛇紋石《じゃもんせき》を含んだ青い丸いいくつもの石です。男の人たちと大叔母のベッツィーがこの石でモルタルを使わない石積みの壁をつくったのです。壁の端になっていて家の一番近くにあるのは、美しい青緑色の巨大な岩ですが、部族全員がいまだにこれを「フアンの岩」と呼んでいます。なぜそう呼ばれるのか知らない者もいるかもしれませんけれど。フアンがこの岩を選び、指図をして、これをてこで持ち上げ、今ある場所まで転がしたのでした。女たちは台所に集まって心配し、嘆き、わたしはその岩より上にいるようにと二千回も言われましたが、だれ一人死にもしなければ、大けがもしませんでした。

その後だったか前だったか――二人の男の間には明らかに、おれの岩はおまえのよりでかいぞ、的なライバル意識がありました――ロバートがわたしたちにすばらしい野外炊事用の炉を造ってくれたのです。これは人類学的にも、実際上も聖なる場所です。この炉は、ユロック族の瞑想用の小屋と同じ様式で、同じ向きに建てられていますが、瞑想者がすわるべき位置で火がたかれるようになっており、ロバートは半円形をした瞑想用の小屋を模して平らな石を半円形に並べることで完成させ、その石に、火を囲むようにして人々がすわるようにしたのです。わたしの一族はここに七〇年間すわりつづけ、食事をし、物語を語り、夏の夜空の星を見てきたのでした。

ロバートと父が二人で写っている写真があります。一人は片手を挙げ、遠くを見るような目をして語り、もう一人は聴きいっています。二人は、今お話しした炉の前の石にすわっているのです。ロバートとアルフレッドは、時に英語で、時にユロック語で話していました。ニューヨーク出身のドイツ系移民の子が、娘の前でユロック語をしゃべるというのは、めったにないことでしょうが、わたしはそんなことは知りませんでした。わたしは何も知りませんでしたから、だれでもユロック語を話せるのだと思いこんでいました。そんなわたしでも、世界の中心がどこにあるかだけはわかっていたのです。

わたしの愛した図書館

一九九七年、ポートランドのマルトノマ郡立図書館改装オープンの祝典でのスピーチ。

図書館は共同体にとって、焦点となる場所、聖なる場所です。なぜ聖なる場所かといえば、それは図書館がだれでも入れる、あらゆる人に開かれている場所だからです。図書館はみんなの場所です。わたしはいくつかの図書館を、わ、た、し、の図書館として――わたしの人生におけるもっともすばらしい要素として――、まざまざと、楽しく、思い出すことができます。

わたしがよく通った最初の図書館は、カリフォルニア州のセント・ヘレナにありました。その頃のセント・ヘレナは小さく、穏やかで、イタリア系の人の多い町でした。カーネギー財団の助成金で建てられた小さな図書館は、白しっくいの、涼しくて、眠たげな建物でした。日のかんかん照りつける八月の午後、母はジウーニ〔食料品店〕とトセッティで買い物をする間、兄とわたしを図書館に置いていったのです。兄のカールとわたしは、言葉を探知する二機のミサイルのように、子どもの本の部屋をくまなく探しまわりました。その部屋にあったすべての本を、太った少年探偵が主人公の冒険シリーズ一三巻を含めて、読み終わってしまったため、図書館の人たちはわたしたちが大人の本の部屋に入ることを許可しないわけにいかなくなりました。これは図書館の人たちにとってつらいことでした。わたしたちのようないたいけな子どもを、セックスや死、そしてヒースクリフ〔『嵐が丘』の主人公〕やジョード一家〔『怒りの葡萄』の登場人物〕のようなへんてこりんな大人たちでいっぱいの部屋に放り込むような気がしたのでしょう。そして、まさにそのとおりだったのです。兄とわたしはほんとうにありがたいと思いました。

セント・ヘレナの図書館の唯一困ったところは、わたしたちが週一回しかこの町に行かないのに、貸し出しが一回に五冊だということでした。ですから、わたしたちはほんとうに中身の充実した本を借り出しました。小さな活字で二段組みになった五〇〇ページの本――『モンテ・クリスト伯』のような本です。短い本はだめでした。二日間の狂乱の大宴会の後、残りの五日は飢えて暮らすことになってしまいます。後は農場の本棚にある本しかないのですから。そして一〇歳になる頃には、わたしたちはこの本棚の本を全部暗記していました。ナパ・バレーの住人で、毎日六尺棒で頭をたたきっこしながら「下郎め！　覚悟せい！」とか、「なんと、悪党が、この橋を渡ろうなどとはちょこざいな！」とわめきあっていたのはわたしたちぐらいのものでしょう。カールは年上でしたからたいていロビン・フッドの役をやりましたが、わたしは少なくともマリアン姫には一度もならずにすみました。

わたしが生涯で次に出会ったのは、ガーフィールド中学校のそばにある、バークリー市立図書館の分館でした。この図書館で一番の思い出は、友だちだったシャーリーがわたしをNの棚に引っ張っていって、「E・ネズビットっていう作家がいるんだけど、その人の『砂の妖精』をぜったいに読まなきゃだめよ」と教えてくれたことです。ほんとうに、シャーリーの言うとおりでした。中学二年生になったわたしは、子どもの本の部屋からじわじわとはみだして、大人の本の部屋に入り込んでいました。図書館の人たちは気づかないふりをしていたのです。でも、だれも読んだことのないような、分厚いダンセイニ卿の伝記を、わたしが聖遺物のように捧げもって貸し出しコーナーに行った時の司書の人の顔はよく覚えています。それは何年も何年も後で、シアトル空港の税関の検査官がわたしのスーツケースを開けて、スティルトン・チーズを発見した時の表情にそっくりでした。そのチーズはちゃんとした一個まるまるの形ではなく、ぐちゃぐちゃの、かびにおおわれたチーズの皮というか、強烈な臭いを放つ食べ残しで、バークシャーに住んでいる友だちのバーバラが、賢明とは言えないながら、温かい気持ちからわたしの夫にと託したお土産だったのです。検査官は「いったいこれは何ですか？」と言いました。

「ええと、イギリスのチーズです」とわたしは答えました。

検査官は背の高い、アフリカ系の男性で、よく響く低い声をしていました。その人はスーツケースをぴしゃりと閉めると、「お持ちになりたいのなら、お持ちになって結構です」と言ったのです。

司書の人も、わたしにダンセイニ卿の本を持たせてくれました。

次はバークリー市立図書館の本館です。これは、ありがたいことにバークリー市立高校から一、二ブロックしか離れていませんでした。わたしは高校を憎み、図書館を愛しました。高校にいるわたしは、思春期の社会習慣というものがつくりだすおぞましい流《る》刑地《けいち》に流された囚人でした。図書館のわたしは、生まれ故郷でのびのびと暮らす自由市民だったのです。図書館がなかったら、高校生活を全うすることはできなかったでしょう。少なくとも、頭がおかしくならずに卒業することはむりだったはず。でも、それを言えば、思春期そのものが狂気の時代ですけれどね。

わたしは三階に外国語の本があることを発見し、だれもそこへ行かなかったので、自分で行ってみることにしました。そこがわたしの家になりました。クモの巣の張った窓の敷居に、フランス語の『シラノ・ド・ベルジュラック』をかかえて、わたしはうずくまりました。『シラノ』が読めるほどフランス語ができたわけではありません。でも、そんなことでひるみはしませんでした。この時学んだのは、知らない言葉でも、ともかくその言葉が好きでたまらなければ読めるんだということです。好きでたまらないことなら、何でもできるものです。その三階の部屋で、わたしはシラノたちのことを思い、何度も泣きました。『ジャン・クリストフ』を発見し、ジャンのことでも涙を流しました。ボードレールのためにも泣きました。一五歳の人間だけが真に『悪の華』を評価できるのではないでしょうか。時に下の階を、図書館の英語圏を襲撃し、アーネスト・ダウスン〔イギリスの詩人。イェイツの友人〕のような詩人を虜《とりこ》にして連れ帰り――「おまえを裏切ったことはなかった、シナーラよ、わたしはわたしなりに」――また泣きました。泣くのにふさわしい年頃というのがあるものです。そして図書館は、泣くのにふさわしい場所でした。静かに泣くための場所です。

わたしが人生で次に出会った図書館は、ラドクリフ・カレッジのこぢんまりとした、親しみやすい図書館で、その次は――大学がまだ一年生のわたしに、それどころか一年生の女子学生であるわたしに入館を許可してくれてからは――ハーヴァード大学のワイドナー図書館でした。

自由とは何か、についてのわたしなりの定義を申し上げます。自由とは、ワイドナー図書館の書庫入室特権のことです。

あの尽きることなく書架が並んでいる信じがたい書庫から初めて出てきたときのことを思い出します。歩くのもやっとでした。何しろ、二五冊からの本をかかえていたのですから。でも、わたしは空を駈けていました。振り返って、図書館の幅の広い階段を見上げた時、これこそ天国だ、とわたしは思ったのです。これがわたしにとっての天国です。世界中のすべての言葉があり、それをわたしが読んでいいのだ。ついに自由になった、神よ、ついに自由だ！〔黒人霊歌より〕

わたしがこうした言葉を軽々しく引用していると思わないでいただきたい。本気で言っているのです。知識はわたしたちを解放します。芸術はわたしたちを自由にします。偉大な図書館こそ、自由なのです。

そして、パリの国立図書館《ビブリオテク・ナシオナル》との束の間の、狂気のような情事の後で、わたしはポートランドにやってきました。この町で暮らしはじめた頃、わたしは二人の赤ん坊をかかえ、家で主婦をしていました。わたしにとってのお楽しみ、休日、何週間も何か月も待ちに待ったイベントは、ベビーシッターを頼んで、夫のチャールズと一緒に町の中心へ出て、図書館に行くことでした。もちろん、夜のことです。昼間はとてもそんなことはできませんでした。図書館が九時に閉まるまで、二、三時間を過ごしました。言葉の大洋に飛び込み、精神という広大な草原をいくつもさまよい、想像力の山に登る。カーネギー助成図書館にいた子どものころのように、ワイドナー図書館にいた学生の時のように、これがわたしにとっての自由であり、喜びでした。それは今でも変わりません。

この喜びを売り渡してはなりません。「民営化」して、特権を持つ人たちのための特権を増やしてはならないのです。公立の図書館は、公共の信託財産です。

そして図書館のもたらす自由も、制限つきのものであってはなりません。必要とするすべての人、つまりあらゆる人が使えるものでなければならないし、必要な時、つまりいつでも使えるものでなければならないのです。

これまでに読んできたもの

幸福な家庭はみな

物語を書くという作業に没頭したいのに、書く物語がないということが時々あるが、そんなある時、わたしは『アンナ・カレーニナ』の冒頭の文について、まるで真実そのものと言わんばかりに始終引用されるこの文について、もう一度考えはじめた。そして、他にすることもないので、このことに関するわたしの考えを書くべき時がきた、と結論を下したのである。これはしばらくして『ミシガン季刊書評』(一九九七年、冬号)に掲載された。

以前のわたしはトルストイを大変尊敬していたので、トルストイの意見に逆らうなど考えてもみなかったのだが、六〇代に入ってわたしの尊敬の機能は衰弱してきた。それに、ここ四〇年の間のどこかの時点で、わたしはトルストイが自分の妻を尊敬していたかどうかを問い直しはじめたのだ。もちろん、だれだって結婚に関してはまちがいを犯しうる。だが、結婚した相手がだれであれ、トルストイはその女性のことをいくつかの点でしか尊敬しなかっただろうというのがわたしの印象だ。妻には自分をあらゆる点で尊敬することを期待していたにもかかわらず。この件に関してわたしはトルストイに批判的であり、このため、第一にトルストイの意見に逆らうこと、第二にそれを公言することをさほどためらわずにすむ。

この第一と第二の間には長い間隙《かんげき》があった——何年もの間隙が。けれども、わたしが第一の状態にたどりつくことにさえ、同じぐらい長い年月がかかったのである。わたしは長い長い年月をかけてトルストイと違う意見を、トルストイを批判する能力を獲得したのだ。何十年もの間、つまり一四歳頃に最初にトルストイを読んでから、四〇代になるまでの間、わたしはいわばトルストイと結婚していたようなものだった。トルストイの忠実な妻だったのである。幸い、彼の原稿を六回以上も清書するように言われることはなかったけれど、わたしはトルストイの作品を何度も何度も繰り返し読み、歓びと熱狂を感じたものだった。わたしは、比喩的に言えば、トルストイがわたしのことを尊敬しているかどうか問うことも、考えてみることもせずに、トルストイを尊敬していたのだ。Ｅ・Ｍ・フォースターがそのトルストイ論で、トルストイはあなたを尊敬してないよ、と言った時、わたしはそんなの彼の勝手だ、と答えたのである。

そしてもしＥ・Ｍ・フォースターが、なんでトルストイにそんな権利があるんだ？と聞いたら、わたしはただ、天才だから、と答えただろう。

でも、Ｅ・Ｍ・フォースターはわたしにこの質問をしなかったし、それはそれで結局は同じことだっただろう。フォースターはきっと次に天才ってどういう意味だい？　と聞いただろうから。

　当時のわたしは天才という言葉で、トルストイはわたしたちと違って、自分の言っていることがほんとうにわかっている、ということを言いたかったのだと思う。

　でも、ある時点で、四〇歳になったあたりで、わたしはトルストイが自分の言っていることを真に理解しているかどうか、もしかしたら彼もわたしたちと同じなのではないかと疑いはじめたのである。そして、トルストイが他の人よりもよくわかっているのは、どんなふうにそれを言うかなのではないか、とも。この二つは容易に混同されるものだ。

　そういうわけで、このころ、静かに、心の奥底で、フェミニストたちの低い、頼りになるつぶやきを聞きながら、わたしはトルストイに向かって、失礼な質問をしはじめたのだ。人前では、わたしはこれまでどおり忠実で愛情深い妻であり、トルストイの芸術だけでなく、考え方にも全面的な敬意を表しつづけた。でも、そこには口にされない質問が、密《ひそ》かな意見の相違があったのだ。そして、わたしたちがみな知っているように、口にされないものは次第にその力を強めていく。開封されないワインのように、歳月を経ることによって成熟し、深みを増すのである。もちろん、フロイト流のお酢になってしまう、ということもあるが。ある種の考えや感情は、あっという間にお酢になってしまうので、すぐに捨ててしまわなければいけない。瓶に詰めてからも発酵を続け、爆発して、人を殺しかねないガラス片をまき散らすものもある。でも、上質で、こくのある、コルクできちんと栓をした感情は、地下のワインセラーでひたすらこくを増し、より複雑になっていく。大切なのはいつ栓を抜くかを心得ていることだ。

さて、ワインは熟した。わたしも熟した。あの偉大な書物の最初の章の、最初のセンテンス――最も偉大な書物ではないかもしれないが、おそらく、それに次ぐ二番目に偉大な書物のあの偉大なセンテンス――はい、みなさんご一緒に「幸福な家庭はみな同じように似ているが、不幸な家庭は、不幸のさまもそれぞれ違うものだ」(『アンナ・カレーニナ』原卓也訳)。訳し方は人によって違っても、大意は変わらない。

このセンテンスは非常にしばしば引用される。人々がこれに満足しているということなのだろう。でも、今のわたしは満足していないし、完全に満足を覚えたこともなかったのだ。二〇年ほど前に、わたしは自分がこのセンテンスに不満だということを自分自身に認めはじめた。みんな同じように似ている、とトルストイが自信満々にかたづけてしまう、幸福な家庭はいったいどこにあるのだろう。一九世紀には今よりずっとこういう家庭が多かったのだろうか。ロシアの貴族層、中産階級、農民のそれぞれに無数の幸福な家庭があることをトルストイは知っていたのだろうか、そしてそれらはみな同じように似ていたのだろうか。そんなことはちょっとありそうにないので、もしかしたらトルストイが幸福な家庭を二、三例知っていたのかもしれない、とわたしは思った。それならありえないことではない。しかし、この二つ三つの家族がみな同じように似ているということは、根本的にありえないような気がする。トルストイ自身の家庭は幸福だったのだろうか。トルストイが育った家庭は、トルストイが作った家庭はどうだったのだろう。十分に長い間、家全体として、また家族の一人一人が幸福であるとはばかることなく言えるような家庭を、一つでもトルストイは知っていたのだろうか。もし、一つでも知っていたのだとしたら、わたしたちの多くよりも一つよけいに知っていた、ということになる。

わたしは単に六〇代になった人間特有のシニシズムをひけらかしているわけではない。まあ別にそれを恥ずかしいと思っているわけでもないが。幸福な家庭がありうる、ということはわたしも認める。家族全員が健康で、元気で、仲がよくて、という状態がかなり長い間——一週間、一か月、いや、もっと長く続くという意味で。そして比較という観点からは、たしかに、長年にわたって、ある家庭が、全体として、他の家庭よりはるかに幸福だということはある。非常に不幸な家庭というものがあれほどたくさんあるのだから。こうした事柄についてわたしはいろんな人と話をしたが、多くの人は子ども時代、何らかの点で不幸だった。そして、おそらく大多数の人は、自分の家族を深く愛していて、家族で過ごした楽しい時を憶えているにもかかわらず、自分の家庭を描写するのに幸福という言葉を使いはしないだろう。みなが使う言い方は「ほんとうに楽しく過ごした時間があった」である。

わたしは、概して言えば、たいがいの家庭よりも幸福な家庭に育ったと思う。でも、それを単に幸福な家庭と呼ぶことはまちがい――許しがたいほどに真実を薄っぺらにした言い方だ。その「幸福」と呼ばれるものがいかに莫大な代償を払って維持された、複雑でこみいったものか、そして犠牲、抑制、抑圧、選ばれた、あるいは選ばれなかった選択肢、つかまれた、あるいはつかまれなかったチャンス、大きな悪と小さな悪のバランスをとること――涙、恐れ、偏頭痛、不公平、検閲、口論、嘘、怒り、幸福にともなう残酷な行為の数々――などの下部構造に幸福がいかに依存しているか、このことがみな「幸福な家庭」という愚かしい言葉でもって掃き寄せられ、カーペットの下にさっさとつっこまれ、隠されなければならないのだろうか。

それに、どうしてそんなことをしなければならないのだろう。幸福が単純で、浅薄で、ありきたりだと、小説のテーマになんかならないほど平凡なことだと言いたいから？一方で、不幸は複雑で、深遠で、なろうと思ってもそう簡単になれず、もの珍しい、それどころかユニークでさえあって、偉大な、ユニークな小説家が取り組むにふさわしいテーマだとほのめかしたいから？

今述べたような考え方はばかげている。でも、ばかげていようがいまいが、これは何十年もの間、小説家と批評家に、無視できない、大きな影響を与えてきた考え方だったのである。幸福な人々、他の家庭と似たところのある家庭、他の人たちと似たところのある人たちについて書いている、と書評で言われてしまったら、多くの小説家は恥ずかしさのあまり萎《しぼ》んでしまうだろう。実際、多くの批評家は小説が幸福を描いていはしないかと、鵜《う》の目鷹《たか》の目で見張っており、見つけ次第その小説を卑俗で、感傷的で、(言い換えれば)女性向きの作品だと片づけてしまうのである。

どうしてこの問題がジェンダーと結びつけられたのかわからないが、ともかく、そういうことになっているのだ。性別役割分業によれば、男性読者は強く、タフで、何をおいても現実を追求するが、かよわい女性読者はちっちゃくてあったかい幸福のかたまり——ふわふわのウサちゃん——によっていつもいつも元気づけてもらわずにいられない、ということになっている。

ある女性たちにとっては、そうかもしれない。生まれてから一度も、ふわふわしたウサギのぬいぐるみ以上の幸福があるなどとは夢想だにしたことのない女性もいる。こういう人たちは自分のまわりに、ふわふわしたウサギのぬいぐるみをずらりと並べるのである——小説の形であれ、本物のぬいぐるみであれ。ウサギが並べられるだけ、大多数の男性よりラッキーだと言えるかもしれない。ウサギの服を着たバニーガールならいざ知らず、ふわふわしたウサギのぬいぐるみなんかをはべらすことは男性には禁じられているのだから。いずれにせよ、こうした女性たち、男性たちを非難できる人がいるだろうか。わたしにはできない。本物の、手でつかむことのできる、ふわふわしていない幸福を経験した恵まれた人間が、小説家や批評家にだまされて、幸福なんて不幸に比べれば平凡で、劣っていて、退屈なものだから、小説として読むべきではない、と信じ込まされるなんて――と、この文を最後まで続けると批判ばかりすることになってしまいそうだから、このまま黙ってこの場を立ち去ることにしよう。

トルストイの有名なセンテンスが誤りであることは、何よりもトルストイ自身の作品にはっきり表れている。冒頭にこのセンテンスのある小説も例外ではない。ドリーの家庭は不幸な家庭だ、と作者は断言するのだが、わたしの意見では、この家庭はまあまあ幸福な、つまり、現実的な観点からは幸福な家庭である。ドリーと子どもたちはやさしく、そうそう不満だらけというわけではないし、みんなで陽気に楽しむことだってある。夫の愚かしい浮気騒ぎにもかかわらず、明らかにこの夫婦にもそれなりに心の通じ合う時がある。もう一冊のよりすぐれた小説〔『戦争と平和』〕の場合、わたしたちに紹介されるロストフ家の人々は、幸福な家庭と呼んで差しつかえないのではないだろうか――一家の人々は裕福で、健康で、寛大で、親切で、相反するさまざまな情熱を抱き、生命力、エネルギー、愛情に満ちているのだから。でも、ロストフ家の人たちは、みなと「同じ」ではない。彼らは風変わりで、予想外のふるまいをする、人と比べようのない人たちである。そして、人間はみなほとんどそうなのだが、ロストフ家の人たちも自分たちの幸福をつかまえておくことができない。老伯爵は自分の子どもたちの継ぐべき財産を浪費し、伯爵夫人は心労のあまり病気になる。モスクワは炎上し、ナターシャはお高くとまった嫌なやつに恋をし、もう少しで馬鹿者と駆け落ちしそうになり、結婚して、ものを考えずに、ただうつうつと日を過ごす愚かな女になる。ペーチャにいたっては、意味もなく一六歳で戦死してしまうのだ。すごいではないか！　いたるところにふわふわのウサちゃんありだ！

幸福とはどんなものかトルストイは知っていた――それがどれほどまれか、はかないものか、どれほど得がたいものか。そればかりでなく、トルストイは幸福を描写することができた。このめったにない能力が、トルストイの小説の並はずれた美しさの多くをつくりだしているのである。トルストイがどうしてあの有名なセンテンスで自分の知っていたことを否定したのか、わたしにはわからない。トルストイはいくつも嘘をつき、真実を否定している。おそらく、並の小説家よりたくさん。トルストイには嘘をつく種がたくさんあったし、理論的なものでしかない残酷なキリスト教を奉じていたせいで、自分が作品のなかで見据え、これが真実だと示したことをいろいろな形で否定するはめになっている。だから、トルストイは単に見せびらかしていたのかもしれないのだ。これは響きがいいぞ。小説の出だしとしてはすばらしい。

わたしが次に書くエッセイは、ぜんぜん知らない人をイシュマエルと呼べ、と命令されたいかどうか(4)についてのものになるだろう。

現実にそこにはないもの
――『ファンタジーの本』とJ・L・ボルヘス――

一九八八年にザナドゥー出版は『アントロヒア・デ・ラ・リテラトゥーラ・ファンタスティカ』の英訳版『ファンタジーの本』を出版した。原著はホルヘ・ルイス・ボルヘス、アドルフォ・ビオイ・カサーレス、シルビーナ・オカンポが一九四〇年にブエノス・アイレスで最初に出版したものである。英語版に序文を寄せてほしいと言われ、わたしは喜んでこれを書いた。元の序文に少し手を入れて今回のエッセイ集に加えることにしたのは、ボルヘスにささやかな敬意を表したかったからだ。

わたしが高く評価し、敬愛している大伯母あるいは祖母のような本が二冊ある。思慮深く、穏やかでありながら、時として謎めいた助言をしてくれるその本にわたしが頼るのは、判断に迷ったときだ。一冊はわたしに事実を教えてくれるが、それは一風変わった種類の事実である。もう一冊は事実を教える本ではない。『易経《えききょう》』(5)別名『変化の本』は、事実などよりはるかに長生きをした、人の目に見えないものを見ることのできる長老で、あまりにも昔の先祖なので、わたしたちとは違う言葉を話す。この大伯母の助言はぎょっとするほど明快なこともあり、まったくわけがわからないこともある。「川を渡る小ギツネはしっぽを濡らす」。それとわからぬほどの微笑を浮かべながら大伯母は言う。あるいは「竜が野に姿を現す」とか「筋だらけの干し肉を噛む」などと。このような助言をもらったら、引きこもって時間をかけてそれについて考えなければならない。

もう一人の大伯母はもっと若く、英語を話す。実際、この大伯母は他のだれよりもたくさん英語を話すのだ。この大伯母の助言には竜はそれほど出てこない。筋だらけの干し肉のほうがずっとたくさん出てくる。それでも、『歴史的原則に基づく新しい英語辞典』(『オックスフォード英語辞典』は当初このタイトルの下に編纂された)、家族にはOEDの名で知られているこの本も「変化の本」と言える。あらゆる言葉が変容し、変形する、その自在な変わりぶりが何よりもすばらしいこの本は「砂の本」(ボルヘスの作品名)でこそないが、砂のように尽きることを知らない。「アレフ」(6)でこそないが、わたしたちがこれまでに言ったことのすべて、言うことのできるすべてが、探すことさえできれば、この本の中にある。

「おばさま!」拡大鏡を片手にわたしは呼びかける。なぜなら、わたしの持っている版は、縮刷版のおばさまで、砂粒ほどの活字で組まれた二冊本だからだ。「おばさま!ファンタジーについて教えてください。ファンタジーの本について話をしたいんだけど、自分が何について話をしているのかわからなくなってしまったので」。

「ファンタジーはFの代わりにPhで始まることもあるけれど」、おばさまは軽くせき払いをして答える。「ギリシャ語のファンタシア phantasia、語義は「目に見えるようにすること」に由来するのよ」。おばさまはファンタジアが、「目に見えるようにする」あるいは後期のギリシャ語では「想像する、ヴィジョンを抱く」という意味の動詞 phantasein、そして「見せる」という意味の動詞 phainein と関係があることを説明する。続けておばさまは、英語の「ファンタジー」という言葉が最も初期にどのような意味を持っていたか、かいつまんで教えてくれる。外観、幻、感覚的知覚の精神的プロセス、想像力、誤った観念、奇想、気まぐれ。

次に、何といってもイギリス婦人だから、筮竹《ぜいちく》や菜種油をつけて磨いた硬貨を投げることはしない(『易経』は元来占いに用いられた)けれども、おばさまは「変化」について語りはじめる。何世紀もかけて人々の精神から精神へと伝わってきた言葉の変化について。中世後期のスコラ学者には「知覚の対象を精神の中で把捉《はそく》すること」つまり現象世界に自らを結びつけようとする精神の行為そのものを意味していた「ファンタジー」が、やがてその正反対のこと、幻覚、幻、あるいは勘違いをする習性を意味するようになったと、おばさまは教えてくれる。次いでこの語は、野ウサギのように来た道をUターンして、想像力そのもの、つまり「現実には存在しない事物の像を精神的に構成する過程、能力、その結果」を意味するようになった。一見スコラ学者の用法にとても近いように見える「ファンタジー」のこの定義は、実はまったく逆の方向を向いていて、しばしば、想像力というものが度を超した、非現実的な、あるいは単に空想的なものだと示唆するところまで行ってしまうのである。

そういうわけで、「ファンタジー」という言葉は曖昧なまま、偽《にせ》のもの、ばかげたもの、人を欺くもの、言わば精神の浅瀬と、精神と現実を結ぶ深いつながりとの中間に立ち尽くしているのである。二つの領域にまたがる敷居の上で、この言葉は時にはあちらを向き、仮面と衣装を着け、軽佻浮薄《けいちょうふはく》な逃避主義者になる。しかしまた別の時にはぐるりとこちらを向き、わたしたちに天使の顔、明るく誠実な使者の顔、目覚めたユリゼン〔ウィリアム・ブレイクの予言書中の人物〕の顔をかいま見せるのである。

わたしの持っている『オックスフォード英語辞典』が編纂された後でこの言葉のたどった変遷は、さまざまな心理学者の登場と退場によっていっそう複雑になった。心理学者が専門用語として「ファンタジー」(fantasy と phantasy)を使ったことで、わたしたちにとってのこの語の意味と用法も影響を受けた。また、心理学者はファンタサイズ fantasise〔空想をめぐらせる〕という便利な動詞をもたらした。「ファンタサイズ」とは白昼夢にふけるということかもしれないし、理性《リーズン》のあずかり知らない理由《リーズン》を発見する手段として、治療の一環として想像力を働かせること、自分自身を自分自身に対して明らかにすることかもしれない。

しかし、おばさまはこの動詞の存在を認めていない。補遺版に「ファンタシスト」という名詞だけを(勝手口経由で)入れて、あくまで礼儀正しく、ただしばかにしたようにかすかに唇をゆがめながら、この成り上がり者をこんなふうに定義している。「ファンタジーを「つむぐ」人」と。そして説明のためにオスカー・ワイルドとH・G・ウェルズの作品からの引用を添えている。明らかにおばさまはファンタシストが作家だと言いたいのだが、はっきりそう認めるのも気が進まないのだ。

実際、二〇世紀の初め、リアリズムが隆盛を誇っていた時代、ファンタシストたちは自分の仕事について弁解がましく、それを単なる言葉の綴りあわせ——手芸品——で、本物の文学の端にくっついた縁飾りのポンポンのようなものだと言ってみたり、「子ども向け」を装って、批評家、研究者、辞書編集者の目に留まらないようにしたりしていた。

今のファンタジー作家たちは、以前ほど謙虚ではない。自分たちの仕事が文学として、あるいは少なくともその一ジャンルとして、もしくは文学もどきの一ジャンルとして、あるいは最低限一つの商品として認められているからである。ファンタジーは本棚にはびこっており、色とりどりに本棚を彩っているのだ。伝説の一角獣は拝金主義の神マモンのひざに頭を休めており、マモンはいくらでも捧げものを受け取る。実際、今やファンタジーは立派なビジネスになった。

だが、一九三七年のある晩、ブエノス・アイレスで三人の友人が集まってファンタスティックな文学の話をした時、それはまだビジネスではなかった。

それどころか一八一八年のある晩、ジュネーブのヴィラで三人の友人が集まって怪談をした時、それはファンタスティックな文学だということさえ知られていなかった。この三人はメアリ・シェリーと夫のパーシー、そしてバイロン卿で――クレア・クレアモント〔メアリの義理の姉妹〕もおそらく一緒で、謎めいた若いポリドリ医師もそこにおり――みんなが恐ろしい話をしたため、メアリはふるえあがったのである。「みなそれぞれ幽霊物語を書こう！」バイロン卿が叫んだ。そこでメアリはその場を離れて物語を考えたが、うまくいかず、二、三日後の夜、悪夢を見た。その夢の中では「青白い顔をした学者が」不思議な技と仕掛けを使って、命を持たない物質から「二目と見られぬ人の姿をした亡霊」を呼び覚ましたのである。

メアリは友人たちから離れて幽霊物語『フランケンシュタインの怪物』を書き、これが最初の偉大なモダン・ファンタジーとなった。これには幽霊は出てこない。だがファンタジーというのは、ＯＥＤが述べているように、化け物の話ばかりというわけではないのだ。

口伝えのものにせよ、書かれたものにせよ、ファンタスティックな文学の広大なる領地の一角に幽霊が棲《す》んでいるため、この一角に親しんでいる人々はこのジャンル全体を幽霊物語あるいは恐怖物語と呼ぶ。それは、他の人たちが自分の一番好きな、あるいは一番ばかにしている部分にちなんでこの領地を妖精の国と呼ぶのと同じだし、また別の人たちが全体をSFと、さらに別の人たちがばかげたたわごとと呼ぶのと同じなのだ。しかし、フランケンシュタイン博士の、あるいはメアリ・シェリーの技と仕掛けによって命を与えられた名のない存在は、幽霊でも妖精でもない。彼はSF的存在かもしれないが、断じてばかげたたわごとではない。彼はファンタジーが創りだしたもの、くりかえし現れる、不滅の元型である。いったん目覚めさせられたこの怪物が再び眠りにつくことはない。なぜなら、苦痛が怪物を眠らせないから、彼とともに目を覚ました倫理的問題が答えを要求して、彼を安らかに眠らせてくれないからである。

ファンタジー産業がお金になりはじめると、この怪物を種にハリウッドは大儲けしたが、それでさえ、彼の命を絶つことはできなかった。

シルビーナ・オカンポが二人の友人ボルヘスとビオイ・カサーレスと話し込んだあの一九三七年のブエノス・アイレスの夜、この怪物の物語が話題になったというのは大いにありそうなことだ。だからカサーレスはこんなふうに語っている。「ファンタスティックな文学について……最高と思われる物語を論じていた。三人のうちの誰かが、われわれがノートにリストアップした同じタイプの作品の断片を集めたら、いい本ができるんじゃないか、と言った」。

すてきなことに、こうして『ファンタジーの本』は生まれたのだ。三人の友だちが話したことをきっかけに。計画も、定義も、金儲けも何もなしに、ただ「いい本を作る」という意志だけによって。

そんな作り手がこのような本を作る過程で、ある種の物語が排除されることによって、暗黙のうちにある種の定義が示された。逆にある種の物語が採録されることによって、別の種類の定義が無視された。そういうわけで、おそらく歴史上初めて、恐怖物語と幽霊物語とおとぎ話とSFが一冊の本のなかに収められたのである。三〇年後、編者たちは新しい版を出すにあたって、コレクションを大幅に増やし、さらにボルヘスは死の直前、最初の英語版の編集者たちに、もっと収録作品を増やすことを提案していた。

それは一風変わった選集で、いろいろなところから、いろいろなものをとってきている。実際、常軌を逸したごたまぜぶりと言ってもいいかもしれない。あるものはほとんどの読者がよく知っているもの、他のものはエキゾチックで見慣れぬ変わったものである。あまりにも有名すぎるとわたしたちが考えがちの「アモンティリャードの樽」〔ポー〕のような作品も、東洋や南米、そして何世紀も前の作品や断片と並べて読むと、本来の奇妙な味わいを取り戻す。例えば、カフカ、スウェーデンボルグ、イェイツ、コルタサル、芥川龍之介、牛嶠《ニウチアオ》、ジェームズ・ジョイスのような。一九世紀後半から二〇世紀初期にかけての、なかでもイギリスの作品が多く取り上げられていることは、特にボルヘスの趣味を反映しているとわたしは思う。ボルヘス自身が、国境を越えたファンタジーの伝統を受け継ぎ、後代に伝えていく人だったから、そしてこの伝統にはキップリングとウェルズが含まれるからだ。

もしかしたら「伝統」という言葉を使うべきではないかもしれない。これらの作品は独自の名前を持たないし、批評界ではほとんど相手にされず、大学の英文学科では主に無視されることで名を揚げているのだから。しかし、ファンタシストの集団というものはあるとわたしは考えている。ボルヘス自身は彼らを乗りこえたとしても、その一員だったし、その世界を一変させたとしても、彼らを尊敬していたと思うのだ。ボルヘスがこれらの作家の作品を収録している『ファンタジーの本』は、ボルヘスのメモ帳と見なすことができるかもしれない。そこにボルヘスは、自分と仲間の編者たち、そしてマジック・リアリズムの先駆者である同世代のラテン・アメリカ作家たちの原点となり、彼らが父とあおぎ、特別の親近感を持つ作家たちの作品を書き留めたのである。

ファンタジーは子どものものだと言い(たしかに子ども向けのものはある)、商業主義で類型的だと片づける(たしかにそういうものもある)ことで、批評家たちはファンタジーを全部無視してもかまわないと感じている。だが、イタロ・カルヴィーノ、ガブリエル・ガルシア＝マルケス、フィリップ・K・ディック、サルマン・ラシュディー、ジョゼ・サラマーゴなどのような作家を見ると、物語形式のフィクションが長年の間に、ゆっくりと、とらえどころのないまま、大規模に、つまり流行やブームという一過性の波ではなく、深い潮流として、一つの方向へ——「物語の大洋」であるファンタジーへと再び戻りつつあるようにも思われる。

結局のところファンタジーは、物語形式のフィクションのうち、最古のものであり、最も普遍的なものなのだから。

わたしたちが現在フィクションというとき、それは一八世紀以来の伝統を持つ小説と短編物語を指すが、このフィクションは、自分と異なる人間を理解するために、直接の経験を除けば最善の手段となる。フィクションはしばしばほんとうに、直接の経験よりはるかに便利である。直接の経験に比べればずっと時間もかからないし、(図書館で本を借りれば)お金もかからないし、扱いやすい、きちんとした形で手に入れることができる。フィクションは理解することができる。経験のほうは、ただただ人を圧倒して、何が起こったかわかるようになるのは何年も何年も経ってから、いや、結局わからないことだってあり得るのだ。フィクションが現実よりはるかにすぐれているのは、事実、心理、道徳に関して、役に立つ知識を提供してくれるところである。

しかし、写実的なフィクションは、文化に規定されるものだ。それが自分の文化の、同時代の話であれば、問題はない。一方、その物語が、別の時代の、別の国のものだとすると、それを読んで理解するためには、置き換えあるいは翻訳という行為が必要になるが、多くの読者はこれができなかったり、したがらなかったりするのである。生活様式、言語、道徳律、習慣、暗黙の了解、ありきたりの生活の細部のすべてが写実的なフィクションをつくりあげている実体であり、力であるのに、別の時代の、別の場所の読者にはそれが曖昧で、解釈不能なものになってしまうのだ。だから、自分と同じ時代に生きている同国人以外に、他の時代、他の国の人にも自分の物語を理解してもらいたいと望む作家は、より普遍的にわかってもらえるような語り方を探すかもしれない。ファンタジーはこうした語り方のひとつなのである。

ファンタジーもしばしばありきたりの生活を舞台にするが、リアリズムが扱う社会的習慣よりも恒久的で、普遍的な現実を原材料として使う。ファンタジーをつくりあげている実体は心理的な素材、人類に共通の要素である。現在のニューヨーク、一八五〇年のロンドン、三千年前の中国について何一つ知らなくても、あるいは学ばなくても、わたしたちにわかる状況やイメージがその不変の定数なのである。

竜が野に姿を現す……。

アメリカ人の読者や作家はジューエット(7)やドライサーの完璧な正確さに憧れ、イギリス人たちはアーノルド・ベネットの見事な具体性に強いノスタルジアを感じるかもしれない。しかし、この小説家たちが暮らしていた社会、その小説が読まれた社会は、非常に狭く、均質的であったから、トロロプ(8)の言葉を引けば「わたしたちの今の暮らし」を描写しているというふりがまじめにできるような言語で描写することができたのである。この言語のもつ限界——階級、文化、教育、倫理観を共有することで生じる共通の前提の数々——はフィクションの扱う範囲をしぼり、狭いものにする。二〇世紀から二一世紀への変わり目の社会は、グローバルで、多言語的で、恐ろしく非合理的で、たえず根本的な変化にさらされており、連続性と、共通の人生経験を前提とする言語では描写できない。だから作家たちはグローバルで直観的なファンタジーの言葉に頼り、できるだけ正確に「わたしたちの今の」暮らしを描写しようとしているのだ。

そういうわけで、今日非常に多くのフィクションにおいて、わたしたちの日常生活を奥の奥まで見抜く正確な描写が、異質さに満ちていたり、別の時代の話になったり、想像上の世界を舞台にしたり、薬物や精神病による幻想の万華鏡に溶かし込まれたり、あるいはつまらない平凡なものが突然の高まりとともに幻視的なものになり、また同じように簡単にもとの平凡なものに戻ったりするのである。

そういうわけで、わたしたちの時代の倫理上の一大ジレンマである、敵を絶滅させる力を行使するべきか否かという問題が、ファンタジー作家の中での純血種ともいうべき人物によって、まことに説得力のある形でフィクションの表現をとったのかもしれない。トールキンは『指輪物語』を一九三七年に書きはじめ、約一〇年後に完成した。この年月の間、フロドは「力の指輪」を使う誘惑に耐えたが、現実の国家は誘惑に屈したのである。

そういうわけで、イタロ・カルヴィーノの『見えない都市』は、わたしたちの世界を歩くために、ミシュランやフォーダーなどよりもすぐれたガイドブックになりうる。

そういうわけで、南米のマジック・リアリズムの作家たち、インドや他の国で同様の仕事をしている作家たちは、彼らの国とそこに住む人々の歴史を赤裸々に、かつあくまで誠実に描くことで評価されているのである。

そう、そういうわけで、ホルヘ・ルイス・ボルヘスという、辺境の大陸にある辺境の国の作家が、自ら辺境的伝統の一員たることを選びとり、その青年期、壮年期に溢れんばかりの勢いで流れていた近代リアリズムという主流に背を向けたために、わたしたちの文学において中心的な作家であり続けているのである。

ボルヘス自身の詩と短編物語――鏡像、図書館、迷宮、枝分かれする小径のイメージ、虎の、川の、砂の、謎の、変化の本は、いたるところで称《たた》えられている。それはボルヘスの作品が美しいから、わたしたちに心の糧《かて》を与えてくれるから、言葉というものの、最も古くからの、ゆるがせにできない機能を(『易経』や『オックスフォード英語辞典』と同じように)果たしているからだ。ボルヘスの作品は、わたしたちのために「現実には存在しない事物の像を精神的に構成」してくれ、わたしたちがどんな世界に生きているのか、その世界のなかでどこへ行く可能性があるのか、何を寿《ことほ》ぐことができ、何を恐れなければならないかについて判断する助けとなってくれるのである。

子どもの読書・老人の読書
――マーク・トウェイン『アダムとイブの日記』――

これは一九九六年に出版されたオックスフォード版「マーク・トウェイン全集」(シェリー・フィッシャー・フィッシュキン編集)の『アダムとイブの日記』の前書きとして書いたものである。オックスフォード版に復刻された挿絵について述べた二段落を削った以外は、ほとんどそのままである。

どんな部族にも神話があり、部族の若い者はたいてい神話をまちがって憶えているものです。わたしの部族の神話――一九二三年にバークリーで起きた大火の神話をわたしはこんなふうに記憶していました。わたしの母の義理の母はシーダー・ストリートの坂のてっぺん近くに住んでいたのですが、火がものすごい勢いでまっすぐ自分の家目指して丘を這い上がってくるのを見て、二五巻からなる「マーク・トウェイン全集」をA型フォードに積み込み、その場を逃れた、と。

この話が活字になることになったので、あらかじめチェックしておこうと、わたしは兄のテッドに確認するというへまをやらかしました。その結果、ゆっくり、穏やかにではありましたが、テッドはわたしの神話をばらばらに解体してしまったのです。兄は言いました。あのね、リーナ・ブラウンはA型フォードなんて持ってたことはないよ。実を言うと、車の運転はしない人だったんだ。ぼくが憶えている話はね、大学の寮に入っていた男子学生が何人か丘陵を登ってきて、火事がリーナの家のある丘に達する直前にピアノを運び出してくれたっていうんだ。クマの皮の敷物や他のものと一緒にね。でも、ぼくは「マーク・トウェイン全集」についての話は憶えてないなあ。

それでも、兄とわたしの意見は一致しました。もし、寮の学生たちが、地獄の業火《ごうか》にのみこまれそうになっている家からピアノとクマの敷物を選んで救い出したのなら、「マーク・トウェイン全集」だって持ち出したかもしれない、と。この選択がいかに珍妙なものだったかは、この時のピアノが結局寮に置かれたままになったことによく表われているかもしれません。でも、火事の後か最中か知りませんが、リーナ・ブラウンはクマの敷物と全集を、自分を救い出してくれた人たちの手から救い出したのです。テッドはクマのことを憶えているし、わたしは全集のことを鮮やかに憶えているからです。

それから、リーナがこの全集をとても気に入っていたこと、服や銀器や小切手帳などよりもこの全集を救い出したはずだということにも、わたしは今もって確信があります。もしかしたら、本当に救い出したのかもしれませんし。ともかく、亡くなった時リーナはこの全集をわたしの家族に遺し、わたしと兄たちはこの全集とともに育ちました。あまり重くなく、中くらいの大きさで、薄い石目加工をされた地味な、いささかちゃちな赤い装丁の本が本棚を一段まるまる占めていました。残念なことに、この全集はもうわたしたち一族の家にはありませんが、どの版だったか、図書館で突きとめたことがあります。ずらりと並んだ赤い本を見たとたん、わたしは、これよ！と叫びました。子どもの頃大好きだった大人の人が、元気で五〇年前とひとつも変わっていないのを見たときに感じるような思いがけない喜びをこめて。家にあったセットは、わたしにわかった限りでは、ハーパー・アンド・ブラザーズ社が出版した一九一七年の検印済みの統一装丁版で、マーク・トウェイン商会が版権を持っている版でした。

家にあった他の唯一の全集は、大叔母のベッツィーのものだった「ディケンズ全集」でした。わたしはどちらも自慢に思っていました。全集とか、統一装丁版は、最近では大きな図書館でしかお目にかかれないものになりましたが、昔は普通の人がこういうものを買い、自慢にしていたのです。威厳とでもいうべきものがありますからね。同じ装丁で、題名が金で型押しされている本がずらっと並んでいる様には、肉体的な威圧感が感じられます。でも、全集の真の威光は精神的なものです。それは人間の精神が築きあげた偉大な建築物であり、たくさんの館からなる広大な屋敷であって、読者はどのドアからでもこの屋敷に入ることができます。年少の読者であれば、窓から入り込んで、あちこち歩き回り、偉大な魂の度量の広さというものを経験することになるでしょう。

大叔母のベッツィーは、断固としてわたしたち子どもにはディケンズを読ませまいとしました。一八歳以下の人間はディケンズに用はない、と大叔母は言いました。子どもはディケンズを誤解してしまい、子どものとき読まずにおけばそれ以後ずっと楽しめるはずの宝をむざむざだめにしてしまうから、と。大叔母の言葉は正しく、わたしは感謝しています。一六歳の時、どうしても『デイヴィッド・コパフィールド』を読みたい、とわたしは泣きついたのですが、大叔母は、スティアフォースに気をつけるように、自分のように彼に恋してしまい、悲嘆にくれないようにと警告してくれました。ベッツィー大叔母は亡くなった時、わたしに「ディケンズ全集」を遺してくれました。わたしたちはこの全集を製本しなおしました。ベッツィー大叔母と一緒に五、六十年も西部を旅して歩いたため、いささかくたびれてきていたのです。このセットから一冊抜き出すごとにわたしは、大叔母がどこへ行く時にも、この広大な避難場所かつ莫大な資源を持ち歩いていたということに思いを馳せます。大叔母の生涯において、これほど頼りになったものは他にほとんどないでしょう。

ディケンズをのぞき、わたしたち子どもが、これを読んではいけないと言われた本は一冊もありませんでした。ですからわたしは本棚に入っているあらゆる本に頭からもぐりこみました。物語であれば、わたしはそれを読みました。そしてそこには例の石目加工の赤い本がずらりと並んでおり、どの巻にも物語がいっぱい詰まっていたのです。

明らかにわたしはごく早い時期に『トム・ソーヤーの冒険』を見つけだし、ついで『ハックルベリ・フィンの冒険』を読みました。すぐ上の兄のカールが続編(9)を教えてくれましたが、これはたいしたことないとわたしたちは判断しました。批判精神旺盛ながきだったのです。『王子と乞食』を読んだ後、わたしは『ミシシッピの生活』にたどりつき、それから『西部放浪記』――わたしの長年のお気に入り――を読み、短編を読み、実際全集をまるまる全部読んだのです。赤い本を一冊また一冊と、ガブッ、ムシャムシャ、ゴクン、ガブッ、ムシャムシャ、ゴクン、という具合に。

『アーサー王宮廷のコネティカット・ヤンキー』はあまり気に入りませんでした。この本が言わんとしていたことはわたしの頭の上を通り過ぎていったのです。わたしはただ主人公のことを、頭が堅いくせに大口をたたく自慢屋だと思いました。でも、本が気に入らないなどという些細なことは、その本を読む妨げにはなりませんでした。当時は、です。芽キャベツみたいなものでした。家には芽キャベツが好きな人なんていませんでしたが、そこに芽キャベツがあり、食べ物だったので、わたしたちは食べたのです。食べることと読むことは人生の中心的な、欠かすことのできない部分でした。食べることにしても読むことにしても、『ハックルベリ・フィン』と焼きトウモロコシだけ、というわけにはいきません。芽キャベツも『コネティカット・ヤンキー』もあるのです。それに『コネティカット・ヤンキー』にもいいところはたくさんあります。ずらっと並んだ赤い本の中で、わたしが読みとおせなかった唯一の本は『ジャンヌ・ダルク』でした。これだけはどうしても飲みくだすことができませんでした。おなかに入っていかないのです。それから、家にあった全集には『クリスチャン・サイエンス』の巻がなかったと思います。開いてみた記憶さえないからです。もしあったとしたら、わたしはそれをほおばり、くちゃくちゃと噛みつづけたと思います。子どもってそういうものです。そう、エスキモーの主婦がセイウチの皮を柔らかくするために噛むように。ただ、こちらも飲みくだすことができなかったかもしれませんが。

わたしの記憶では、『アダムとイブの日記』を発見して、読んでみろといったのはカールだと思います。読書に関してはいつもカールのアドバイスに従ってきました。カールが英文学の教授になってからでさえ。[10] だって、カールは教授になる前、一度もわたしにわけのわからない本を薦《すす》めたことがなかったのですから。例えば、カールが最初の六〇ページは飛ばしていいよ、と言わなかったら、決して『トム・ブラウンの学校生活』を読みはしなかったでしょう。そしてお尻が片方しかない人が出てくるところまではがまんして『カンディード』を読め、この人はほんとうに面白くて、読んだかいがあったということになるから、とわたしに言ったのはカールに違いありません。そういうわけで、わたしは石目加工の赤い本のなかで正しい一冊を見つけだし、『日記』を読みました。わたしは読んだ瞬間に大好きになり、その後もずっとこの気持ちは変わっていません。

それでいて、今年『アダムとイブの日記』を読み返したのはほとんど五〇年ぶりでした。生涯を通じて全集を持ち歩いていたわけではなかったので、この年月の間、わたしはその時々に手に入れたお気に入りの作品と、いろいろな選集に入っている短編だけしか読み返さなかったのです。そしてこうした選集には『日記』が入っていなかったというわけです。

この五〇年のブランクがあるため、子どもの頃に読んだときの読み方と、今のわたしの読み方を比較してみずにはいられなくなりました。

最初に言いたいのは、読み返してみて、まったくブランクがあったと感じられなかったということです。五〇年の時の流れが何だというのだ、という感じです。五歳の時にあるいは一五歳の時に読んだ本のなかには、五〇年の歳月が当時の自分と今の自分の間に越えられない深淵《しんえん》をつくりだしたと感じられるものもあります。大好きだった本、いろんなことを学んだ本が、その深淵に飲み込まれてしまいました。今のわたしには『スイスのロビンソン』は絶対に読めません。自分がこれを読んだということに驚くほどです——セイウチの皮を噛みつづける話をしましたが、これはちょっとね。でも、『日記』には、変わらないものがあるんだなあ、という不思議な感覚を覚えました。ほとんど不滅性と言えるような感覚です。『日記』はまったく変わっていなかったのです。初めて読んだときと同じぐらい新鮮で意外性に富んでいました。わたしの読み方自体、昔とそんなに変わっただろうかと、首を傾《かし》げたくなるほどです。

以下に、『日記』のユーモア、ジェンダー、宗教の三つの側面に関して、昔と今の自分の反応をたどってみたいと思います。

子どもと大人ではユーモアのセンスが違うように思われるけれども、重なる部分もとても多いので、人間は同じ機能を違う年齢で違った仕方で使うだけなんじゃないかと思います。最初に『アダムとイブの日記』に出会った一〇歳か一一歳の頃、わたしはジェームズ・サーバーの短編をごくごくまじめな、敬虔《けいけん》といってもいい態度で読んでいました。おもしろい話で、大人たちがゲラゲラ笑いながら読んでいるのは知っていましたが、わたしには笑えなかったのです。それは人間のさまざまな行動についての謎めいた、すばらしい物語でした。昔話や、ほかの物語と同じように、驚かずにはいられない、恐ろしい、説明のつかない大人たちのふるまいについて語っていたのです。「ベッドが落ちた夜」でサーバー家の面々が夜の間にしでかす普通では考えられないさまざまな行為は、

『ジェーン・エア』の第一章で描かれるリード家の人々のふるまいとまったく同じようにわたしには不思議なものでした。どちらも人生とはこういうものだ、と語っており、わたしを引きつけてやみませんでした――わたしを待ち受けている世界のガイドブック、目撃者証言だったのです。あまりに興味深かったので、笑うどころではありませんでした。

サーバーを読みながらわたしが笑ったのは、言葉遊びの箇所でした。リーヴズを持って来た男[11]や冷蔵庫の上に宿命という形《ドゥーム・シェイプト》をとって現われたものを見てぎょっとするコックは、昔と同じように、今もわたしに混じりけのない喜びをもたらしてくれます。マーク・トウェインのユーモアが子どもにもわかりやすいのは、トウェインが言語と戯《たわむ》れるやり方、さり気ないナンセンス、言葉選びのすばらしさによるところが大きいと思います。キャビンをドングリでいっぱいにしようとするアオカケスの話を初めて読んだとき、わたしは笑い死にするかと思いました。床にひっくり返って、息を詰まらせながら、歓びにもだえたことを思い出します。今でさえ、あのアオカケスのことを思い出すと、愉快な気持ちが静かに込みあげてくるのを感じるのです。よく言われることですが、作者の語り口にすべては含まれています。語られる声や調子そのものが物語なのです。

アダムの日記はおかしいところはほんとうにおかしくて、それはアダムの書きぶりのせいです。

それでイブはそこに住んでる生き物がかわいそうになったというわけだ。あいつはその生き物をサカナと呼んでる。こりもせずに生き物に名前をくっつけてるんだ。相手のほうはそんなもの要りやしないし、だいいち名前で呼んだって来やしないんだが、イブにとってそんなことは重要事項じゃない。だってあいつのおつむはまったくお留守なんだから。というわけで、イブはゆうべやつらを何匹も何匹もつかまえてきて、冷えないようにっておれのベッドに入れたんだ。おれは何度もやつらに気がついたが、やつらが前以上に楽しそうだとは思えない。前より静かになったのは確かだが。

これこそマーク・トウェイン純正の最強のセンテンスです。おそろしく広い範囲のことを、のんびりと、どこを目指しているかも定かでない、漫然とした調子でしゃべっているかと思うと、読者がはっと息をのむような正確さでどんぴしゃり金鉱にたどりつくのですから。ちゃんとした子どもならだれでも、この文章を面白いと思うでしょう。話の脱線を全部理解することはできないかもしれないけれども、文章のリズム、「おつむがお留守」という言いまわし、そして魚をベッドに入れるという思いつきを楽しむはずです。そしてこの子どもが大きくなってこの文章を読み返すとしたら、そのことがもたらす喜びは大きくなりこそすれ、決して減ることはありません。そして大人になったこの子どもがこれについてエッセイを書かなければならなくなり、この文章を真剣に吟味し、ためつすがめつ観察するとしたら、彼女はこの文章の語彙《ごい》、統辞法、ペース、センスのよさ、リズム、そして何よりも最後の一文が書かれる完璧なタイミングに、ただただ賛嘆の声をあげることになるでしょう。しかも、この文章を面白く感じるでしょう。いや、実際感じています。

トウェインのユーモアは破壊不可能です。昨年、散文のリズムを研究しようとして、わたしは「キャラヴェラス郡の跳び蛙が評判になる」の一パラグラフを分析してみました。一生懸命骨を折ってこれを解剖し、強音を数え、フレーズをグループ分けし、一パラグラフ全体をドラム用の楽譜の形にしてみたのです。ここまで徹底的に分解した後でさえ、読むたびに、その言葉の流れは前と少しも変わらず、むしろ一層すがすがしく、生き生きしていて、楽しいものでした。散文それ自体が破壊不可能なのです。全部が一つにまとまっているのです。生きた人間がしゃべっている語り口そのままなのです。マーク・トウェインは自分の声を誠実に、生命力をこめて紙に書き記したので、朗読の電気的録音など粗雑で古風に聞こえるほどです。

このせいでわたしたちは、マーク・トウェインを信頼するのではないでしょうか。あれほどがっくりさせられることが多くても。アダムの日記に出てくるナイアガラの滝に関するつまらない一節――明らかに滝の宣伝に使えるようにむりやりもぐり込ませたもの――のような失敗をしでかしたら、十中八九わたしはその作家を信用しなくなるでしょう。でも、マーク・トウェインの純粋さが紛れのないもの、侵しがたいものなので、そのために失敗がよけいに目立つとはいえ、わたしたちはそれを許してしまうのです。わたしは優れたピアニストが演奏中にたくさんのミスタッチをするのを聞いたことがありますが、音楽が本物だったのでミスタッチは気になりませんでした。マーク・トウェインはユーモアを押し売りすることがありますが、そんなときでも必ず彼自身の声が戻ってきて、伝わってくるのです。そしてマーク・トウェイン自身の声こそ、誇張であり、ナンセンスであり、奇想であり、絶対的な正確さ、そして真実を伝える声なのです。

そういうわけで、『日記』のユーモアに関して言えば、わたしの反応は五〇年前とほとんど変わりませんでした。マーク・トウェインのユーモアの大半が完全に子どもっぽいものだというのがその一因だと思います。子どもっぽいといっても、けなしているのではありません。トウェインのユーモアには意地の悪さがない、人の後ろでひじで突つきあって目配せをしたりする、卑劣さがみじんもないのです。昔と同じように、今でもわたしはアダムがすごくおかしいと思う一方、あんまりアダムが鈍いので、笑うよりもけとばしてやりたくなります。イブはアダムほどおかしくはないのですが、イブにはあまり腹が立たないので、イブのことのほうが笑いやすいのです。

わたしが『日記』を読んだのは、ジェンダーについて、言うなれば個人的な興味を持つ前のことでした。男性と女性、オスとメスがいるということは気づいていましたし、役に立つドイツの本で赤ちゃんがどうやって生まれるかも学んでいましたが、すべてはまったく遠い世界のこと、ただの理論に過ぎませんでした。直接的関心という点では、ケインズの経済理論と同じぐらい縁のないものだったのです。フロイトの想像力の冴えをうかがわせる概念である「潜在期」が、大方の場合よりもうまく働いていたわけです。昔の子どもたちは、性ホルモンを活性化させなければならなくなる前に何年もの自由を謳歌《おうか》したものでした。ホルモンが活発になるとやがて性的興奮状態とでもいうべき時期になるのですが、今では一〇歳の子どもがこの時期にあたるとされています。それはともかく、一九四〇年代にはジェンダーが議論の対象になることはありませんでした。男は男(たいていの場合、何かを運営するか、制服を着るかしていました)、女は女(たいていの場合、家事をするか、工場で働くかしていました)で、それは決まったことだったのです。ヴァージニア・ウルフのような数名の破壊活動分子をのぞいて、だれも男性優先の制度や前提を公に問題にしませんでした。ジェンダーの構築に関して、一九四〇年代は二〇世紀で最悪の時期であり、この時代にジェンダーの議論に割《さ》かれたスペースは、掃除道具入れ並みの、狭くて居心地の悪いものだったのです。

でも『日記』は、世紀の変わり目に書かれた作品です。それはジェンダー役割に対する革命的な問いかけがなされた時期であり、フェミニズムの第一波がおとずれた時期であり、女性参政権運動と「新しい女」の時代でした。この「新しい女」こそまさに、マーク・トウェインがわたしたちに与えてくれた、あのたくましく、うれしくなるほど有能なイブなのです。

今『日記』を読み返すと、女性に対するトウェインのやさしさと底知れない繊細さと同時に、女性の肩を持ってやろうという心意気のようなものを読み取ることができます。マーク・トウェインは常に負け犬の味方でした。この世界は男の世界であり、男の世界でなければならないと信じていたにもかかわらず、トウェインはそこでは女が負け犬だということを知っていたのです。公平さについてのこのきめ細かい感覚が、『日記』に倫理的複雑さをもたらしているのです。

子どもの頃のわたしは『日記』に一抹の居心地の悪さを感じていました。この居心地の悪さの原因は、まさにこの点に、つまりこの倫理的複雑さといささかの自己矛盾にあるとわたしは考えます。

アダムが絶対的にイブよりも有利なのは、アダムの知能や腕力が勝っているからではなく、アダムがどうしようもなく愚かで鈍感なためです。アダムは何にも気づかないし、何も聞かない、興味も関心も一切持たないおばかさんです。アダムはイブの気持ちを理解しようとしません。だからイブは自分の気持ちを――言葉と行動で――アダムに伝えなければならず、アダムがエデンの園に住む他のものたちと心を通わせるようにしなければならないのです。アダムはあるがままの自分に完全に満足しています。イブは自分のやり方を変えてアダムに合わせるようにしなければなりません。アダムの関心の的、その中心にどっかと腰を据えているのはアダム自身です。アダムと一緒に暮らすために、イブは自分がアダムにとっては周辺的な存在であること、付随的、従属的であることを受け入れなければならないのです。

エデンの園における生活のこの構図はかなり社会的、心理学的真実を表わしています。ミルトン〔『失楽園』の作者〕はこれを結構な取り決めだと考えました。マーク・トウェインはそう考えなかったようです。なぜなら、それぞれの『日記』の最後で、イブ自身はあまり変わっていないけれども、イブがアダムを根底から変えたことをトウェインはわたしたちに示しているからです。イブは前からずっと目覚めていました。アダムはゆっくりと、でもついに目を覚まし、イブを正当に認め、それによって自分自身をも正当に評価することになります。でも、それはイブにとっては遅すぎたのではないでしょうか。

こうしたことすべてを、『日記』を最初に読んだ子どもの頃のわたしはかなりちゃんと理解し、魅了され、一方で心を悩ませもしました。筋道を立てて論じることはむりだったに決まっていますけれども。子どもは生まれつき公平さを求める情熱を持っているようです。子どもたちに公平さを教える必要はないのです。むしろ、しかるべき偏見を持つ大人にしようと思えば、子どもたちが公平さばかり求めないように、性根《しょうね》をたたき直さなければならないのです。

マーク・トウェインもわたしも、ジェンダーを対《つい》の形で考える、現実離れした理想を大切にする社会で育ちました。一家の糧《かて》を稼《かせ》いでくる、独立独歩の夫と、家庭に留まり、夫に依存する妻、という対です。男性はオークの木であり、女性はそれにからまるツタ。力は男性のもの、優雅さは女性のもの。男性は働き、稼ぐ。女性は「働かない」が、男性のために家を守り、男性の子どもを産み、育て、生活を美的に彩るもの、精神的な慰安を男性に提供する。さて、二〇世紀も後半になった今日、宗教的／政治的保守主義者が描く男女像はいまだに今述べたような構図に近いものです。五〇年前、あるいは一〇〇年前よりいっそう大多数の人々の経験から離れたものになっているにもかかわらず。トウェインの描くアダムとイブは、本質的にこの強固な類型に一致しているでしょうか、それともトウェインは、重要な点で類型に変更を加えているでしょうか。

わたしはトウェインがかなりの変更を加えていると思います。最終的にはあまり目立たないようにごまかしているとしても。マーク・トウェインはジェンダーに関する理想を支持してはいません。そうではなくて、女性と男性の真の違いと彼が見なすものを追求しているのです。そしてこうした違いのなかには理想に合致《がっち》するものもあれば、衝突するものもあるというわけです。

イブはエデンの園における知識人であり、アダムは頑迷な田舎の保守主義者です。イブは何にでも首を突っ込みたがり、すべてのことを知りたがり、あらゆるものに名前をつけたがります。アダムはまったく好奇心というものがなく、自分は知る必要のあることは全部知っていると確信しています。イブはおしゃべりをしたがり、アダムはしゃべるよりはうう、とかうなるほうが好きです。イブは社交的、アダムは一人でいることを好みます。イブは自分が科学的だと思い込み、得意になっていますが、その実、試してもみずにお気に入りの理論の正当性を信じきっています。イブのやり方は純粋に直観的で、理性的ではありますが、経験主義とはまったく無縁です。イブは自分の理論を試してみなくてはいけないとアダムは考えていますが、彼自身は怠け者なので、自分でやってみようとはしません。アダムは樽に入ってナイアガラの滝を下りますが、なぜそんなことをするのか、理由を言おうとしません。男はそういうことをするものだから、それだけのようです。イブはアダムよりはるかに想像力に富み、自分の想像に影響されるので、危険だと知らない時にだけ、危険なことをします。イブは虎にまたがり、蛇に話しかけるのです。イブは反抗的で、冒険を好み、だれにも依存しません。一方アダムは権威を頭から受け入れ、疑うことを知らないのです。イブは無邪気なトラブルメーカーです。イブは愛情と善意にあふれているのですが、権威をいっさい認めようとしないため、アダムの愚かで自己充足的な独裁国家であるエデンは崩壊してしまい――アダムはエデンから救われるのです。

それはイブにとっても救いになるのでしょうか。

元気いっぱいで、頭がよく、権威をものともしないこのイブは、H・G・ウェルズ描く一九〇九年の典型的な「新しい女」アン・ヴェロニカ（『アン・ヴェロニカの冒険』の主人公）を思わせます。しかし、アン・ヴェロニカの勇気と好奇心は結局のところ、アンを独立ではなく、妻の座へと、女という性を持つ存在にとって適切かつ十分な達成と見なされているものへと導きました。これはナターシャ症候群、生き生きとした女性登場人物が結婚して子どもを産んだとたんに陰気で愚かな女になってしまうというあの病気の前兆ではないでしょうか。いったんアダムを手に入れ、子どもたちが生まれたら、イブは聞きたがったり、ものを考えたり、歌ったり、名前をつけたり、冒険したりするのをやめてしまうのでしょうか。それはわかりません。トルストイは、結婚したナターシャの情けない姿をわたしたちに垣間《かいま》見せました。ウェルズは、アン・ヴェロニカには何の問題もないと信じ込ませようとしています。でも、マーク・トウェインはイブがどうなるか、何も教えてくれないのです。イブは沈黙します。あまりいい徴候ではありません。〈転落〉の後、わたしたちには、カインは何の動物だろうとしきりに首を傾げるアダムの声しか聞こえません。イブがわたしたちに言うのは、アダムが自分を殴ったとしても、自分はアダムを愛しつづけるだろうということだけ——大変よくない徴候です。そして四〇年後、イブはこう言います「アダムは強くて、わたしは弱い。わたしがアダムを必要とするほど、アダムはわたしを必要としていない——アダムのいない人生なんて人生じゃないわ、そんなことにどうやって耐えられるだろう?」。

イブの言葉を信じるべきなのか、いや、信じることができるのか、わたしにはわかりません。わたしの知っているあの女性の言葉とは思えないのです。イブが弱いですって? ありえない! 「自分に合う助ける者」(「創世記」二・二〇)としてのアダムが役に立つかどうかは疑わしいところです。だってこの男は、生活のためにわたしたちは働かなくてはならない、とイブが言った時、「彼女は役に立つだろう。おれは監督をすることにしよう」と決意するのだし、自分の息子をカンガルーと思い込むようなやつなのですから。子どもを産むためにはたしかにアダムが必要でした。そしてイブはアダムを愛していますから、アダムがいなくなれば寂しく思うでしょう。でも、アダムがいなければイブが生きていけないという証拠があるでしょうか。おそらくアダムはイブがいなくても生きていけるでしょう。イブが現れる以前のように、獣みたいに。でも、ほんとうに重要なのは、二人がお互いに頼りあっていることなのではありませんか。

今のわたしは『日記』を、強い男／弱い女という約束ごとを精妙に、しかも悪気のない仕方で茶化したパロディとして読みたいと思います。でも、それが可能なのかどうか、よくわかりません。少なくとも完全に確信を持つにはいたっていないのです。『日記』はパロディであると同時に条件つきでこの約束ごとを受け入れているのかもしれません。

そしてアダムは最後にこう言います。「どこであろうとイブのいるところにエデンはあった」。この言葉はまったく予想外に痛切なもの、心の底からの叫びです。子どものとき、わたしはこの言葉を読んで身震いしました。今でも身震いします。

わたしは野ウサギのように宗教と無縁に育ちました。たぶん一つにはそのせいでマーク・トウェインがわかりやすかったのでしょう。教会での礼拝の描写はわたしにとって、よその部族のエキゾチックな儀式のように面白く思われました。そして、マーク・トウェインほど上手に教会の礼拝を描く作家はいません。しかし、神そのものということになると、わたしが本のなかで出会った神は、不必要に物事を複雑にするばかりで、人に奇妙な態度をとらせたり、気の滅入るようなことをさせたりする存在でした。神はベス・マーチ〔『若草物語』の四人姉妹の一人〕に非道な扱いをし、ジェーン・エアが宗旨を変えてロチェスターを崇拝するようになる前は、できるかぎりのことをしてジェーンの生活を辛いものにしようとしたのです。その後何年かたつまで、わたしは神が重要な役割を果たす本を一冊も読みませんでした。神がまったく登場しない本だけで満足しきっていたのです。

アダムとイブの物語をエホバ抜きで書くなどという芸当が、マーク・トウェイン以外のだれにできたでしょう。

キリスト教を知らない子どもだったので、わたしはマーク・トウェインの書いた楽園の物語に少しも違和感を感じませんでした。これがまともな楽園の話だろうと頭から思い込んでいたのです。

キリスト教と無縁なまま老人になって思うことは、やはりこれがまともな楽園の話だということです。そして今のわたしは、この話の独創性と勇気をもっとよく評価することができます。マーク・トウェインという男の神経の図太さ、その精神の驚嘆すべき、すばらしい自立性を。一八九六年の、敬虔で、信心深い、人々が不敬な言行に目くじらをたてる、独善的なキリスト教国アメリカ——それを言えば一九九六年のアメリカも変わりませんが——で、トウェインは神が不必要な仮説でしかないことを示し、イブとアダムが、神とは何の関わりもなく、実際、蛇とさえいっさいの関わりなくエデンを出ていくようにさせたのです。こうして彼は罪と救い、愛と死をわたしたち自身の手に委ねました。わたしたち自身のもの、厳密に人間のみが関わる、人間だけが責任を持つべきものとして。なんて自由な、そして勇敢な魂の持ち主でしょう。

子どもの時にそんな魂の持ち主と出会うことはすばらしい幸運です。アメリカという国がその心のなかにマーク・トウェインを持っていることは、すばらしい幸運なのです。

内なる荒れ地
――「眠り姫」と「密猟者」、そしてシルヴィア・タウンゼンド・ウォーナーについての追記――

この文章は、アンソロジー『鏡よ、鏡――女性作家がお気に入りのおとぎ話を探る』(ケイト・バーンハイマー編、一九九八年)に寄せたものである。このなかで触れている、フランシーン・プローズが「眠り姫」について書いたエッセイも、このアンソロジーに入っている。わたしの短編「密猟者」は短編集『空気を解放する』に収録されている。

影響《インフルエンス》――影響への不安はストレスとなり、インフルエンザをおびきよせかねない。わたしは「作家になる上で、どの作家から影響を受けましたか？」という善意の質問におびえるようになった。

わたしが影響を受けなかった作家なんているだろうか。ウルフとかディケンズとかトルストイとかシェリーとかの名前を挙げたら、百もの、いや千もの他の作家から受けた影響をないがしろにすることになってしまうだろう。そんなことはできない。

というわけで、わたしは質問をはぐらかす。質問者に、まさかわたしの強迫読書症についてお聞きになりたいわけじゃないでしょう？　と問い返したり、分野を変えて、「シューベルトとベートーベンとスプリングスティーンはわたしの作品に大きな影響を与えています」と答えたりして。あるいは「影響を受けた作家を挙げていくと一晩はかかるでしょうから、今読んでいる作家についてお話ししますね」と答えることもある。これはこの質問をされるようになって考えついた答えである。まあ、この質問は役には立つ。会話が弾むから。

ところで『影響の不安』〔文芸批評家ハロルド・ブルームの著書〕という本があった。そう、わたしはだれがヴァージニア・ウルフを怖がっているか知っている。(12) とはいえ、影響の不安という言葉が真剣に使われるのを聞くと、わたしはちょっと信じられない気がする。他の作家から学んだために感じる不安についてのこの本が出版されたのと同じ時期に、わたしたち作家の多くが、上の世代の、昔の女性作家たちの作品の再発見、再出版に沸きたっていた。彼女たちの作品こそ、男性優位の文学規範によって、すべての作家から隠されてきた豊かな遺産なのだ。

あっちでこの男性たちが影響について偏執狂的に悩んでいた時、わたしたちはこっちでそれを祝っていたというわけだ。

まあ、いいだろう。もし、作家のなかに、他の、自分たちよりも古い時代の作家の存在そのものに脅威を感じる人がいるとしたら、おとぎ話はどうだろう。古すぎて作者すらいない物語は、正真正銘のパニックを引き起こすはずではないか。

文学的影響に関する既成の(男性の)概念がぎょっとするほど単純化されたものだということは、(まず――最後にではなく、まず最初に)それが「文学に先行するテクスト」――口承で語り継がれる物語、昔話、おとぎ話、絵本など――の、これから作家になるかもしれない人間の柔軟な心に及ぼす影響を見過ごし、無視し、軽蔑するという事実に現れている。

もちろん、このような深い層への刻印は、一〇代や二〇代の頃に読んだ小説や詩の影響より跡づけることが難しい。影響をこうむった人がこうした初期の影響を意識していないこともありうる。その後に学んだあらゆる事柄によってそれが覆《おお》い隠され、わからなくなってしまった場合である。四歳の時に聞いたお話がわたしたちの頭と心に深く、消えることのない影響を与えることもあるかもしれないが、大人になってそれをはっきり意識するということはありそうにない――真剣に考えてみてください、と頼まれでもしないかぎり。それに、影響を受けた本人が、このような影響を意識にのぼらせるのを強く拒むということもありうる。かりに「真剣さ」というのが規範にかなう正典としての文学だけを指すのだとしたら、その昔パジャマに着替え、ぬいぐるみを抱いてベッドに入った後で親戚のおばさんが読んでくれたお話なんてものは、恥ずかしくて口にするのがはばかられるというのも十分考えられることだ。でも、そのお話が、これまで読んだどんな作品よりも決定的にわたしたちの想像力を形作ったということもありうるのである。

眠り姫の話をいつ最初に聞いたのか、あるいは読んだのか、わたしにはまったくわからない。(物語によっては覚えている)特定の版の挿絵や、言葉の言い回しさえ覚えていないのである。まちがいなく子どもの時にいくつかのおとぎ話集で読んだし、自分の子どもたちにもいろんな形でこの物語を読んで聞かせた。なかには初期のポップアップ絵本で、チェコ製のすてきな本もあった。紙でできたイバラの生け垣が小さな紙のお城のまわりにさっと立ち上がるのは見事な魔法だった。そしてしまいには、お話のとおりにお城の人々が全員目を覚まし、本のページからすっくと起き上がるのである。

けれども、これがお話のとおりだというのなら、わたしはいつ最初にそのお話を知ったのだろうか。

眠り姫はわたしが「昔から知っていた」お話の一つだった。「みんなが知っている」お話の一つであるのと同様に。こういうお話はわたしたちの受け継いだ文学的遺産の一部とは言えないだろうか。わたしたちに影響を与えてはいないだろうか。

だからといって、そのために不安になるだろうか？

それはともかくとして、眠り姫についてフランシーン・プローズ〔アメリカの現代作家〕

が書いたエッセイは、昔から知っていたと思っている話を実はわたしたちは知らないのだということを優雅に証明している。わたしは一二人目の妖精と紡錘《つむ》のことははっきり覚えていたが、結婚後のわけのわからない話〔ペロー版では眠り姫と二人の子どもを王子の母親が食べようとする後日談がある〕はまったく覚えていなかった。わたしの、そしてほとんどのアメリカ人の知っている物語は、王子のキスとみんなが結婚式の準備をしているところで終わる。

さらに、わたしはこの話が自分にとって何か特別の意味あるいは魅力を持っていたこと、わたしに「影響を与えていた」ことに気づいていなかった。六〇代になって、シルヴィア・タウンゼンド・ウォーナーの短い詩〔『全詩集』所収〕のなかで、この話が生き生きと再現されているのに出会うそのときまでは。

眠り姫は目を覚ました
焼き串は回りはじめた
森番はやぶを切りはらい、
庭師は芝生を刈った
なんと悲しいこと！　たった一つのキスが
沈黙に包まれた館を、鳥たちの歌あふれる荒れ地を帳消しにしなければならぬのか？

詩というのはそういうものなのだが、この一節はわたしをはるかかなたまで、イバラの生け垣を突き抜けた向こうの秘密の場所まで一気に連れていってくれた。見事なまでに簡潔であるにもかかわらず、最後の二行でなされている問いかけは、眠り姫の物語の完全な「読み直し」、転覆《てんぷく》である。それはほとんど物語を帳消しにするといっていいかもしれない。

館とその庭をおおっている眠りの帳《とばり》は、邪悪な魔法、呪いによるものとされている。そしてこの魔法をうち破る王子のキスがハッピーエンドをもたらすのだと。しかしタウンゼンド・ウォーナーが問いかけるのは、これがほんとうに呪いだったのだろうか、ということだ。イバラの生け垣は切り裂かれ、コックはおかゆの鍋に向かってどなり、お百姓たちは再び種まきや刈入れに精を出し、猫はネズミに跳びかかり、姫の父親はあくびをして頭をかき、母親は寝ている間に召し使いたちがずるけたに違いないととびあがり、姫はにっこりとこちらを見ている若い男の顔をわけもわからず見つめ、その若者は姫を連れ去って妻にしようとしている――すべてが平常通りの、ありふれた、いつもの、日常の生活に帰っていく。静寂、平和、魔法は消えてしまう。

ほんとうに、詩人タウンゼンド・ウォーナーが問うているのはとても大きな、深い問いなのである。それはフロイト流、ユング流、あるいはベッテルハイム流の解釈などでは届かない物語の深奥《しんおう》へとわたしを導く。わたし自身がこれを何についての物語だと考えているかを見せてくれるのだ。

わたしはこれを静かな中心すなわち「沈黙に包まれた館、鳥たちの歌あふれる荒れ地」についての物語だと考える。

わたしたちが心のなかにとどめるイメージはこれなのだ。凍ったように動かない煙突の煙。ぴくりともしない手から転がり落ちた紡錘。眠っているネズミのわきで眠る猫。音も、ざわめきも、雑踏もない、まったくの安らかさ。動くものは何もなく、ただ、それとわからぬほどゆっくりとイバラが伸び、しだいしだいに庭中に茂り、高くなっていき、この高い生け垣の上を飛ぶ鳥の歌が時折聞こえるだけ。

それは秘密の花園。エデンの園。みなが夢見る、陽光に照らされた完全無欠の安全。変化を知らぬ王国。

子ども時代だろうか――そう。性と無縁ということ、処女性だろうか――そう。垣間《かいま》みられた思春期。一二歳あるいは一五歳の少女の頭と心のなかに隠れている場所。少女はそこに一人で、一人きりでいて、満ち足りており、少女のことを知る人はだれもいない。少女は考えている。わたしを起こさないで。わたしに気づかないで。わたしをひとりでいさせて……。

でも同時に少女は、別の窓から、わたしはここよ、来て、お願い、急いでここに来て！　と叫んでいるかもしれない。そしてその窓から長い髪を垂らし、王子はとどろくような音をたてて登ってきて、二人は結婚し、世界は続いていく。もし少女がだれも知らない場所にこもり、愛、結婚、子どもを産むこと、母となることなどを放棄するとしたら、世界は続いていかないだろう。

それはそうとして、眠り姫には少なくとも一人で過ごす時間があった。自分だけの館で、静寂に包まれた庭で。あまりにも多くの姫君がこんな場所があることさえ知らずにいる。

タウンゼンド・ウォーナーの詩はしばらくわたしの頭を去らず、そのうちわたしは、彼女の問いかけによって自分が眠り姫という昔話の世界に入り込んだばかりか、この話をテーマにして物語を書かなければならなくなったことを悟った。この場合、影響はほとんど直接的だ。わたしはまったくそれを不安に思わない。わたしは晴れやかに感謝の笑みを浮かべる。

わたしが書いた物語は「密猟者」という。このタイトルは、作者であるわたしがしていたことを正確に言い表わしている。昔話の領域での密猟である。無断で侵入し、盗んだのだ。狩りをしたのだ。何も起こらない場所で起こった何かを突き止めようとしていたのである。

わたしの物語では、ある森のそばにお百姓の少年が住んでいて、森に入りこんでは狩りをしたり、木の実や果物を採ったりして、自分と意地悪な父親、やさしい継母のためになんとかかつかつの暮らしをたてている。(類型を逆転させるのは、単純だが尽きることのない楽しみだ。継母は主人公の少年とさほど年が変わらず、二人は互いに相手に対してセクシュアルな憧れを抱いているが、それが満たされることはない。)少年は森の奥で見上げるような生け垣が行く手をふさいでいるのを見つける。人の侵入を許さないこのとげだらけの生きた壁に少年は引きつけられる。少年は何度も生け垣のある場所を訪れ、それがどこまで続いているかたどっていく。生け垣が輪になっており、なかにある何か、外とは違った世界を完璧に守っていることを知った少年は、なかに入ってやろうと決心するのである。

昔話によってわたしたちが知っているように、魔法の生け垣は何メートルもの厚みと高さがあり、若枝を一本切るごとに、剃刀《かみそり》のように鋭いとげの生えた新しい枝が二本伸びてくるので、生け垣をくぐり抜けようとする人間はみなじきにあきらめてしまう。一二番目の妖精の魔法は、この生け垣が百年の間茂りつづけるよう定めていた。百年が過ぎ去って初めてある王子がある剣を持って現れ、この恐ろしいイバラのやぶを、温めたナイフでバターを切るように切り開くことになっているのである。

主人公であるお百姓の少年は、もちろんそんなことは知らない。知っていると言えることなど何もないのだ。何しろおそろしく貧しくて無知な少年なのだから。少年は自分の生活から逃れて外へ出ていく手段を持たない。この生活から逃れる手段など一つもないのである。かくして少年は生け垣を切りはじめる。

少年は何年もこれを続ける。それしかない貧弱な道具を使って、ゆっくり、ゆっくり、切られても切られても伸びてくるとげだらけの木の生命力を打ち負かし、幹と枝と際限なく伸びてくる若枝がからみ合っているなかに、狭い、息のつまりそうなトンネルを造り、根気強く何度でも何度でも戻ってくるのである。ついに生け垣を通り抜けるその時まで。

少年は魔法を解くのではない。それは王子のすることだ。少年は魔法のなかに分け入ったのである。その世界に入ったのである。

呪文を破るのはこの少年ではない。その代わり、少年は王子にはできないことをする。魔法を楽しむのだ。

少年は巨大な生け垣を抜け、なかにあるいくつもの畑や庭をあちこち歩き回り、花にとまったまま眠っているミツバチを、眠っている羊と牛たちを、門の前で眠りこけている門番たちを見る。少年は城(というのは、わたしの知っている話では、眠り姫の父親はこの国の王様だから)に入る。そこで眠っている人々の間をさまよう。そして密猟者はこう言うのだ。「みんな眠っているんだということはもうわかっていた。とにかくすごく奇妙で、ふつうなら恐いはずなのに、どうしても恐いと思えなかった」。さらに、「入ってはいけないところに入ったことは知っていたが、なぜいけないかがわからなかった」と。

少年はお腹をすかせている。これまでずっとお腹をすかせてきたのだ。「コック長がオーブンから取り出したばかりの鹿肉のパイは、たまらなくおいしそうな匂いをさせていて、餓えた体はそれに抗うことができなかった。ぼくはコック長がもっと楽な姿勢になるようにと、コック帽を丸めて枕にし、厨房《ちゅうぼう》のスレート敷の床に寝かせてあげた。そしてそのすばらしいパイにとりかかった。端を手でちぎっては口に詰め込んだ。パイはまだ温かく、香ばしく、汁気たっぷりだった。次に厨房を通ったとき見たら、パイはできたままの形で、手をつけた跡はいっさいなかった。魔法は崩れないのだ。夢のなかのように、ぼくはこの深い眠りがつくりだしている現実を何一つ変えることができないのだろうか」。

そういうわけで、少年は城にとどまる。少年はいつもひとりぼっちだったから、ここでの孤独も別に新しいものではない。そして今、少年の餓えは満たされている。セクシュアルな意味でも満たされているのだ。少年は眠っている百姓娘を、眠っている娘の恋人と分ちあうのだから。娘は眠りながら快楽に笑みを浮かべ、少年のすることには何の害もない。魔法は崩れないからだ。何も変わらないし、壊れないし、傷つかない。少年にとって、これ以上何を望むことがあるだろう。

もしかしたら少年は話をしたいと思うかもしれない。だが、これまでの生活でも少年はたいして話をしていたわけではなかった。ここでは、少年が何か言っても、答えてくれる人はいない。しかし、少年には暇ならいくらでもあった。無限の時間があったのである。そこで少年は独学で字を読むことを学んだ。そして姫の持っていたおとぎ話の本を読むのである。今少年は自分がどこにいるか知っている。おそらく、望むべきことがもっとあることももう知っているだろう。

少年は姫が誰かも知っている。「ぼくはあの人が、城中であの人一人だけがいつ何時にも目を覚ましかねないことを知っていた。城にいる人間の中で、ぼくたちみなの中であの人一人だけが夢を見ていることも。あの塔の部屋の中でぼくが何か言ったら、それがあの人に聞こえただろうということも知っていた。目を覚ますことはないかもしれないが、眠りながらぼくの言葉を聞いて、それであの人の夢が変わってしまうだろうということも」。魔法を解くためには、姫の持っている紡錘を動かして、紡錘の先が親指に刺さらないようにしさえすればいいことを少年は知っている。「ぼくがそうしたら、ぼくが紡錘を動かしたら、赤い血のしずくが、きゃしゃな親指の関節のすぐ上、ふっくらと肉づきのいいところにゆっくりと盛り上がってくるだろう。そしてあの人は目を開くだろう。あの人はゆっくり目を開くだろう。そしてぼくを見る。魔法は破れ、夢はおしまいになる」。

わたしの物語も、タウンゼンド・ウォーナーの詩のように、問いを発しているだけだ。何一つ変わらない。すべては昔から語られているとおりに進む。王子がやってきて、そのキスが処女である花嫁の目を覚ますだろう。わたしも密猟者も物語を変えるつもりなどなかった。わたしたちはただ喜んで物語のなかに入りこんだのである。目を覚ましたまま物語のなかにいることがうれしかったのだ。

今考えてみると、眠り姫の話は、なかに出てくるイバラの生け垣と同じぐらい堅固《けんご》で、難攻不落だと思う。話の周辺であれこれヴァリエーションを作ることはできる。お百姓の密猟者や強姦魔《ごうかんま》の王子を想像し、好きなようにハッピーエンドあるいはアンハッピーエンドを考えることもできる。話の輪郭を定めることも、傷つけ、損なうこともできる。話の論理性を高めるためにそれを語り直すこともできるし、「メッセージ」を伝えるためにこの話を使おうとすることもできる。しかし、わたしたちがいろいろなことをし終えた時、物語は変わらずそこにある。イバラの生け垣に囲まれた場所として。静寂、陽光、眠る人々。何一つ変化しない場所。母親や父親はこの物語を子どもたちに読んで聞かせ、物語は子どもたちに影響を与える。

物語は、それ自体が魔法なのだ。どうしてわたしたちが魔法を破りたいなどと思うだろう。

後記(二〇〇三年)

シルヴィア・タウンゼンド・ウォーナーに、この機会にさらなる敬意を表したいと思う。わたしはめったにない好運にめぐまれ、一度この作家に会ったことがある。家族でイギリスに滞在していた一九七六年に、わたしがシルヴィアの作品を崇拝しているのを知っていた友人のジョイ・フィンツィが、シルヴィアもわたしに会うのを喜ぶかもしれないと思いついたのだ。そこでジョイは遠慮するわたしを説き伏せ、シルヴィアにわたしの詩を何編か送ってから、ドーセット州の川岸のとあるコテージまでわたしを車で連れていってくれた。シルヴィアはそのコテージに長年、最初は恋人のヴァレンタイン・

アックランドと一緒に、その後は一人で住んでいたのである。シルヴィアの手紙にはその場所の見事な描写があり、コテージは短編のいくつかにも登場する。それは川に住む水の精《ナイアード》のような家で、水の上にのぞいているのはその一部分だけだと思わせ、あまり手を入れていない、ぬかるんだ、でも美しい小さな庭があり、川のつぶやきが家を取り巻いていた。わたしたちは家の表側にあるサンルームのようなところでお茶を飲んだ。ヴァレンタインのやっていたアンティーク・ショップから持ってきた骨董品がまだあちこちに並んでいた。ひょっとしたら、家具として使われていたのかもしれない。シルヴィアはほとんど途切れることなく煙草を吸っていた。もう六〇年ほど続けてきたように。家の中の白壁が金茶色に変色しているのはとても印象的だった。壁には何枚か絵が掛けてあったが、絵をおおっているガラスには煙草のやにがべったり張りついていて、何の絵かわからなくなっていた。もちろん、あれほど湿気の強い場所だから、暖炉の煙のせいもあったかもしれない。シルヴィアは年をとっていて、疲れていて、遠慮がちで、親切で、ダイヤモンドの砕片のように鋭い人だった。シルヴィアはわたしの「アルス・ルンガ」という詩が気に入ったと言ってくれた。それは物語の語り手であることについての詩で、この時以来わたし自身もこの詩をよけい好きになった。わたしは、はるか昔に読んだシルヴィアの短編について質問した。感じのいいイギリス人家族がピクニックをしている話で、『ニューヨーカー』誌に掲載されていたのだが、題名を忘れてしまったものだ。物語の最後に、ある人がたまたまこの家族を見る。すると、一人は血のしみのついたインド製のショールを羽織っており、二人は一八世紀の衣装を身につけており、父親は地面にすわりこんで巨大なオルゴールに聞き入っていて、そこに母親が鳥籠を持ってやってくる。これがみんな当の家族ばかりでなく、わたしたち読者にも完全に当たり前のことに思われる、というのはどうしてこうなったのかその理由がわかっているからなのだが、通りすがりの人にはわからないわけで、その視点の逆転がはっとするもので、しかもものすごくおかしかったのである。シルヴィアは楽しそうに微笑《ほほえ》みながらわたしの説明を聞いて、「ええ、それはよく覚えてますよ」と言ったが、やはりタイトルを思い出すことができず、どこに収録されているかも覚えていなかった。むりもない。九冊もの短編集を出版していたのだから(この話はそのどれにも入っていなかった。タイトルは「エクスムーアの景色」で、シルヴィアの没後に出版された選集『いろんなことが重なって』に収録されている)。それに加え、七冊の小説があり、なかでは『ロリー・ウィローズ』がおそらく一番驚嘆すべき作品だろうが、わたしは『まことの心』と『それが置いてあった片隅』も大好きだ。シルヴィアの最後の大作はT・H・ホワイトの見事な伝記である。詩もようやく全集が出たし、珠玉のような書簡と胸が張り裂けそうに悲しい日記も出版された。シルヴィアはその生国ではまだ、ほぼ正当に評価されているが、アメリカではおおかた忘れられた存在のようだ。短編の大半はアメリカで最初に出版されたというのに。ほんの一時間だったが、わたしはシルヴィアと会ったことがあるというのを人生で最も大切な名誉の一つと考えている。

いま考えていること

〈事実〉そして／あるいは／プラス〈フィクション〉

一九九八年に、面白い文芸批評誌『パラドクサ』の編集部から「語りの未来」という特集に寄稿するよう頼まれて書いたものがこれである。あちこちに少しばかり手を入れた。

その昔、わたしたちが語りを世俗的なものと神聖なものに分けていた頃、事実性と創作はどちらも前者の性質であり、一方後者の本質は真実であると考えられていた。真実とは何かについて意見の一致が見られなくなるにつれて、事実とフィクションの違いがより重要なものとなってきて、わたしたちは語りをフィクションとノンフィクションに分類しはじめた。

この分類は、出版社、図書館員、書店、教師、そしてほとんどの作家によって維持されており、語りとその用途についてのわたし自身の概念にとっても基本的なものである。わたしが今使っているコンピュータ上のファイルは「進行中のノンフィクション」とラベルがつけてあり、「進行中のフィクション」と区別できるようになっている。しかし、ポストモダン的境界の融解の一部なのだろうか、いくつかのファイルが合体しつつあるようだ。たくさんのフィクションが、あるタイプのノンフィクションに入り込んでいるようなのである。ジャンルの侵犯はわたしも好きだけれども、この現象はジャンルだけにとどまらないかもしれない。この問題について考えはじめるにあたり、わたしはいつものように『オックスフォード英語辞典』を引いてみた。

フィクション
［1、2――廃用］
3a　「ふりをする」行為、あるいは空想上の事件、存在、物事の状態などを、人をだますもしくはその他の目的で創り出す行為。［……］ベーコン、一六〇五年「……フィクションと信念は非常に大きな類似性を持っている。」［……］
b　空想的に創り出されたもの。ふりとしてよそおわれた存在、出来事、あるいは物事の状態。事実の反対としての創作。［最初の引用は一三九八年。］
4　文学の一種で、空想上の出来事についての叙述および空想上の人物の描写にたずさわるもの。虚構の作文。今はふつう散文小説と物語を集合的に指す。この部類の作品を書くこと。［最初の引用は一五九九年。］

(5番目以降の定義は、この言葉の非文学的で軽蔑的な用法――故意の偽り、たわごと、作り話など――を扱っている。)

一方「ノンフィクション」という言葉に関して言えば、これは『オックスフォード英語辞典』には載っていない。今出版されている米語の辞典を引けば載っているだろうが、持っていないし、わたしのマックに入っているシソーラスには現代的用法が豊富に入っていることがわかっていたので、これで「フィクション」の類義語と反義語を調べてみた。すると、主な類義語として「物語」、次に「非現実」、さらに「劇、ファンタジー、神話、小説、ロマンス、伝説、お話」が載っていた。これらの類義語のうち、「非現実」をのぞく全部が文学に関する用法である。

主な反義語は「現実性」、次いで「真正さ、伝記、確実さ、事の次第、出来事、顔[?]、事実、本物性、偶発事件、歴史、事件、起こったこと、現実」が挙がっている。反義語のうち、文学に関係するのは歴史と伝記の二つだけだ。

反義語には「ノンフィクション」が含まれていない。これはもうかなり一般的な言葉になっていると思ったのだが。わたしはシソーラスで「ノンフィクション」を引いてみた。出てきた結果は、「近い関連語」と呼ばれている「フィクション」だけだった。

わたしのマックは、「フィクション」と「ノンフィクション」の意味が非常に近いので、どちらを使ってもかまわないと言っているのだろうか？

今起きていることは、もしかしたらこれなのかもしれない。

この定義のぶれ、あるいは二つのモードの融合については、あちこちでいろいろなことが言われ、書かれてきた。ただし、体系的なあるいは学問的な研究は見たことがない。この問題についてわたしが読んだものの大半は、ノンフィクション作家によるもので、従来、当然フィクションにふさわしいもの、あるいはフィクションにのみふさわしいものと見なされてきた技術や自由を自分たちが行使することを弁護する趣旨だった。彼らの議論は次のような論点を含んでいた。——全面的な正確さは望むべくもないのだから、事実に即した報告と称されるものにも創作はつきものである。同じ出来事を同じように感じ、受け取る人はいないから、事実性には常に疑問符がつけられる。芸術的な裁量によって、ただの正確さよりも高度の真正さに到達できる可能性もある。そして（それゆえ？　いずれにしても？）作家には自分の好きなように物語を書く権利がある。

ジャーナリストのジャネット・マルコムは、故意に名誉を傷つけるような誤った引用をしたとして、インタビューをした相手のジェフリー・マッソンに訴えられ、『ニューヨーカー』誌の記事で自分流のジャーナリズムを右に述べたような議論によって弁護した。たぶんマルコムはトルーマン・カポーティにヒントを得たのだろう。カポーティは自分の作品『冷血』(これも『ニューヨーカー』誌に掲載された)を「ノンフィクション小説」と呼んだが、どうやらこれは自分の作品を単なるルポルタージュより上に位置づけ、ついでに、事実をいい加減に扱ったという非難から身を守るためにしたことのようだ。ノンフィクション作家の中には、作品中に創作的要素を持ち込むことを活発に弁護する人たちもいる。その他のノンフィクション作家はこれを当然と考え、抗議を受けると驚くのである。

「自然をテーマにしたノンフィクション《ネイチャー・ライティング》」にはかなり創作が含まれることがよくあるし、この分野の有名な作家が観察を偽造したり、実際にはしていない経験を語ったりしたことを堂々と認めているという話を聞いたことがある。しかし、フィクションがノンフィクションの世界へ侵入する主たる経路は、自伝的な類いの作品――回想録や「個人的エッセイ」経由のもののようだ。この問題に関する二つの書評(これをわたしに送ってくれたサラ・ジェイミソンに感謝したい)を引用しよう。一つめはW・S・ディピエロのもので、一九九八年三月八日付けの『ニューヨーク・タイムズ・ブックレビュー』誌に掲載された。

思い出すことは想像力を使う行為である。わたしたちが自分の経験について行ういかなる説明も、自分自身を再創作する一つの試みなのだ。過去の出来事、人物、物、場所、そしてその連鎖を正確に報告していると考えている時でさえ、わたしたちは自分自身とその世界を脚色している。

この「自分自身の再創作」という言い方は興味深い。誰が最初の創作をしたのだろうか。自己創作は永遠にくりかえされ、それがもつ経験や現実との関係など重要ではないと言いたいのだろうか。「脚色」という言葉も興味深い。脚色は中立的ではなく、誇張と、感情を偽ることという含みを背負った言葉である。

同じ特集の中でポール・レヴィはこう書いている。「呪文を唱えてパッと真実を呼び出せる自伝作者などいない。わたし自身の戦略は、自分自身について書くことを、無意識に書くフィクションと見なすというものである」。

「呪文を唱えて呼び出す」には「脚色」と同じような響きがある――どこからともなく取りだされる鳩、手練《てだれ》の技としての自伝というわけだ。「無意識に書くフィクション」という句も、作家の責任を否認するだけでなく、無責任そのものを戦略として提示している。こうしたアプローチを使えば、自伝作者たちは、自分の芸術を無意識なものと見なしたくない作家たちが直面するさまざまな困難をやすやすと乗り越えることができるだろう。

これに関連して思い出されるのは、科学的な方法の基礎として名高い、客観性についての議論だ。現在多くの科学者たちは、ある経験あるいは観察に関し、最大限に入念になされた、事実に基づく報告についてさえ、現実的な基準として客観性を云々できると考えることは幻想だと考えている。フェミニストたちはさらにつけ加えて、客観性を理想とすることは多くの点で望ましくないと主張している。

人類学者たちがおおむね一致して認めるにいたったのは、観察者本人が登場しない民族誌的な観察報告は、甚大《じんだい》な虚偽を含んでいるということである。最近の民族誌はポストモダン的な不確実性、飛躍、内省に満ち満ちていて、原住民のふるまいについての記録というより、民族誌記述者自身の魂についての記録のように見えることさえある。クロード・レヴィ＝ストロースの『悲しき熱帯』は、この微妙で危険なジャンルをジャンルとして確立した古典だが、熟練に裏打ちされた、真に厳密な主観性がどれほどのことをなしとげられるかを示している。

このエッセイを書くにあたり、わたしは書くプロセスの中に意識的に自分の主観的な反応と好き嫌いを持ち込み、いっさい客観性も権威も主張していない。これは、控えめに言っても、わたしが一九四〇年代にハーヴァード大学で教えられた書き方ではない。わたしにとってこれは、今していることに完全に適切な書き方と思われる。わたしがしているのは、大体において、考察と個人的意見を述べることである(これは四〇年代にハーヴァードで書かれていた、典拠をしっかり示した、権威ある、一見したところではエゴがないように思われる論文の大半と同様だ）。

だが、もしわたしが現場レポートを書くジャーナリストで、ある出来事を描写する任務を与えられたとしたら、もしわたしが伝記もしくは自伝を書いているとしたら、本物の権威が自分にあると主張できるのは、知識（調査）、鋭敏さ、包括性ばかりでなく、客観的であろうと必死の努力をするからこそではないだろうか。

科学者がその立場を明らかにして、客観性を達成することは不可能だと述べ、歴史家がこれに倣《なら》うと、ある種の士気の低下が生じるのかもしれない。客観性はジャーナリストにとっても理想だった。科学者が客観性を捨てるというのなら、地元の外資系ぼろ新聞のアルバイト記者をしているあわれな負け犬がそんなものを目指す必要がどこにある？

それにもかかわらず、ジャーナリストたちはいまだに客観的報道という理想を公言しており、それは非常に主観的な事柄に関しても変わらない。まともなジャーナリストであれば誰だろうと、当人の意図にかかわらず公的関心の的となった事柄の当事者にプライバシーがあることを認めはしない。しかし、実際の場面になれば、客観的な言動を描写するジャーナリストは、プライバシーを尊重し、主観的な動機や考えや感情については、描写から推論すべきものとして、ことさらに触れることをしない。タブロイド判の芸能紙以外の新聞では、大半のジャーナリストがこのようにふるまっている。まっとうなジャーナリズムは、憶測が事実として提示されるのを避けることによって、自らをまっとうなものと規定するのである。

客観性を持つと主張することは諦めたかもしれないが、まっとうな歴史と伝記も、自らを同じような仕方で規定する。ナポレオンがベッドの中でジョゼフィーヌに何とつぶやいたか、そしてジョゼフィーヌの胸がどんなにどきどきしたかを作家がわたしたちに語りはじめるや否や、わたしたちはここがパリよりはオズの国〔ファンタジー『オズの魔法使い』の舞台〕に近いことを悟るのである。

もちろん、パリではなく、オズの国がお望みの読者もたくさんいる。こういう人たちは物語が読みたくて読んでいるのであり、物語が不正確であろうが、登場人物が元の歴史的人物のパロディーだろうが、おかまいなしなのである。

それではなぜ、彼らは小説ではなく、歴史を読んでいるのだろうか。小説は「でっちあげ」だから信用できないけれども、歴史とか伝記とか称する語りは、どんなに不正直なものでも「本物」だからいいというのがその理由なのだろうか。

このような先入観は、アメリカ人の精神に非常によく見られるピューリタン的決めつけを反映しているのだが、いろいろな思いがけない場所に顔を出す。こうした一元的価値観の残響は、「脚色」や「呪文を唱えて呼び出す」ことを強調する、先の『ニューヨーク・タイムズ・ブックレビュー』誌からの引用のどちらにも感じとれる。真実を全部語ることはできない。でも、真実という水準を落とすことはできない。だから偽物《にせもの》の真実をでっちあげるわけだ。

一方で、多くのあるいはほとんどのアメリカ人読者が、フィクションとノンフィクションの区別に真に無関心であるという可能性も同様に存在する。これらのカテゴリーは無文字文化においてはほとんどあるいはまったく意味を持たないし、現在、つまり書かれた言葉が重要な時代――この傾向はわたしたちがしだいに電子媒体を使ってコミュニケーションをするようになるにつれてますます強まっているが――においてさえ、この二つのカテゴリーを区別することは、知的にも倫理的にもさほど重要ではないと一般に思われている、ということもありうる。

この認識は部分的には、書くことがしだいに電子化されつつあることと関連するのかもしれない。書くことが電子的なものになるにつれて、当然そのカテゴリーやジャンルは変化するだろう。これまでのところ、新しいテクノロジーがフィクションに与えた影響は、ハイパーテクストによってアクセスすることのできる、枝分かれした小径だらけの庭園の扉を小説家の前に開いたことだけである。真に双方向的なフィクション、つまり読者が作者と対等にテクストをコントロールできるフィクションは、仮説ないし見込み(ある作家たちにとっては脅威《きょうい》)にとどまっている。ノンフィクションはどうかと言えば、正確さや事実の確認に関して注意が払われないことと、噂や偏見に対する大幅な寛容さが、インターネット上で情報として通用しているものの大半の特徴である。ネットを通じてのコミュニケーションのその場限り的な性質は、私的な会話のような自由を促進する。噂の拡散、ゴシップ、独善性、裏付けのない引用、悪口の応酬などがすべて自由にサイバースペースを流れ、フィクションと事実に即した作品の両方がもつ技術そして／あるいは自己規制はショートカットされてしまう。擬似口頭的で、匿名的で、一時的という、電子的文書の特性は、印刷されたものには当然生じる責任を簡単に放棄させる。しかし、このような責任はネット上では真に場違いなのかもしれない。新しい形の文書は、それ自身の美学と倫理を発展させていかなければならないのだ。それはこれからのことである。このエッセイでわたしは印刷されたものについて論じている。印刷の本質は、書かれたものに再生可能な恒久性を与えるということにある。人間の分際《ぶんざい》で恒久性を言うなら、そこには必ず責任がついてまわるのである。

わたしの所属するグループは、毎年作家を対象に賞を出しているのだが、最近、ノンフィクション部門の賞を二つに――歴史ノンフィクション対象のものと創造的ノンフィクション対象のものに――分けてほしいという手紙を受け取った。前者の言い方は初めてだが、後者はよく目にするものだった。

今、アメリカ中で、文章の書き方を指導するワークショップやプログラムには「創造的ノンフィクション」のコースがある。科学的、歴史的、伝記的な語りの技術は、こうしたプログラムでは（あるいは他のどこでも）めったに教えられることがない。しかし、自伝執筆は、文章指導プログラムの中でますます人気を集めている。これを日記の書き方として、あるいは自己表現を使ったセラピーとして教えることもできる。自伝執筆がより文学的な目標を目指す場合には、創造的ノンフィクション、個人的エッセイ、そして回想録と呼ばれるのである。

回想録の書き手は、責任感のある伝記作家、民族誌記述者、ジャーナリストのように、他の人がしたことや言ったことを描写し、自分が感じたり、考えたりしたことがあっても、それは読者の推量にまかせるか、はっきり他の部分と区別された作者による考察として書いたものだった。自伝作者も、自分の話を自分自身の記憶だけ、つまり鳩目《はとめ》を食べた時にフレッド叔父さんがどんな顔をしていたか、それを飲み下してから叔父さんが何と言ったか、そしてそれについて自分がどう思ったかだけに限っていた。作者が描写する感覚と感情は自分自身のそれだけだったのである。

ところが、ノンフィクションにフィクション的な仕掛けや架空の要素を持ち込むことを弁護する人たちによれば、フレッドがそれを飲み込んだ時に、インディアナ州で五〇年ほど前に初めて鳩目を食べた時の、かすかに油臭い味を鮮やかに思い出し、その思い出がフレッドにとっていかに喜びと苦しみの混じったものだったかを回想録の書き手が語っても、何の問題もない、というのである。

創造的ノンフィクションの書き手と読み手の多くは、このように外からはわからない考えや気持ちを自分以外の人間に押しつけることも、書き手がフレッドの性格を知っていて、それに基づいていれば、許されると主張する。別にフレッド(一九八〇年に鳩目の食べ過ぎで死亡)には何の害もないし、読者にも何の害もないし、そもそも読者はほとんど確実に、フレッドについては、この物語の中で、これを通じてしか知らないはずで、それはちょうどフレッドが小説の登場人物だったのと同じことなんだから、と。

だが、叔父の性格についての著者の知識が正確で、偏見を持たず、信頼に足ることを誰が保証するというのだろうか。叔母ならそれができるかもしれないけれども、わたしたち読者がこの叔母さんに問い合わせをするチャンスがあるとは思えない。回想録の著者の責務は、わたしには、民族誌記述者のそれとまったく同じものに思われる。客観性を保持しているふりをせず、また一方で自分自身以外の誰かに代わって語ることができるふりもしないということだ。別の人間が何を考え、何を感じたかを読者に語る権限を自分に与えるのは、わたしの考えでは、一つの声を勝手に私物化することである。これは極度に尊敬を欠く行為だ。こうした技法を受け入れる読者も、この不敬な行いに加担することになる。

　それが架空のものであれ、事実に沿ったものであれ、ある物語の中で人物たちが「生き生きする」、「本物に思われる」のは、もちろん彼らの言動の単なる報告によるのではなく、これらの素材をどう選択、削除、再編集、そして解釈するかによるのである。先に引用したディピエロ氏が「思い出すことは想像力を使う行為である」と言った時に意味していたのはこのことだと思う。(これは、わたしの小説『闇の左手』の中で、ゲンリー・アイが、自分の故郷の惑星では「真実とは想像力の問題だ」〔小尾芙佐訳〕と教えられたと語った時に意味していたことかもしれない。だが、ゲンリーはもちろん実在の人間ではない。)

　そこで、ノンフィクションに創作を持ち込んでよいとするもっとも説得力のある議論は、次のようになるだろう。――創作したものの編集、操作、解釈がフィクションに含まれるように、創造的ノンフィクションにも、現実の出来事の編集、操作、解釈が含まれる。短編小説は創作であり、回想録は再創作であって、両者の違いは無視できるほどにわずかである。

わたしは前半の条件の部分は受け入れるが、そこから出てきた結論はわたしを不安にする。

それは単に、多くの読者が明らかに、自分の読んだ物語が事実なのか、創作なのか、その中間なのかを知らないし、気にもしていないということではない。読者たちは実際気にしているのだ。わたしが先に論じたような意味、つまりアメリカの読者が事実性を創作より重んじ、想像力より現実のほうが価値が高いと思う、という意味では。彼らはフィクションの虚構性に居心地の悪い思いをしているのだ。

アメリカの読者が小説家に「そのアイディアはどこからとったのですか」としきりに聞きたがるのは、おそらくこのせいなのだろう。唯一の正直な答えは「わたしのでっちあげです」だけれども、これは彼らが望む答えではない。彼らは具体的な出典を求めているのである。わたしの経験によれば、ほとんどの読者はフィクションが実際よりはるかに大きく調査と直接的経験に依存していると思いこんでいる。物語に出てくる人物は作者の知り合いを「モデル」にしており、「手本」として用いられる具体的な人間に「基づいて」いると読者は思いこみ、物語や小説は必然的に事前の「調査」をともなうと信じているのである。

(最後の幻想は、大多数の作家が補助金の申請をしなければならないことから生じるのかもしれない。補助金を出してくださる方々に、議会図書館で六か月間、次の小説のための調査をする必要は、実はない、などとは言えないものだ。かりに、あなたが一〇歳の頃からずっとグロンゴの地図を描きつづけていて、二〇歳の時にグロンゴ人の奇妙な習慣と社会構造を考え出し、『グロンゴの雷王たち』のプロットと登場人物はもう頭のなかにできていて、あとは六か月かけてこの物語を書き、その間を食いつなぐためのピーナツバターさえあればいい、という状況にあるとしよう。でも、ピーナツバターとでっちあげられた物語では補助金にはふさわしくない。補助金は真剣なこと、例えば調査のようなことに対して与えられるものなのだ。）

フィクションの登場人物はみな、実在の人物の肖像だという観念は、おそらく人間の生来的な虚栄心と妄想癖から生じ、一部のフィクション作家の権力幻想（おまえなど、わたしにとって、登場人物のモデルにすぎない）によって、促進されるのだろう。偉大な小説の登場人物――ジェーン・エア、ナターシャ、ダロウェイ夫人――が持っているさまざまな要素の元をたどり、作家の知っていた実在の人物が持つあの要素、この要素と突き止めるのは、おもしろいし、時には発見もある批評‐伝記的ゲームである。しかし、フィクションのなかにノンフィクションを探すこうした試みすべてのなかに、架空《フィクティブ》のものそれ自体に対する不信、小説家がこれをでっちあげたこと――フィクションが複製ではなく、創作だということ――を認めたくない気持ちがあるのではないかと思う。

もし、創作をそんなに信用しようとしないのなら、どうしてそれが本来あるべきでないところでは認められるのだろうか。

フィクションは「ほんとうに」でっちあげられた《メイド・アップ》のではなく、直接事実に由来するのだとするこの主張こそが、モードの混同を定着させ、その結果、相互的にとでもいうかのように、虚構のデータがノンフィクションと称するもののなかに入りこむことを許したのではないだろうか。

無から生じるものはない[13]。小説家の「アイディア」ももちろん何かから生じるのだ。詩人ゲイリー・スナイダーの見事なまでに散文的な、堆肥《たいひ》づくりのイメージがここで役に立つ。いろいろなものが作家のなかに入っていく。本当にたくさんのものが。ノートに取ったメモではなく、毎日毎日、朝から晩までに見たもの、聞いたもの、感じたことのすべて、大量の生ゴミ、残飯、落ち葉、ジャガイモの芽、アーティチョークの茎、森、町、スラム街の部屋、山脈、声、悲鳴、夢、ささやき、匂い、殴打、視線、足どり、しぐさ、置かれた手の感触、夜中の口笛、子ども部屋の壁に斜めに当たる日光、果てしない大海原のなかでひらめく一枚のひれ。これが全部、小説家の個人的なコンポスト容器に放り込まれ、そのなかで結合し、再結合し、変化していく。黒くなり、腐葉土《ふようど》化し、肥沃《ひよく》になり、土に変わっていく。そこに一粒の種が落ち、土は自らにしみこんだ豊かさでその種を育み、何かが生えてくる。しかし、生えてくるのは、アーティチョークの茎とジャガイモの芽としぐさではない。それは何か新しいもの、一つの完結した新しいものなのだ。それは創りあげられた《メイド・アップ》のである。

これが、虚構的な《フィクショナル》語りのために事実、経験、記憶を利用するプロセスに関するわたしの理解である。

ノンフィクションのために事実、経験、記憶を利用するプロセスは、これとはまったく異なるようにわたしには思われる。回想録では、アーティチョークの茎がアーティチョークの茎のまま残っているのだ。壁に斜めに当たる日光の思い出は、いつ、どこでのことだったか言うことができる。一九三六年、バークリーにあった家の一室でのことだ。これらの思い出は作家の心に直接そのままある。それは堆肥にされたのでなく、そのまとっておかれたのである。

記憶は能動的で、不完全なプロセスである。このプロセスのなかで、さまざまな思い出が形作られ、選択される——しばしば徹底的に。天国にいる魂のように、思い出は救われ、とっておかれるが、変化をこうむるのだ。作家がこれらを一貫性のある物語にし、明晰《めいせき》さ、わかりやすさ、勢い、その他語りの芸術の目標に合致《がっち》するように仕向けるとき、思い出は選択され、強調され、削除され、解釈され、徹底的に加工される。

このプロセスのなかに、思い出を虚構にする要素はない。それはいまだに、著者に実現できる最上の、本物の思い出なのである。

しかし、記憶されている事実が故意に変えられたり、再編集されたりするとしたら、それは偽物になる。もし百日草のほうが美的効果があると考えて、著者がアーティチョークの茎を百日草に変えたら、もしその日付けのほうが都合よく話に合うという理由で、一九四四年に日光が斜めに壁に当たるとしたら、それはもはや事実でも事実の記憶でもない。それは自らノンフィクションと名乗っている作品のなかの虚構的《フィクショナル》な要素なのだ。そして回想録を読んでいる最中に、このような要素が入っているという疑いが生じたり、入っていることを突き止めたりすると、わたしは強い不快感に苛《さいな》まれる。

ナポレオンがこう考えた、こう感じたと、トルストイがわたしに語るのはかまわない。なぜなら、トルストイの小説には念入りに調査された歴史的事実がふんだんに盛り込まれているけれども、わたしがその小説を読んでいるのは歴史的事実を知りたいからではないからだ。わたしは、創作作品としての、その小説固有の価値を求めて、それを読んでいるのである。もし、著者の叔父のフレッドのある側面が、短編小説に取り入れられ、そこでフレッドがいとこのジムとされて、鳩目の代わりに座金《ざがね》を食べるということになったとしても、わたしはそのゴムのような味を受け入れて、特に吐き気も催さないだろう。それが物語であって、いとこのジムは架空の人物だと考えるからである。吐き気は、自分が何を読んでいるのか確信が持てない時、襲ってくるのだ。

自らフィクションと名のっているものに、事実が過剰に含まれている時にさえ、この吐き気は起きることがある。

フィクションに与えられる賞の審査員として本を読んでいた時、わたしは中の一冊について、審査員仲間に自分の悩みを打ち明けた。これ、本当に小説なの？　それは純粋に作者の少年時代について語ったもの、二、三の名前が変えられているだけで、ほとんどありのままの、正直で、正確で、感動的な回想録のように読めた。どうして小説だってわかるの？「作者が小説だって言ってるんだから、わたしはこれをフィクションとして読んで、フィクションとして判断するの」。審査員仲間は言った。ディーラーのコールに従う、というわけだ。作家がそれをノンフィクションと呼べば、それを事実として読む。作家が小説と呼べば、虚構《フィクション》として読む。

わたしは読もうとした。でもできなかった。フィクションには創作が不可欠だ。フィクションとは創作なのだから。作中で何も創作が行われていない本を小説として読むことはわたしにはできない。フィクションに与えるべき賞を、事実しか含んでいない本に与えることはできない。それはわたしが、ジャーナリズムに与えるべき賞を『指輪物語』に与えられないことと同じである。

本当の小説、完全に架空の、想像的な話は、莫大な量の事実を含みながら、少しも虚構性を失わないでいることができる。歴史小説とSF(ついでに言うと、SFはしばしば本当に調査を必要とする)には、一つの時代あるいは一連の知識に関する確実で有用な情報がつまっていることもある。すべての写実的なジャンルの戦略は、創作された人物を、再現された現実性の枠組みに持ち込むことだ——マリアン・ムーア(14)をもじって言えば、本物の庭に、想像上のヒキガエルを持ち込むというわけだ。あらゆるフィクションは、それが書かれた時代、場所、社会を語る証拠として、後の時代の役に立つ。ごく普通の人間の生活に対する鋭い観察とその記録として、小説と肩を並べられる民族誌はこれまでほとんど書かれたことがない。

しかし、逆は真ではないのだ。歴史家、伝記作家、人類学者、自伝作家、ネイチャー・ライターは、本物の庭に、、、加えて本物のヒキガエルを使わなければならないのだ。ここに彼ら本来のものである創造性があるのである。創作することでなく、現実という扱いにくいものを、偽ることなく物語に仕立て上げることに、彼らの創造性はある。

書かれたものはどんなものでも、暗黙のうちに一つの契約を秘めており、その契約は書くことによって、あるいは読むことによって、あるいは出版社の売り込み方によって、守られたり、破られたりする。

最初のもっともあてにならず、漠とした契約は、作家とその良心との間に交わされる、次のようなものである。――この作品でわたしは、それがフィクションであれ、ノンフィクションであれ、その形式にふさわしい手段を使い、自分の物語を偽ることなく語るよう努力する。

次に、作家と読者の間の、より検証可能な取り決めがあるが、この取り決めの条件はまことに多種多様で、まず第一に、作家と読者両方がどれだけ洗練されているかによって変わってくる。経験豊富な読者は、洗練された作家が繰り広げるさまざまなトリックや目くらましに臆することなくついていき、その間、審美的な観点から裏切られることはないと完全に確信している。しかし、よりナイーブな読者の場合、契約の条件は、作家――と出版社――がどんなふうにその作品を提示するか、つまり事実に基づいているとするのか、想像的とするのか、その両方が混じっているとするのか、に大いに左右される。

作家ばかりでなく、読者もこの契約の条件をゆがめることができる。小説を、それが現実の出来事の叙述であるかのようにして読んだり、ルポルタージュを純粋な創作として読んだりすることによって。

フィクションと信念には非常に大きな類似性があるにもかかわらず、小説家の言うことを信じるのは、ごく無邪気な人だけだ。しかし、ノンフィクションに対する不信が経験の産物だということは十分あり得る。あまり始終失望させられるからだ。

なぜなら、小説の中に雲霞《うんか》の如き事実の大群が含まれていても、全体としての創作の正当性が失われることは少しもないが、自らを事実に基づくものとして提示する語りに架空のあるいは不正確な要素が一つでもあれば、それは作品全体を危険に陥《おとしい》れることになるからである。ただの一つであれ、創作を事実として通すことは、残りの部分の信用を傷つけることになる。これをくり返すことは、作品の権威を完全に失わせることなのだ。

人々をだますことについてのリンカーンの警句(15)は、いつものようにここでもあてはまる。不正確な報告をしたり、創作を事実として提示したりする作家は、意識的か否かにかかわらず、読者の無知を利用しているのだ。知識のある読者だけが、契約が破られたことに気づいている。もし作品がそれなりに楽しめるものであれば、この読者は、いわゆるノンフィクションであるものを、ただの娯楽、もっともらしいまやかし——これが『オックスフォード英語辞典』に出ているフィクションの5番目の定義なのだが——として読むことによって、密《ひそ》かに契約を書き換えるかもしれない。

もしかしたら、契約の条件は現在、作家たちによって書き換えられている最中なのかもしれない。もしかしたら、契約という考え方そのものが、ポストモダンの時代にはどうしようもなく時代遅れなのかもしれず、読者はノンフィクション中の偽りのデータを、フィクションの中の事実に基づく情報を受け入れるのと同じように冷静に受け入れるようになりつつあるのかもしれない。

確かにわたしたちは、大量の実証できない情報を浴びせられることで感覚が麻痺してしまい、事実もどきを多少なりとも事実と等価なものとして受け入れるようになっている。そしてこの同じ麻痺によって、わたしたちはありとあらゆるインチキ――宣伝、有名人についての物語の数々、政治的「機密漏洩《リーク》」、愛国的かつ道徳的な宣言などなど――を漠然と受け入れているのだ。この資料は信頼できるかどうかについて、あるいはわたしたちがいいように操られる対象として扱われていることについて、大して気にかけもせずに。

架空のものと事実に基づくものの間の区別をしないことが一般的傾向であるとしたら、おそらくわたしたちはこれを、創造性が、非想像的で、見境《みさかい》のない事実主義に対しておさめた勝利として、祝うべきなのだろう。しかし、わたしは心配している。なぜなら、創作と嘘を区別しないことで、想像力そのものが危険にさらされることになると思われるからである。

「創造的《クリエーティブ》」という言葉が何を意味するにせよ、これがデータや記憶の変造に適用されることが正しいとは思えない。意図的であろうと「不可避的な」ものであろうと。

ノンフィクションの分野で優秀だというのは、事実の観察、構成、語り、解釈における作家の技術がすばらしいということだ。この技術は完全に想像力に依存しているが、ここで想像力は創作ではなく、観察を結びつけ、明らかにするために使われるのである。

ノンフィクションの語りを書いていながら、事実を「創造」し、作品に創作を持ち込む人は、芸術的な利点があるという理由であろうと、希望的観測、精神的慰安、心の癒《いや》し、復讐、利益、その他何のためであろうと、想像力を使っているのではなく、それを裏切っているのである。

遺伝決定論について

この文章は、あるテクストを読んだ読者の個人的反応として書いたものである。E・O・ウィルソンの大ざっぱな主張の多くに不安を感じたわたしは、何がわたしを不安にしているのか考えてみようとした。わたしは文章を書きながら考えたが、それは、書くことで一番よくものを考えられるからだ。素人が専門家の書いたものに反論などすれば、勢い自分の愚かさをさらすことになるだろうし、おそらくわたしのしたこともまさにそれなのだろうが、わたしはこの文章を活字にすることにした。わたしは自分の意見を科学的な観察と戦わせているのではない。自分の意見を科学者の意見と戦わせているのだ。高名な科学者の発表した意見や仮説は、科学的な観察つまり事実とまちがえられがちである。わたしを不安にしたのはこのことだった。

E・O・ウィルソンは、大変興味深い自伝『ナチュラリスト』のなかで、『社会生物学』で彼が述べた、人間行動の生物学的な基盤についての主張を次のように要約している。

遺伝決定論だというのが(『社会生物学』に対して)寄せられた中心的な反論であるが、これは社会科学の分野で、いわれなく恐れられているお化けのようなものである。そこで、わたしの述べたことでたしかに遺伝決定論という名にふさわしい事柄について、ここでもう一度述べておく必要があるだろう。わたしの議論は基本的に次のようなものである。すなわち、人間はある様式の行動と社会構造を獲得する傾向を遺伝的に受け継いでいる。この傾向は、人間性と呼ぶにふさわしいほど多くの人々が共有するものである。人間性を規定する諸特徴は、男女の労働分業、親子の絆、肉親に対する高度の利他現象、近親相姦の忌避《きひ》、その他さまざまな形の倫理的行動、知らない人間に対する猜疑心《さいぎしん》、自集団に対する強い同族的忠誠心、集団内の支配被支配体制、あらゆる場面での男性の優越、制限を課す(限られた?)資源をめぐるなわばり争い、を含む。人は自由意志と、いろいろな方向に向かう選択肢を持っているにもかかわらず、その心理的発達の経路は——われわれがどんなにそうでなければいいのにと思っても——遺伝子によって、他の方向よりは、ある特定の方向に進みやすく定められているのである。それゆえ、文化には非常に大きなヴァリエーションがある一方で、人間の文化は不可避的に上記のような特徴を持つように収束していくのである……。重要なことは、遺伝が環境と相互に作用しあって、固定的な手段へと向かう引力のようなものをつくりだすということである。この力が、あらゆる社会の人間を、われわれが人間性と定義する狭い統計上の範囲のなかに集めているのだ。

（E・O・ウィルソン『ナチュラリスト』原著三三二、三三三頁）

人間がある様式の行動を獲得する傾向を遺伝的に受け継いでいること、そして社会をつくるのがその行動の一つだということは、認めよう。しかし、この傾向を「人間性」と呼ぶことにはリスクが伴い、あえてそう呼ぶことによって、リスクに見合う何かが得られるかは疑問である。人類学者は「人間性」という言い方を避けるが、それには非常に正当な理由がある。「人間性」という言葉には意見の一致を見た定義が存在せず、叙述的な意味で用いられた場合でさえ、あまりに容易に、人間はこうでなければならないというように規範的に適用されがちだからだ。

ウィルソンは自分がリストアップしている特徴が「われわれが人間性と定義する狭い統計上の範囲」を構成すると述べている。[16] わたしはトントのように「「われわれ」とは誰か、白い男よ？」と聞きたい。ウィルソンが選んだ特徴はすべてでもなければ、普遍的でもないし、定義は狭いどころかずさんであり、統計は具体的に示されず、わたしたちの想像にまかされている。もちろん『社会生物学』にはもっと統計が引かれ、定義もより完全な形でなされているはずだが、自著が何を述べているかについてのウィルソン自身の言い方は簡潔であると同じぐらい正確で、完結しているのだから、これを相手取って議論しても公正を欠くとは言えないだろう。

それでは、一項目ごとに検討していくことにしよう。

男女の労働分業

この語句が意味しているのはただ、わたしたちの知っているすべての、あるいはほとんどの社会で、男性と女性が違う種類の仕事をしているということだ。しかし、上記の厳密な意味で理解されることはめったにないので、それが普通どういう意味で使われるかを無視して、この文脈でこの語句を用いることは無邪気なのか逆に陰険なのかのどちらかである。わたしが今触れた含意が特に否定されるのでない限り、「男女の労働分業」は、わたしたちの社会に属する読者の大半にとって、ジェンダーによって区別されている特定の種類の仕事を意味することになり、これらの特定の種類の仕事が遺伝によって決定されていると受け取られることになる。わたしたちの遺伝子が、男は狩猟をし、女は採集するもの、男は戦い、女は人の世話をするもの、男は外へ出ていき、女は家を守るもの、男は芸術を創造し、女は家事を片づけるもの、男は「公的な領域で」、女は「私的な領域で」機能するものだなどと保証する、というわけだ。

どんな人類学者も、あるいは人類学者でなくとも、人類学者的な良心を持つ人間であればだれでも、さまざまな社会でどんなに違った仕方で仕事が男女に振り分けられているかを知っていれば、こんな含意を認めることはできないだろう。ウィルソンがどのような含意を意図していたのか――仮に意図していたとしたら、だが――わたしにはわからない。しかし、この種の還元主義的な主張が、その立場をあいまいにしたまま拡張されることは、偏見を強化し、偏狭さを増幅して、真の知的、社会的損害を与える。責任感のある科学者なら自分の使う言葉をもっと注意深く定義する義務がある。

何らかの形で労働がジェンダーによって分けられていることはすべての社会に見られることなのだから、もしウィルソンが「ジェンダーに固有の活動を含む、何らかの形のジェンダー構造」というような、より注意深い表現を使ったとしたら、わたしは完全に彼の言うことに同意しただろう。

親子の絆、肉親に対する高度の利他現象、知らない人間に対する猜疑心

これらの行動は互いに関連しており、「利己的な遺伝子」的行動のさまざまな形と規定することができる。これらの行動は、人間の間でも他の社会的動物の間でもほとんど同様に普遍的であることがこれまでに証明されてきたと思う。しかし、人間においては、このような行動が非常に広範囲の行動と社会構造において、非常に大きな多様性と複雑

さをもって表現されることこそが独特であり、普遍的であるため、およそ動物の行動には見られないこの範囲の広さと複雑さが、これらの行動をとる傾向そのもの同様、遺伝的に決定されてはいないか問うてみる必要がある。

わたしの疑問が根拠あるものだとしたら、ウィルソンの意見表明は還元主義的すぎて受け入れがたい。人間が他の動物と共有する行動に焦点を当てながら、人間においてこうした行動の持つ独特で普遍的な特徴を視野に入れないことは、行動に関する遺伝決定論がどこまで拡張できるかという問題を回避することである。しかし、これこそ、いかなる社会生物学者も回避できない問題なのだ。

自集団に対する強い同族的忠誠心

わたしの理解する同族的忠誠心は、右で触れたような行動の拡張を意味する。非血縁者を「社会的同族」[18]とし、よそ者をよそ者扱いしないことによって、共に氏族、半族、言語集団、人種、国家、宗教などの構成概念[19]の一員であるという関係を打ち立て、社会集団は直接血のつながりのある範囲を超えて拡張されるのである。

この種の行動を遺伝的に有利なものとするメカニズムは想像できないが、これは人間集団のなかで、実際の血縁に基づいた行動と同じぐらい普遍的であると思う。人間の行動パターンのあるものが普遍的だということが、遺伝的に決定されていることを意味するのであれば、このタイプの行動には遺伝的に正当な理由がなければならない。それを確定するのはなかなか難しいと思うが、社会生物学者なら努力してもらいたいものだ。

近親相姦の忌避

この問題に関しては、利己的な遺伝子が自分と類似し過ぎている利己的な遺伝子を認識することを可能にし、それによって行動の規範を決定するという進化論的メカニズムがわたしにはよくわからない。人間以外の霊長類において、近親相姦を防ぐ社会的メカニズムがあるとしても、わたしはそれを知らない。(優位のオスの集団から若いオスの個体を追い出すのは、オス優位の行動であり、近親相姦の防止には付随的に、しかも非効率的にしか役立たない。若いオスは血縁関係のない交配相手を探さなければならないが、優位のオスは自分の姉妹や娘を交配相手にするからである。)

哺乳類における近親相姦の一般的発生率をウィルソンが知っているかどうか、類人猿、猫、野生の馬などにくらべ、人間では近親相姦が「忌避されて」いるとウィルソンが考えているかどうか知りたいと思う。あらゆる人間社会は近親相姦を禁じているのだろうか。わたしにはわからない。最後に専門家に聞いた時には、結論が出ていなかった。ほとんどの人間社会には、特定のタイプの近親相姦に対する文化的な制限があるということは事実である。しかも多くの人間社会がしばしばこの制限を実行に移すことに失敗しているというのもこれまた事実である。この場合、ウィルソンはよくある文化的な公式見解ないし願望を実際の行動と混同したのだと思う。さもなければウィルソンは、遺伝子がわたしたちに、これこれをしてはならないと言うようにプログラムしているが、遺伝子はわたしたちがそれを実際にすることを妨げはしない、と主張していることになる。これはなんとも奇妙千万な遺伝子である。

集団内の支配被支配体制

これについて、ウィルソンの人類学は、人類学者による、集団における人間行動の観察よりも、ニワトリに関する行動主義者の実験や霊長類学者の類人猿に関する観察に影響を受けているのではないかと思う。支配被支配の体制は人間社会に非常によく見られるものだが、それ以外の形の集団関係、例えばコンセンサスによる体制の維持もよく見られるし、支配被支配が根本的な体制ではない社会もたくさんあり、たいていの社会には支配被支配の関係がまったく機能しない集団があるのである。むろんこれはハーヴァードでは信じがたいことかもしれないが。ウィルソンの主張は、行動の一面を強調し、他の面を除外している点で疑わしいものである。ここでもまた、彼の説は還元主義的である。より中立的かつ正確な言い方がなされていればもっと有用だっただろう。例えば「直接の血縁集団外では階層化された、あるいは流動的な社会関係を確立する傾向」ではどうか。

あらゆる場面での男性の優越

これこそまさに人間の社会的規範である。この行動の遺伝的な利益はこういうことだと思う。つまり、オスがメスに選んでもらうためにディスプレーを行ったり、弱いオスたちを自分の配偶者やハーレムから追いはらったりして、自分の遺伝子(オスの利己的遺伝子)が子孫の代に支配的になることを確実にするようなすべての種において生じるとされる利益である。このたぐいの行動をしない種(ボノボのような遺伝的に人間に非常に近い種を含め)は、人間行動を考える上で有用な比較対象ないし範例と考えられていないようだ。

オスの攻撃性とディスプレー行動がセクシュアリティのみならず、あらゆる形の人間の社会的、文化的活動にまで拡張されていることには疑いの余地がない。この拡張がわたしたちの遺伝子の生き残りにとって有利なのか不利なのかは議論の分かれるところだが、おそらく実証不能だろう。この行動が長い目で見て人間の遺伝子にとって、あるいは男の人間の遺伝子にとってさえ、遺伝的に有利だと単純に決めつけることはできない。「遺伝と環境の相互作用」は、この場合、検証が始まったばかりである。なぜなら、いかなるものにせよ、人間の下位集団の一つによる無制限の支配という可能性が、無制限の、制御不能の攻撃性とともに登場したのはたかだかこの百年のことだからである。

制限を課す［ママ］資源をめぐるなわばり争い

これは明らかに「あらゆる場面での男性の優越」に含まれる行動である。わたしの理解するところによれば、なわばり争いにおける女性の役割は副次的であり、制度化されておらず、社会的あるいは文化的に認知すらされていないことが多い。わたしの知るかぎり、資源をめぐっての、あるいは領土の境界に関しての、組織的な、社会的あるいは文化的に認められた攻撃性は、完全に男性によって制御され、ほとんどすべて男性によって遂行される。

このような攻撃性を資源の少なさのせいにするのは著しく不誠実なやり方である。歴史時代になってから起こった戦争の大半は、まったく想像上の、恣意《しい》的な境界線をめぐってなされたものである。スー族やヤノマミ族のような好戦的な文化を見てわたしが持つ印象は、男性の攻撃性にはまったく経済的な根拠がないということだ。この項目は「なわばり争い」だけにして、「男性の優越」の項目のなかに入れるべきである。

その他さまざまな形の倫理的行動

これは非常に曖昧な逃げ口上である。どんな形の倫理的行動なのか。だれの倫理観に基づいて倫理的と言っているのか。

　文化相対主義という、恐ろしいお化けを呼び出すまでもなく、普遍的な人間道徳があると主張する人に対しては、それを具体的に挙げて定義するよう求める権利がわたしたちにはあると思う。もしそれらの道徳が遺伝的に決定されているとウィルソンが主張するなら、その遺伝的なメカニズムとそれに関わる進化論的な利点を具体的に述べることができなければならない。

　ウィルソンはこの「その他さまざまな形の」という句を「近親相姦の忌避」に続けているので、統語論的に言って近親相姦の忌避は倫理的行動と規定されることになる。近親相姦の忌避は確かに一定の遺伝的利点を持つ。このように遺伝的利点があり、普遍的に倫理的だと認められているこれ以外の行動があるとしたら、どんなものか知りたいものだ。

　おばあさんをなぐって半殺しにしない、というのはこれにあたるかもしれない。飢饉と大きなストレス下では、祖母が孫の生存に重要な役割を果たすことは証明されてきた。その遺伝的な利益はもちろん明白である。しかしながら、ウィルソンが祖母のことを念頭に置いていたとはあまり思えない。

　母と子の絆は、ウィルソンの言う「その他さまざまな形の倫理的行動」にあたるかもしれない。これをウィルソンのように「親子の絆」と呼ぶのは、偽善的とまで言えないかもしれないが、偏った言い方である。なぜなら男親は子どもに対し絆を持つものである、あるいは持つべきであるというのは、文化がその文化の成員に普遍的に期待することではまったくないからである。多くの文化において、母の兄弟が生物学的父親に取って替わって父としての役割を果たすし、生物学的父親が権威像としてのみ機能したり、(わたしたちの文化のように)現在の妻以外の女性との間につくった子どもに対する責任を果たさずにすんだりすることもある。この文脈においてさらに危険なのは、母−子の絆があまりにしばしば「自然な」ものと規定されるため、これが倫理のレベル以下の事柄とみなされうるということだ。自分の子どもと絆を持たない母親は、非倫理的というよりも非人間的と規定されてしまうのである。これが一例だが、この文脈で議論しようとすれば、倫理に関する事柄全体が、有効に定義できないことばかりで、いったん手をつけたら限りなく紛糾《ふんきゅう》するやっかいな問題だとわたしが考えるのは、こうした理由によるものである。

ウィルソンがこの「その他さまざまな形の倫理的行動」をこれほど曖昧なままにしたのも、この同じ理由によるのではないだろうか。さらに、もしウィルソンが、例えば、血縁関係にない個人同士の協力とか相互扶助のような行動を倫理的なものだと明記したとしたら、同業の生物学者たちの不信を招く危険性があるだろう。一般の生物学者たちはまだ、行動を厳密に機械論的な様式で解釈するよう訓練されているからである。

最後に、遺伝決定論それ自体が本当に「社会科学の分野で、いわれなく恐れられているお化け」かどうかは疑問である。研究者というのはなわばり意識のモデルそのものであり、社会科学者のなかには、『社会生物学』のような本を出版することをウィルソンの攻撃性と見なし、恐怖と怒りの反応を示した人たちもたしかにいた。しかし、全体として見れば、ウィルソンの所説はいささか妄想的もしくは自画自賛的であるように思われる。

『社会生物学』によって巻き起こった論争と敵意は、もし著者がその決定論を、より正確で、注意深く、偏りのない言い方、人類学的立場から単純素朴と片づけられてしまわないような言葉づかいで提示すれば避けられたかもしれない。実際、ウィルソンの理論が社会科学にとって恐ろしいお化けでないとすれば、その理由はこの理論が社会科学にとって有用である、あるいは社会科学に関連があるとさえ、証明できなかったためではないだろうか。

もしウィルソンが本気で腰を据えてその還元主義的な理論を拡張して、人間特有の行動を説明してくれれば、彼の議論ははるかに面白いものになったと思う。例えば、わたしたち人間はジェンダーと血縁関係に基づく行動を動物と共有しているが、一方でその行動のレパートリーを精緻化して、一見したところ無数の多様性を持つ社会構造、そして尽きることのない文化の複雑さをつくりだしたことを説明してくれれば面白かっただろう。しかし、ウィルソンはそうはしなかった。

決定論者に限らず、社会科学者にも人文科学者にも、そもそもは遺伝的に決定されていたこれらの選択肢が非常に幅広く、複雑であることこそ、自由意志の幻想と究極的には呼びうるものをわたしたちに与えたのだと論じる人たちはいる。しかし、ウィルソンは『ナチュラリスト』でこの問題を持ち出したかと思うと、「人は自由意志を持っている」という退屈きわまりない主張を掲げてその陰にさっと隠れてしまう。このような形の主張は無意味である。わたしはウィルソンの信念に興味はない。ウィルソンは宗教思想家でもなければ神学者でもなく、科学者なのだ。科学者として物を言ってもらいたいものである。

犬、猫、そしてダンサー

——美について考えたこと——

この文章の原型は、一九九二年に『アルーア』誌の「考えていること」という欄に寄せたもので、そのときのタイトルは「わたしのなかの見知らぬ人」だった。これにかなり手を入れたのが今の文章である。

犬は自分がどんな格好をしているかわかっていません。自分の大きささえ知らないのです。おそらくわたしたち人間が品種改良して、信じられないような形やサイズにしてしまったせいでしょう。わたしの兄のダックスフントは、体高二〇センチの体で堂々と胸を張って、グレート・デーンに向かっていきます。相手を八つ裂きにできると信じきって。小さな犬に足首を襲撃されながら、大きな犬のほうはしばしば混乱した顔つきをして立ち尽くしています——「こいつを食ってしまおうか？　こいつはぼくを食うだろうか？　ぼくのほうが大きいよね、違う？」でもグレート・デーンで、やってきては人のひざに座ろうとして相手を押しつぶしてしまうのです。自分はピーカプー〔ペキニーズとミニチュアプードルの交雑種〕だと思いこんでいるので。

わたしの子どもたちは、テディーという気のいいディアハウンドが姿を見せるやいなや逃げ出したものでした。テディーは子どもたちに会えたのがうれしくてうれしくて、その鞭ひものような尻尾を思いっきり振るものですから、子どもたちはひっくり返ってしまうのです。犬は自分がキッシュに前足を突っ込んでいても気がつきません。自分がどこから始まって、どこで終わっているかわからないのです。

猫は自分がどこから始まってどこで終わっているか正確に知っています。猫を外に出してやろうとドアを押さえていると、猫は少しもあわてずに戸口から出ていくのですが、尻尾がまだ部屋のなかに四、五センチ残っているところでちょっと足を止めます。猫にはわかっているのです。猫は人がまだドアを開けたままでいなければいけないことを知っているのです。猫の尻尾がそこにあるのはそういうわけなのです。それは関係を維持するための猫のやり方なのです。

飼い猫は自分が小さいこと、それがいささか問題であることを知っています。おっかない犬に出会って、水平にも垂直にも逃げられないとき、猫は突然三倍にふくれあがり、なんとも無気味な毛のはえたフグのようなものになりますが、それが効果を発揮するときもあります。というのは、犬がまた混乱してしまうからです――「あれは猫だと思ってたんだが。ぼくは猫より大きいんじゃなかったっけ？　こいつはぼくを食うだろうか？」

一度わたしは巨大な、真っ黒い風船のようなものが、恐ろしいしわがれたうなり声をあげながら歩道の上をふわふわとやってくるのに出くわしました。それは通りを横切ってわたしを追いかけてきました。食べられてしまうかと思いましたよ。家の玄関までできたところで、その風船はしぼみはじめ、わたしの足に身をすり寄せてきて、そこで初めてわたしはそれが自分の飼っている猫のレナードだったということがわかりました。レナードは、通りの向こうにいた何かにおどかされたところだったのでした。

猫は自分がどう見えるかについての感覚を持っています。すわりこんで、片足を反対側の耳の後ろに回すという、あのばかみたいな格好で毛づくろいをしているときでさえ、猫は人が何でにやついているか知っているのです。猫たちはただ気づかないふりをしているのです。以前二匹のペルシャ猫を知っていましたが、黒いほうの猫はいつもソファーの白いクッションに寄りかかり、白いほうの猫は隣の黒いクッションに寄りかかっていました。自分たちの毛が一番目立つところに毛を落としてやろうとしていただけではありません。猫はぜったいにそれも忘れませんけれどもね。この猫たちは、どこにいれば自分が一番すてきに見えるかわかっていたのです。猫たちにクッションを与えた女性は、二匹のことをインテリア・デザイナー猫と呼んでいました。

わたしたち人間は概して犬に似ています。自分の大きさ、自分の格好、自分がどう見えるかがほんとうにはわかっていないのです。この無知を端的に示す例は、飛行機の座席をデザインする人たちに違いありません。正反対に、自分自身がどう見えるかをだれよりも正確に、鮮やかに意識しているのはダンサーではないでしょうか。結局のところ、自分がどう見えるかということこそ、ダンサーのしていることなのですから。

これはファッションモデルについても言えることだと思いますが、モデルの場合はかなり限定的なのではないでしょうか――モデルの場合、カ、メ、ラ、の、レ、ン、ズ、にどう映るかだけが大事なのですから。これはダンサーのようにほんとうに自分の体で生きているのとはまったく違います。俳優も鋭い自己意識を持って、自分の体と顔がどうなっているか、何を表現しているか把握することを学ばなければいけませんが、俳優はその芸術に言葉を使います。そして、言葉は大変な幻影を作り出すものなのです。ダンサーは自分のまわりにこの言葉のスクリーンを紡ぎだすことはできません。ダンサーは自分がどう見えるか、体のポジション、そして動きだけからその芸術を作り上げなければならないのです。

わたしの知り合いのダンサーたちは自分の占める空間について何の幻想も抱かず、何の混乱も感じていませんでした。ダンサーたちはよくけがをします――ダンスは足に殺人的な負荷をかけますし、関節にも過酷な運動です――が、何があっても絶対にキッシュを踏んづけるようなことはしません。あるリハーサルのとき、わたしは、団員の若い青年がヤナギの木のように体を曲げて自分の足首を仔細に眺めているのを見ました。「ああ」青年は言いました。「ぼくのほとんど完璧な体にちょっぴりけがしちゃった！」思わずクスッとしたくなったのですが、その言葉は単純な真実でもありました。青年の体はほとんど完璧なのです。青年にはそれがわかっていて、完璧でないのがどこかもわかっています。青年は自分の体をできるかぎり完璧に近い状態に保っています。それは体が彼の道具、媒体、生計を支えるもの、芸術を作り出すものだからです。青年は子どものようにめいっぱい、でもはるかに意識的に自分の体のなかに住んでいます。そしてそのことに満足しているのです。

わたしはダンサーのここが好きです。ダンサーは、ダイエット中の人やトレーニング中の人よりずっと幸せです。男たちはわたしの家の前の通りをジョギングします。ダッダダッダッと恐い顔をして、うつろな目は何も見ず、耳にはイヤホンを差し込んで——歩道にキッシュが置いてあったら、へんてこなけばけばしいランニングシューズでそれをぐしゃっと踏みつぶしてしまうでしょう。女たちは先週何キロだったただの、何キロ減らさなければならないだのと、際限もないおしゃべりを続けます。キッシュを見たら、女たちは悲鳴をあげるでしょう。自分の体が完璧でなかったら、罰を与えなければいけない。苦痛のないところに勝利なし、というわけです。完璧とは「ひきしまってて」「むだがなく」「堅い」こと——アスリートである二〇歳の男の子や体操選手である一二歳の女の子のように。五〇歳の男性、あるいは何歳にせよ成熟した女性にとって、完璧というのはどんな種類の体だというのでしょう。「完璧」？　完璧とは何でしょう。白いクッションの上の黒い猫、黒いクッションの上の白い猫……花模様のドレスを着た薄茶色の肌の女性……ほんとうにたくさんの完璧さがあります。でも、罰によって到達できる完璧さはひとつもないのです。

どの文化にも人間の美、特に女性の美について独自の理想があります。こうした理想のなかには驚くほど強烈なものがあります。ある人類学者の話によると、その人が一緒に暮らしたイヌイットの人たちの間では、女性の左右の頬骨の上に定規を渡して、定規が鼻に触らなかったら、絶世の美人ということになるのだそうです。この場合、いちじるしく高い頬骨といちじるしく低い鼻が美の基準です。わたしがこれまでに出会ったもっとも恐ろしい美の基準は、中国の纏足《てんそく》です。足の成長をむりやり一〇センチぐらいで止め、まともに歩けなくすることが少女の魅力を、ひいてはその子の換金価値を増したのです。苦痛のないところに勝利なしと言ったって、これはまったく冗談ごとではありません。

でも、みんな冗談ごとではないのです。一〇センチのヒールを履いて八時間働いたことのある人にならだれでもいいから、聞いてみてごらんなさい。わたしは自分が高校生だった一九四〇年代を思い出します。白人の少女たちは化学薬品と熱で自分の髪を縮れさせ、髪がカールするようにし、黒人の少女たちは化学薬品と熱で自分の髪を押しつぶして、髪がカールしないようにしました。ホーム・パーマはまだ発明されておらず、今言ったようなお金のかかる処置に手が届かない子たちもたくさんいて、その子たちはルールに従えないこと、美のルールを守れないことにみじめな思いをしていたのです。

美には常にルールがあります。それはゲームなのです。美のゲームをコントロールしているのが、それで大儲けして、だれが傷つこうがおかまいなしという人たちだと、わたしは猛然と腹が立ってきます。美のゲームのせいで、人々が自分に不満を持つあまり栄養失調になったり、自分の体を損なったり、毒物を摂取したりするのを見ると、わたしは美のゲームが大嫌いになります。そうでなければ、わたし自身ごくごくささやかにこのゲームに参加して、新しい口紅を買ったり、きれいな新しいシルクのシャツを着てうれしくなったりします。口紅やシャツのせいでわたしが美人になるわけではありませんが、それ自体が美しいので、身につけるのが楽しいのです。

人間は人間になって以来ずっと、自分の身を飾ってきました。髪に挿した花、顔の入れ墨、コール墨で染めたまぶた、きれいなシルクのシャツ——気持ちをうきうきさせてくれる物で。そう、自分に似合う物で。白いクッションがだらしなく寝そべる黒い猫に似合うように……ここがこのゲームの面白いところです。

このゲームの一つのルールは、ほとんどどの時代でもどの場所でも、美しいのは若者だということです。美の理想型は、常に若者のそれです。これは、ある部分は単純なリアリズムに基づいています。若者は実際美しいのです。例外なく、全員。年をとるにつれ、わたしはこれがよりはっきりわかるようになり、そのことを楽しんでいます。

一方で、鏡を見るのを楽しむことはどんどん難しくなってきます。あのおばあさんはだあれ？　あの人のウエストはどこにあるの？　わたしは自分の黒い髪がなくなり、代わりに張りのない灰色のものが生えてくることには、まあ諦めがついていたのですが、これさえもなくなって、ピンク色の地肌だけになってしまうのかしら？　つまりね、これ以上はごめんだ、と言いたいのです。あら、またほくろが増えたのかしら、それともわたしは白地に斑点のあるアパルーサ種の馬に変身するところなのかしら？　指関節がどんどん太くなって膝ぐらいになってしまうってことはあるかしら？　そんなもの見たくもありませんし、知りたくもありません。

それでも、わたしと同じか、わたしより年上の男性や女性を見るとき、その地肌や関節やほくろや突き出たおなかはさまざまで興味ぶかいかもしれませんが、それがこの人たちに対するわたしの評価に影響を与えることはありません。わたしがすばらしく美しいと考える人もいますし、そうでない人もいます。老人の場合、若者と違い、美はホルモンと一緒に無料で与えられるものではないのです。それは骨格によるものです。その人がどういう人かによるのです。年をとればとるほど、その人の美しさはごつごつした顔や節くれだった体の内側から輝いて見えるものと関わってくるのです。

鏡をのぞきこみ、そこに映ったウェストのないおばあさんを見るとき、何が一番わたしを不安にするのかはわかっています。自分の美しさがなくなったということではありません——そもそも、そんなことで騒ぎ立てる必要があるほど美しかったことなんてないのですから。そうではなくて、鏡のなかの女がわたしに見えないということ、それが問題なのです。わたしがこうだと思っていた自分ではないのです。

以前母が話してくれたことですが、サンフランシスコのある通りを歩いていたら、金髪の女性が母のとそっくりのコートを着て、母のほうへ歩いてきたというのです。ウィンドーに映った自分を見ていたとわかった時は、それはショックだったそうです。でも、母は金髪ではありませんでした。赤毛だったのです。母の髪は徐々に色あせてきていたのですが、母自身はいつも自分のことを赤毛だと思っていて、赤毛の自分を見ていたのです……一瞬自分を他人だと思ってしまったほどの変化に気がつくまでは。

わたしたちは犬みたいなのかもしれません。自分がどこから始まってどこで終わっているか本当にはわかっていないのです。空間的にはわかっているかもしれません。でも、時間的にはわかっていないのです。

小さい女の子たちはみんな(少なくともマス・メディアの言うことによれば)思春期になるのが待ちきれず、何にもトレーニングする必要などない時から「トレーニング・ブラ」をつけたくてたまらない、ということになっていますが、思春期が自分たちの体にもたらす変化を恐れ、屈辱を感じる子どもたちのためにひとこと言わせてください。変に重ったるい気持ち、下腹の痛み、これまで生えていなかったところに生えてくる毛、すんなりと細かった所についてくる脂肪をうれしく思おうと、自分が一生懸命になっていたことを覚えています。これはみんなわたしが女になりつつあることを意味しているのだから、いいことだということになっていました。そしてわたしの母も、わたしを助けようとしてくれました。でもわたしたちは二人とも内気なほうでしたし、たぶん二人ともちょっとおびえていたのでしょう。女になるということは大変なことで、しかもいつでもすばらしいことというわけではないのですから。

一三歳、一四歳の頃のわたしは、ばかでかくてどしっとしたセント・バーナード犬のなかに突然閉じ込められてしまったホイペット犬のように感じていました。男の子も成長の過程で同じようなことを感じるんじゃないでしょうか。男の子たちはたえず、大きくて強くならなくちゃいけないと言われつづけていますが、なかには小さくてしなやかだった頃が良かったと思う子もいると思います。子どもの体は非常に住み心地のいいものです。大人の体はそうではありません。子どもから大人への変化は困難なものです。そしてあまりに大きな変化なので、思春期の子どもたちの多くが自分が何者かわからないのは、ごく当然のことです。子どもたちは鏡をのぞきこみます――これがわたしなの？　わたしってだれ？

そして同じことがもう一度、六〇歳か七〇歳の頃に起こるわけです。

猫や犬はわたしたちより賢いのです。一度だけ、子猫や子犬の時に鏡をのぞきこみます。そしてものすごく興奮して、走り回り、鏡の奥にいる子猫や子犬をつかまえようとします……が、突然さとるのです。何だ、これはトリックじゃないか。本物じゃないや。猫や犬は二度と鏡をのぞこうとしません。わたしの猫は鏡に映ったわたしとは目を合わせますが、絶対に自分と目を合わせようとはしないのです。

確かに、自分が誰であるかというのは、自分がどう見えるかに含まれるし、逆もまたしかりです。わたしは自分がどこから始まってどこで終わっているか、どんな大きさか、何が自分に似合うか知りたいと思います。体なんてどうでもいいのよ、と言う人たちには本当にびっくり仰天します。どうしてそんなことを本気で考えられるのかしら？　S

Ｆ映画に出てくるような、体と切り離されてガラス瓶の中に浮かんでいる脳みそになんかなりたくありませんし、自分が体を離れてふわふわと空気のように漂う霊になるなんて信じていません。わたしはこの体の「なかに」いるのではなく、わたしがこの体なのです。ウエストがあろうとなかろうと。

それはそれとして、わたしに関して変わらない何かというのはあります。わたしの体が経験してきた、びっくりする、わくわくする、ぎょっとする、がっくりするさまざまな変貌を超えて、変わることのなかったものが。そこには、外からどう見えるかだけでない一人の人間がいるのです。そしてこの人間を見つけ、知るためには、表面を貫き、内側へ、奥へと視線を向けなければなりません。空間的にばかりでなく、時間的にも。記憶をなくさないかぎり、わたしが自分を失うことはありません。

若くて健康なら誰もがそなえている理想の美があって、それは決して真の意味では変化せず、常に美しいものです。一方で映画スターや広告モデルの理想の美、美のゲームの理想があって、それは始終ルールが変わり、場所によって異なり、決して完全に真の理想ではありえません。さらにまた定義したり、理解するのが難しい理想の美もあります。これは肉体のみの美ではなく、肉体と精神が出会い、互いの輪郭を定める領域に現れる美だから難しいのです。この美にルールがあるのかどうか、わたしにはわかりません。

この種の美を説明しようとするときの一つの方法は、天国にいる人たちをどんなふうに想像するか考えてみる、というものです。何らかの宗教が信仰の一箇条として約束している、文字どおりの「天国」のことではなくて、わたしが言っているのは、ただの夢想、つまり生前大好きだった人たちにもう一度会いたいという強い願望のことなのです。「絆はまだ切れずにいる」と想像し、「あのはるか彼岸《ひがん》で」もう一度会えるとしたら、その人たちはどんな様子をしているでしょうか。

人々はこの問題をずっと昔から論じてきました。わたしの知っている一つの仮説は、天国にいる人は全員三三歳だというものです。赤ちゃんのときに死んだ人も含まれているとしたら、その人たちはあの世で大急ぎで大人になるわけですね。そしてもし、八三歳で死ぬとしたら、その人は五〇年間かけて学んだことを全部忘れなければならないのでしょうか。明らかに、このような想像はあまり厳密にしても仕方ありません。さもなければ、あの昔ながらの冷たい真実……「墓場まで持っていけるわけではない」に突き当たることになってしまいます。

しかし、ほんとうに答えの知りたい疑問がここにあります。わたしたちは亡くなった家族や友人をどのような姿で思い出し、どのように思い浮かべるのでしょう。

わたしの母は八三歳で亡くなりました。ガンで苦しみながら逝《い》きましたが、脾臓《ひぞう》が腫《は》れたため、体の格好が変わってしまっていたのです。母のことを考えるとき、わたしが思い浮かべるのはこの時の母でしょうか。時々はそうです。そうでなければいいのに、と思うのですけれども。それは現実に基づいたイメージですが、より真実に近いイメージをぼやけさせ、曇らせてしまいます。それは五〇年間にわたる母の記憶のなかの一つに過ぎません。時間的には最後の記憶です。でも、その裏に、その背後に、より深く、複雑で、絶えず変化するイメージ、つまり想像力、人から伝え聞いたこと、写真、記憶などによってつくられたイメージがあるのです。わたしの目にはコロラドの山のなかの小さな赤毛の子ども、悲しげな顔をしたきゃしゃな女子大生、にっこり微笑むやさしい若い母親、輝くような知性をもつ女性、異性に対しだれにも真似のできない魅力をふりまく女、真剣な芸術家、すばらしいコックのイメージが浮かびます——ロッキング・チェアを揺らす母、草むしりをする母、原稿を書く母、声をあげて笑う母の姿が——母のきゃしゃな、そばかすのある腕にはまったトルコ石のブレスレットが浮かび、そしてほんの一瞬ですが、こうしたイメージがすべて一度に浮かんで、この世のどんな鏡も映すことのできないもの、長い年月のかなたから輝きでる精神、その美しさをわたしは垣間見るのです。

偉大な画家たちはこれを見抜き、絵に描くに違いありません。レンブラントの描く肖像画のなかの、老人たちの疲れた顔がわたしたちにあれほど喜びを与える理由はこれなのでしょう。彼らの顔は皮膚の表面だけでなく、人生の深みから立ち現れる美しさをたたえているのです。ブライアン・ランカーの写真集『わたしは世界を夢見る』に登場するしわだらけの顔の数かずは、年をとるのは辛いけれども、年をとる間に魂を磨きあげる時間があれば、それなりの価値があるということを物語っています。わたしたちのダンスは、全部が全部体を使ってするものではありません。すぐれたダンサーたちはそれを知っています。だから彼らがジャンプをすると、わたしたちの魂も一緒にジャンプするのです——わたしたちは飛びます、自由の身となって。そして詩人たちもこのダンスを知っています。イエイツの言葉を借りれば⑳……

ああ、栗の木よ、大きく根を張り、花をつけるものよ、
おまえは葉なのか、花なのか、それとも幹なのか？
ああ、音楽にあわせて揺れる体よ、ああ、輝きを与えるまなざしよ、
わたしたちはダンスとダンサーをどう見分けることができるだろうか？

コレクター、韻を踏む者、ドラマー

美とリズムについてのこの文章は、一九九〇年代の初めに自分のために書いたもので、今回収録するにあたって手を入れた。

コレクター

人は物を集めるのが好きだ。鳥や小型の哺乳類のなかにも物を集めるのがいる。ビスカチャというのは、パタゴニアやパンパスに穴を掘って棲《す》んでいる小さなげっ歯類で、ウサギのような耳をした太ったプレーリードッグのような動物だ。チャールズ・ダーウィンはこんなふうに書いている。

ビスカチャには一つはなはだ妙な習性がある。穴の入口にすべて固い物体を持ってゆくことである。穴の群の周囲には、うしの骨、石、あざみの茎、硬い土塊《つちくれ》、干からびた糞などが不規則に積み上げてあり、……。ある紳士が暗夜にうまに乗っている間に時計を落した。翌朝道筋のビスカチャの巣のそばをよく探すと、案にたがわず、すぐに見つかったという。これは信用してよい話である。こうして巣の近くの地上にあるものを、なんでも拾い上げる習性は極めてやっかいなことになるに相違ない。なんの理由でこんなことをするのか、その考えの一端《いったん》すらもわからない。がらくたものは、主として……巣の入口の外部に置くので、防禦の意味とも思われない。なにか十分の理由があるに相違ないが、この地方の人たちにも全くわかっていない。これによくあたる例で、私の知っている唯一の事実は、オーストラリアのカロデラ　マクラタ Calodera maculata という妙な鳥の習性である。この鳥は小枝で優美な天井を張った通路を作って遊び場とし、その近傍《きんぼう》の陸産や海産の貝類、骨、鳥の羽毛など殊《こと》にあざやかな色のあるものを集める。

〔『ビーグル号航海記』第七章、島地威雄訳、岩波文庫〕

あのチャールズ・ダーウィンにして、その考えの一端すらもわからないことというのは考えてみる価値があるに違いない。

モリネズミとある種のカササギ、そしてカラスは、わたしに知りえたかぎりでは、ビスカチャよりもえり好みをする。この動物たちも硬いものを集めるが、集めたものを玄関の外ではなく、巣の中にためこむ。そして彼らが集めるものは概して目につくもの――ぴかぴか光ったり、形が整っていたり、どこかしらわたしたちがきれいと呼ぶような要素のあるもの、例えば紳士の時計のようなものである。けれども、ビスカチャの集める土くれや糞のかけらと同じく、動物たちが集めてくるものは、彼らにとってはまったく何の役にも立たないという点が注目に値する。

これらの動物たちが自分の集めるものにどんな価値を見いだしているのか、わたしたちには皆目《かいもく》わからないのだ。

オスのニワシドリがおもちゃを集めるのは明らかにメスのニワシドリをひきつける役に立つが、カラスやカササギがボタンやスプーンや指輪や缶のプルトップを使って自分たちの魅力を高めているのを観察した人がいるだろうか。カラスやカササギはむしろ集めた物を誰にも見えないところに隠すように思われる。メスのモリネズミが、コレクションのすばらしさに参ってオスのモリネズミにひきつけられるところを見た人などいないだろう。(ねえ、ちょっと、ぼくの瓶のふたのコレクション見ていかない?)

わたしの父は人類学者で、その関心は生物学から美学にまで幅広く、ほとんど半永久的に――コロラド州テルリドの有名な三〇年越しのポーカーのように――美とは何かという問題を会話の話題にしていた。家を訪ねてきた不運な学者たちは、夕食の席で美の本性について盛んに論じるはめになるのだった。この問題の、人類学にとって特に興味深い側面は、美やジェンダーのような概念が完全にそれぞれの社会内で構築されるのか、それとも、わたしたちはその背後にある範型を突きとめられるのか、つまり男とは何か、女とは何か、美とは何かについて、ほとんどの、あるいはすべての社会に共通する普遍的な一致を同定できるのかということだ。議論が深まった頃、父は陰険にも、中間領域に属する例を持ち出し、モリネズミの話を始めるのだった。

美的感覚と思われるものの証拠——その物自体が好ましいと感じられるからある物を欲しいと思う欲望、実際的な用途のまったくない何かを獲得しようとして現実にエネルギーを割《さ》こうとする意欲——が、わたしたち人間と、あまり高等とは言えない小型のげっ歯類と、騒々しい鳥にしか見られないと思われるのは奇妙なことだ。この三種類の生き物に共通しているのは、みな巣を作るということ、つまり家を持っており、だから収集家なのだということである。人もネズミもカラスもみなたくさんの時間を使って、住居用の建築材料、寝具、その他の家具を集め、配置する。

けれども、動物界には巣を作り、しかも鳥やげっ歯類などよりずっと遺伝的にわたしたちに近い動物がたくさんいる。例えば大型の類人猿はどうだろう。ゴリラは毎晩巣を作る。動物園のオランウータンはお気に入りの布やズック地をチャーミングに身にまとう。もしわたしたちが物を集めるという趣味を、一番近い親戚と共有するとしたら、それは美の「深層文法」——「深層美意識」？——が、わたしたち霊長類、あるいは少なくとも大型の高級な霊長類には存在することを意味するかもしれない。

しかしながら、まことに残念なことに、野生の類人猿がある物をきれいだと思っている様子を見せ、そのためにそれを集めたり、大切にしたりしているという証拠をわたしは一つも知らない。彼らは興味をひかれた物に関心を示すが、これは、小さくて、ぴかぴかしている物を盗み、宝物として隠しておくこととはかなり違う。知性と美的感覚は重なるかもしれないが、同じものではないのだ。

チンパンジーが絵を描くように教えられた、ないし仕向けられたことはあるが、彼らの動機は審美的というより、対話的であるように思われる。チンパンジーは色彩を好むし、キャンバスに絵の具をたたきつける行為を明らかに楽しむが、自然状態で彼らが自発的に絵を描くことにちょっとでも近いことを始めることはないし、自分たちの描いた絵を大切にすることもない。チンパンジーは自分の描いた絵を隠したり、大事にしまっておいたりしないのだ。チンパンジーが絵を描く気になるのは、自分の好きな人間が描いてもらいたがるからのように見える。絵を描くという行為から彼らが受け取る報酬は絵そのものというよりむしろ、人間に認められるということである。だが、カラスやモリネズミは、それ自体がぴかぴかしているという以外にいかなる種類の報酬ももたらさないのに、何かを盗もうとして生命を危険にさらすのである。そして彼らは盗んだその美しい品物をしまいこみ、まるで卵か子どものように貴重だといわんばかりに秘蔵し、コレクションの中で置き場所を変えたりするのだ。

審美的なものとエロティックなものの相互作用は複雑である。オスのクジャクの尾羽はわたしたちには美しく、メスのクジャクにはセクシーに感じられる。美と性的魅力は重なるし、一致する。両者は深く関連しているのかもしれない。しかし、両者を混同してはならないと思う。

わたしたちはニワシドリのつくりだすデザインの精妙さに息を呑むし、バラの香りとアオサギのダンスをすばらしいと思う。けれども、同じ性的魅力の発散でも、チンパンジーのふくらんだ肛門や、雄ヤギの放つ悪臭、そしてナメクジの残す粘液質の跡はどうだろうか。一匹のナメクジが残したこの痕跡をもう一匹が見つけることで、雨の夜に二匹のナメクジはねばねばした糸にぶら下がりながら交尾をすることができるのだ。こうした仕組みにはみな適合性の美があるけれども、美とは適合性であると定義するのは、たいていの還元主義的定義よりもさらに不十分と言わなければならないだろう。

ダーウィンは決して還元主義者ではなかった。ニワシドリが「遊び場」として優美な通路を作る、と述べたのはいかにも彼らしい。こうすることで、ダーウィンはニワシドリが遊ぶ、つまり自分の建築物とそこに持ち込んだ宝物と自分のダンスを、独自の神秘的な仕方で楽しむ余地を残したのである。ニワシドリの作る「庭」がニワシドリのメスにとって魅力的だということ、メスたちはそれに引き寄せられること、その結果オスに交尾のチャンスができることをわたしたちは知っている。メスたちを「庭」にひきつけるのは「庭」の美的な性質――その構造、その整然としているところ、色彩の鮮やかさ

――であって、これらの性質が強ければ強いほど、メスにとっての魅力が大きくなることが観察されていることから、このことは明らかである。しかし、それがなぜなのかはわからない。最もわからないのは、「庭」の唯一の目的がメスのニワシドリをひきつけることにあるなら、なぜわたしたちがそれを美しいと感じるのか、ということだ。わたしたちはニワシドリがひきつけたい異性ではないかもしれないし、確実に同種族ではない。

そういうわけで、美とは何か。

美とは、銀のボタンのように、小さくて、形が整っていて、ぴかぴか光るもの、持ってかえって自分の巣／箱にしまっておけるものである。

これはもちろん完全な答えではないが、わたしにとっては完全に受け入れ可能な答えである。これは出発点なのだから。

そしてわたしがおもしろく、不思議だと、また重要だと思うのは、小さくて、硬くて、形が整っていて、光るものを好ましく感じる気持ちを、わたしがビスカチャ、モリネズミ、カラス、カササギと共有していること、それもオスとメス両方と共有していることなのである。

ザトウクジラは歌を歌う。繁殖期には主にオスが歌うが、これは歌が求愛行動において一つの役割を果たしていることを暗示している。しかし、オスもメスも歌うのであり、ザトウクジラの群れないし国のそれぞれが他とは違う独自の歌を持っていて、メンバーは全員その歌を歌うのだ。ザトウクジラの歌は三〇分ほど続くこともあって、その音楽構成は複雑であり、楽句(くり返される同じ、あるいはほぼ同じ音のグループ)と主題(似かよった楽句のくり返しのグループ)という構造を持っている。

ザトウクジラは北半球の海にいる間はあまり歌わないし、その歌が変わることもない。南半球で群れを再編成する時、クジラたちはみなもっと歌うようになり、その国歌も変化しはじめる。歌と歌の変化の両方が(街で使われる俗語や、一定の集団内でしか通用しない特殊用語や、方言のように)自分たちの共同体を確認するための役割を果たしうる。その共同体に属するすべてのメンバーが、どんなに急速に歌が変化しているときでも、歌の最新ヴァージョンを学ぶ。数年間のうちに歌全体が根本的に変わってしまうのだ。「われわれはあなたに新しい歌を歌って聞かせよう」〔詩篇一四四参照〕。

一九九一年三月号の『ナチュラル・ヒストリー』誌で、キャリー・B・ペインはクジラに対して二つの質問を提示している。あなたがたはどうやって歌を憶えているのですか？　そしてなぜ歌を変えるのですか？　ペインは、韻を踏むことが記憶に役立つのではないかと示唆している。クジラの歌は一連の複雑な主題を持っており、この主題に

「韻」――同じ終わり方をする楽句のこと――が含まれていて、この韻が一つの主題を次の主題と結びつけているのだ。二つ目の質問、なぜクジラが自分たちの集団の歌を変えつづけるのか、についてペインは次のように述べている。「このこと、そしてクジラが韻を踏むということについて考えるとき、わたしたちは必然的に人間のことを考えずにいられないのではないだろうか。人間の審美的な行動でさえ、はるか昔には自然界に起源を持っていたということに思いをめぐらさずにはいられないのではないだろうか」。

ペインの書いた記事を読んでわたしは、詩人／言語学者であるデル・ハイムズが『あなたに言おうとしたのに』などの単行本や論文に書いている、口承文芸に関する業績を思い出さずにはいられなかった。ハイムズの主張の一つは(非常におおざっぱに要約すれば)、ネイティブ・アメリカンの口承文芸において、節の切れ目の印となる、何度もくり返し使われる言い回しが重要だということだ。このような言い回しはしばしば文頭に用いられ、訳せば「そこで、それから……」とか「さて、次に起こったことは……」あるいは単に「そして」というような意味になる。これらはしばしば、物語とその「意味」を伝えることに熱心な翻訳者に、無意味だとか、ただのノイズだとか思われて、訳されずに捨てられてしまうのだが、これらの言い回しは、英語の詩の韻が果たすのと類似した目的のためにあるのである。つまり、規則的な韻律がない場合に、基本的なリズム要素となる、詩の行を示すためにあるのだ。そして同時にこれらの言い回しは、詩を構成する、より大きな、構造的リズム単位に関して手がかりを与えることもある。
こうした手がかりに従うことによって、これまで「原始的」であり、純粋に教訓的でお説教調の物語として、語られる出来事によってのみ形ができているものとして、聞かれ、翻訳され、提示されたものを、精妙な形式にのっとった芸術として評価しうることになる。この芸術においては形式が材料に形を与え、一見したところ実用のための語りと思われるものが、実際には本質的に美的な目的を果たすための手段となりうるのである。

声によるパフォーマンスにおいて、くり返しは演者がテクストを思い出すのを助けるために役立つだけではない。くり返しは、演目に構造を与えている根本的な要素の一つ、いや、おそらく唯一の要素なのだ。それは、くり返しの形が、くり返される韻律上の強音であろうが、脚韻のもたらす規則的な音のエコーであろうが、反復句《リフレイン》その他のくり返しの構造を使うことであろうが、さらには韻律のない詩や一定の形式を持つ口頭の語りにおける、長くて、微妙な詩行のリズムであろうが、変わらないことなのである。（この長くて、微妙な詩行のリズムは、さらに長く、よりとらえにくい、書かれた散文のリズムと関係している。）

このようなくり返しの使い方はすべて、クジラの歌の「韻」と近縁性があるように思われる。

なぜクジラが歌を歌うかについて言えば、彼らが、少なくともオスのクジラが、繁殖期に一番よく歌うことには確かに大きな意味があるだろう。だが、百の個体によってコーラスで演奏される三〇分間の歌が求愛鳴きだと言うなら、ベートーベンの交響曲だって求愛鳴きだと言えるはずだ。

フロイトの言うことを聞いていると、これこそまさに彼の考えていたことだという気になることがある。もし(フロイトの言ったように)芸術家が「名声、富、美しい女性の愛」への欲求によって芸術を作り出すことを動機づけられているとしたら、ベートーベンも実のところ繁殖期だったから第九交響曲を書いたということになる。ベートーベンは自分のテリトリーをマーキングしていたわけだ。

ベートーベンの音楽にはセクシュアルな要素がたくさんあって、わたしは女として時にこれをかなりピリピリ意識することがある――ダ、ダ、ダ、ダーン！――しかし、男性ホルモンにできるのはせいぜいここまでだ。第九交響曲はこれよりはるかにずっと奥深いものである。

オスのウタヒメドリは、春になって日が長くなるにしたがい、その小さな生殖腺がふくらむにつれて歌を歌う。彼は有用な情報を教訓的に、はっきりした意図を持って歌う。――ぼくはウタヒメドリだ、ここはぼくのテリトリーだぞ、この枝はぼくのものなんだ、この大きなきれいな声はぼくの若さと健康とすばらしい交尾能力を示している、ここに来て一緒に住もう、ぼくの恋人になってくれ、ティーディドル、ウィートゥー、イドル、イドル、イドル！　そしてわたしたちは彼の歌を大変美しいと思う。しかし、隣の木に止まっているカラスにとっては、いくつかの違った音調で発される「カァー」という声がまったく同じ機能を果たすのである。ところが、わたしたちにとってこの「カァー」は審美的にはマイナスの価値を持つ。「カァー」は美しくないのだ。エロティックなものがすべて美しいわけではないし、逆もまた同様である。鳥の声の美しさは、そのセクシュアルなあるいは情報伝達の機能にたまたま付随しているものなのである。

そういうわけで、どうして歌を歌う鳥たちはわざわざあんなに念の入った、形式の整った、くり返しの多い歌を学び、世代から世代へと受け継いでいくのだろうか。「カァー」とだけ鳴けば、それで事足りるというのに。

わたしはここで、功利主義的でもなければ、還元主義的でもない、当然ながら完璧でもない解答を提案したい。ニワシドリはニワシドリの貴婦人に求愛するために庭を作るのだが、この庭は同時に、ダーウィンのすてきな言い方を拝借すれば「遊び場」でもある。ウタヒメドリは歌で情報を伝えるが、それをしながら同時に歌で遊んでもいるのだ。実用的なメッセージはたくさんの「役に立たないノイズ」によって複雑化されるのだが、それは歌うことの快楽が──わたしたちが言うように、その美しさが──ノイズそのもの、わざわざかけられた手間、骨折り、くり返し、遊びだからである。利己的な遺伝子は個体を利用して自分を不滅のものにしようとするかもしれず、ウタヒメドリは遺伝子の命令に従うが、彼は個体であって、生殖細胞ではないから、個としての経験、個としての快楽を大切にし、義務に喜びを付け加える。ウタヒメドリは遊ぶのである。

結局のところ、セックスつまり単なるセックスは快楽をもたらすかもしれないし、もたらさないかもしれない。ナメクジやイカに関してはこれを確認する方法すらないし、セックス中の犬の顔に浮かんでいるばつの悪そうな表情や、セックス中の猫の口から出る恐ろしい悪口雑言、それにオスのクロゴケグモの経験[21]から判断すると、もしセックスが至福だとしても、あまりそうは見えない時もあると言わざるを得ない。しかし、わたしたちの遺伝子あるいは種に対して、わたしたちがセックスという義務を負っていることに議論の余地はない。そういうことなら、ひょっとしたら、この義務をもう少し楽しいものにするために、わたしたちはそれで遊ぶのかもしれない。鈴や笛、尾羽や庭を付け加え、複雑にしたり、形式を作ったりして、楽しくそれを飾り立てるわけだ。そして、楽しみというのはそうなりがちなのだが、この複雑さや形式それ自体が目的化して、結局歌う喜びのために歌を歌うことになる。歌の実用的な目的——セックスという義務に関する目的は二次的なものになるのだ。

なぜ大型のクジラが歌うか、わたしたちにはわからない。なぜモリネズミが瓶のふたをためこむのかもわからない。でも、小さな子どもは歌を歌うのも歌ってもらうのも大好きだし、きれいなぴかぴかしたものを見たり、集めたりするのも大好きだということをわたしたちは知っている。子どもたちのこうした楽しみは、性的成熟以前のもので、求愛行動や、性的刺激や、性的結合とはまったく無関係のように思われる。

そして、歌は共同体を肯定し、強化するかもしれないが、銀の時計を盗むことは間違いなく共同体の肯定にも強化にもつながらない。美が性行動に役立つと決めつけることも、共同体の連帯に役立つと決めつけることもできないのだ。

今回あれこれ考えをめぐらせてきて、この問題のキーワードは複雑化と無用性ではないかとわたしは思う。モリネズミは小さな美術館の学芸員のようだ。その巣作りの本能を「無意味なノイズ」――まったく役に立たないものを、ただ楽しいから集めるということ――で複雑化したからだ。ザトウクジラはベートーベンと一緒に論じられる。単純な求愛鳴きと一つの共同体に属しているということの表明に「無意味なノイズ」を付け加えることで、それを交響曲にしたからだ。

わたしの夫の伯母であるパールは、かぎ針編みという実用的な手芸を、ベッドカバーを作るという実用的な目的のために使った。基本のかぎ針編みに、非実用的で、非常にリズミカルなヴァリエーションを組み込むことで、パール伯母はベッドカバーを作る行為全体をとてつもなく複雑なものにしたが、それは伯母が楽しんでしたことだった。何か月もの楽しい仕事を積み重ねて、伯母は美しい作品「クモの巣」のベッドカバーを完成させ、わたしたちにプレゼントしてくれた。これはたしかにベッドのカバーではあるが、わたしたち女の言い方によれば、普段使いのものではない。実用的ではあるが、単に実用になるだけではないのだ。それは実用をはるかに超えたものである。それはお客が来る時にベッドに掛けて、複雑な優雅さでお客の目を楽しませ、厳密な意味で必要である以上のこと――おまけ、もてなしをしてもらったという満足を与えるものなのである。わたしたちは実用的なものを使って、それで遊ぶ――その美しさのために。

物言わぬドラマー

芸術的な美について語るとき、人はふつう、音楽、美術、ダンス、詩などから例を挙げる。散文が持ち出されることはめったにない。

散文が話題になるとき、「美」という言葉はめったに使われないし、使われる場合は、数学者たちの言う、一つの問題に対する、満足のいく、エレガントな解答を意味する。それは知的な美であり、概念の領域のこととされる。

だが、言葉というのは、詩の言葉でも散文の言葉でも、絵の具や石と同じぐらい物理的なもの、音楽と同じぐらい声と耳に関係するもの、ダンスと同じぐらい身体的なものだ。

文学を批評しようとするとき、言葉を無視することは大きな誤りだとわたしは考える。

わたしが言うのは文字どおりの言葉つまり言葉の響き――センテンスの動きとペース――、言葉がつくりあげ、またそれによってコントロールされるリズミカルな構造のことだ。

クリフ・ノート文芸ガイドシリーズ(22)的なものに依存する教育は、文学研究を戯画化する。ある物語の美的な価値を、それが表現する概念に、その「意味」に還元することは、その物語を徹底的に収奪することだ。地図は風景とは違う。

詩の分野では、言語の聴覚的、リズム的実体性が、グーテンベルク以来何世紀にもわたる活字による支配を生き延びてきた。詩は常に口から発せられ、朗読されてきたのである。モダニズムの音のない深淵においてさえ、T・S・エリオットはマイクに向かって自作をつぶやくよう説得された。そしてディラン・トマスがニューヨークで大絶賛を浴びてからというもの、詩は、耳で聴く芸術としての本来の性質を取り戻したのだ。

しかし、散文の語りは何世紀ものあいだ沈黙したままだった。これは印刷のなせる業《わざ》である。

小説家や回想録の著者が各地を回って自作を朗読するブック・サーキットが最近流行しているし、本の朗読を録音したものが、いくらか散文の聴覚性を回復してきたとはいえ、作家も批評家も概していまだに散文は黙って読むものだと決めつけている。

読書はパフォーマンスである。読者は――ベッドの中で毛布をかぶり、懐中電灯をつけている子どもも、台所のテーブルを前にした女の人も、図書館のデスクに向かっている男の人も――読書という仕事を遂行《パフォーム》するのだ。このパフォーマンスは沈黙のうちになされる。読者は言葉の音や文章のリズムを内なる耳のみで聴きとるのである。彼らは音をたてないドラムを叩く、沈黙のドラマーである。驚くべき劇場で驚くべきパフォーマンスが上演されるのだ。

音をたてない読者が聴くリズムとはどんなものなのだろう？　散文を書く作者を律するリズムとはどんなものなのか？

最後の小説『ポインツ・ホール』――これは以下の引用ではPHと略されており、結局『幕間《まくあい》に』というタイトルで出版された――を書いている時、ヴァージニア・ウルフは日記にこう書いている。

一つの本のリズムとはあたまの中を走ることによって人をボールのように巻きあげてしまう。それで人をくたくたに疲れさせるのだ。「P・H」(最後の章)のリズムはあんまりうるさくつきまとうので、それがきこえたくらいだ。あるいは私がしゃべる、あらゆるセンテンスのなかでそれを使っていたのかも知れない。回想記のための覚え書きを読むことによってこれを打ちやぶることができた。覚え書きのリズムはずっと自由でずっとゆるい。このリズムで二日間書いているうちに私はすっかり精神が新鮮になった。それで明日また「P・H」へもどる。これはかなり深みのあるものだと思う。

（ヴァージニア・ウルフ『ある作家の日記』一九四〇年一一月一七日）
〔『ヴァージニア・ウルフ著作集8』神谷美恵子訳、みすず書房〕

この日記はウルフの生涯の終わり近くに書かれたが、その一四年前に、ウルフはわたしが本書[23]の冒頭に引き、タイトルにも使った一節を書いている。そのなかでウルフは散文のリズムと「心のなかで打ち寄せては砕け、逆巻く」波について語っている。右の一節でウルフは、軽い調子ながら、語りのリズムに関する自分の言葉を「深みのある」ものだと述べているのだ。語りのリズムについて触れたこの二つの心覚えを書いた時、ウルフは自分がとても大きな問題をつかまえたことを知っていたのだと思う。ウルフが引き続きこれに取り組んでくれていればよかったのに。

一九二六年に書かれた手紙の中でウルフは、小説を書く上での出発点は「一つの世界です。それから、作家がこの世界を想像しおえると、突如人々がやってくるのです」（手紙一六一八）と書いている。初めに場所と状況が来て、それから人物がプロットとともにやってくる……。でも、物語を語ることは、物語の拍動をとらえること――ダンサーがダンスそのものになるように、物語のリズムそのものになることだ。

そして読むことも同じプロセスである。ただ、はるかに簡単で、くたくたになることもない。なぜなら、作者はリズムを一拍ずつ探し当てなければならないけれども、読者はリズムをたどるだけで、リズムに支配され、ダンスが自分を踊らせるに任せればいいのだから。

ウルフの言っているこのリズムとは何なのだろうか。散文は、はっきりした規則性を持つ拍子や反復的な韻律を徹底的に避けるものだ。それなのに、散文に、表面からは見えないほどアクセントをずらした強勢のパターンがあるのだろうか。それとも、ウルフの言うリズムは文のなかに――統語法や、文同士のつながりや、段落の作り方のなかにあるのだろうか。散文において、句読法があれほど重要なのはこのためなのだろうか(句読法は、詩ではほとんど問題にならない。行がその代わりをするからである)。それとも、散文の語りのリズムは、より長い句や、より大きな構造、つまり物語のなかで起きる出来事やテーマのくり返しとか、プロットと章のつながりや対位法のなかにさえ設定されているのだろうか。

今挙げたすべてなのだろうと思う。巧みに書かれた小説には、非常にたくさんのリズムが盛り込まれている。それが全部一緒になって、リズム同士の対位法や強勢をずらしたシンコペーションや結合によって、その小説固有のリズムを作り出すのであり、それは他のどの小説のリズムとも違う。ちょうど人間の体のさまざまなリズムが相互にからみあい、その体、その人間独特のリズムを作りあげるのと同じである。

と、大風呂敷を広げたところで、これがほんとうに理論として通用するかどうか検証してみなければ、という気になった。科学的にやらなければいけないと思ったのだ。一つ実験をしてみよう。

次のように言っても、さほど軽率とはいえないだろう。ジェーン・オースティンの書くセンテンスには、すぐれた一八世紀の散文形式の物語の特徴である、バランスのとれたリズムがあり、同時にジェーン・オースティンの散文に特徴的な拍動、タイミングがある。ウルフが『ポインツ・ホール』のリズムについて述べていることに従って、ジェーン・オースティンの特定の小説が、それに特徴的な拍動によって繊細なニュアンスを与えられていることを発見できるだろうか？

わたしは「オースティン全集」を持ってきて、ウェルギリウスの作品で占いをするみ(24)

たいに、あるいは手っ取り早く易《えき》を立てるみたいに、本が自然に開くところでページを開けてみた。まず、『高慢と偏見』を開き、最初に目にとまった段落を全部書き写した。次に『説得』で同じことをくり返した。

『高慢と偏見』より……

More than once did Elizabeth in her ramble within the Park, unexpectedly meet Mr Darcy. —She felt all the perverseness of the mischance that should bring him where no one else was brought: and to prevent its ever happening again, took care to inform him at first, that it was a favourite haunt of hers. —How it could occur a second time therefore was very odd! — Yet it did, and even a third.

エリザベスが林苑散歩中にばったりダーシー氏に出会ったのは一度ばかりではありませんでした。ほかの人々にはだれにも出くわしたことのない場所で彼に会うなんて意地のわるいまわりあわせとなげきました。このことが二度とおきないように、最初のときここはわたしのお気に入りの散歩道ですと教えておくだけの用心はしたのでした。それゆえこのことが二度おきることはおかしな話でした。ところが現におきたのでした。いや、三度さえおきたのです。
〔伊吹知勢訳『ジェイン・オースティン著作集2』文泉堂出版〕

『説得』より……

To hear them talking so much of Captain Wentworth, repeating his name so often, puzzling over past years, and at last ascertaining that it *might*, that it probably *would*, turn out to be the very same Captain Wentworth whom they recollected meeting, once or twice, after their coming back from Clifton: — a very fine young man: but they could not say whether it was seven or eight years ago, — was a new sort of trial to Anne's nerves. She found, however, that it was one to which she must enure herself.

彼らがウェントワース大佐の名前をしばしば繰り返し、過去の年月のことで頭をしぼり、クリフトンから帰ってきてから、一度か二度会った記憶があるのは同一人のウェントワース大佐であるかもしれない——たいへん立派な青年であったが、これが七年まえだったか八年まえだったか、はっきりしないなどとやっとの思いで確

認し、こうしたウェントワースのうわさで持ちきりでいるのは、これを聞いている
アンの神経にとって新しい試練であった。しかし、自分をこれに慣れさせてしまわねばならぬ試練だと考えた。

〔近藤いね子訳『ジェイン・オースティン著作集2』〕

自分で自分をだましているのかもしれないが、このささやかなテストの結果にわたしはびっくりした。

『高慢と偏見』は若さの持つ情熱を描いた才気縦横のコメディであり、『説得』は一つの誤解が人生をめちゃめちゃにし、取り返しがつかなくなる寸前にかろうじて正されるさまを描いた静かな物語である。前者は四月、後者は一一月と言ってもいいかもしれない。

さて、『高慢と偏見』からとった四つのセンテンスは、それぞれピリオドとダーシでかなりドラマチックに区切られており、最も長いセンテンスはコロンで二つに分けられているのだが、どれもかなり短く、多彩な、上向きのリズムを持ち、踊るような足取りといえばよいのか、ギャロップしたくてたまらない育ちのよい若駒《わかこま》を思わせる。センテンスは完全に若いエリザベスの視点から書かれている——つまり、エリザベス自身の心のなかの声による語りであって、この場合にはそれは活き活きとした、皮肉な、でもナ

イーブな声なのだ。

『説得』からとったパラグラフのほうが長いにもかかわらず、こちらはセンテンスを二つしか含んでいない。一つ目の長いセンテンスにはためらいとくり返しが多く、八つのコンマと、二つのコロンと、二つのダーシのあるのが目立つ。“to hear them”という、センテンスの抽象的な主語は、動詞“was”と数行離れており、その数行はすべて他の人たちの考えや意見を述べている。このセンテンスの主体であるアンは、最後から二番目の単語としてようやく出てくるのだ。次のセンテンスは完全にアン自身の心のなかの語りであるが、簡潔で、強くて、静かな韻律を持っている。

わたしはこのささやかな分析と比較によって、『高慢と偏見』のパラグラフがどれも『説得』のパラグラフとは異なったリズムを持っていることを証明しようとしているのではない。でも、前にも言ったように、この違いにわたしは驚いたのだ――リズムが実際こんなに異なっていて、それぞれの小説の雰囲気および中心となる人物の性質の特徴とぴったり合っていたのだから。

そう、もちろんわたしはウルフが正しいと確信を持っている。あらゆる小説には固有の特徴的なリズムがあるのだ。そして作家がそのリズムに耳を傾け、そのリズムに従って書くのでなければ、文章はなめらかに流れず、登場人物はただのあやつり人形になり、物語は偽物になるだろう。そして作家がこのリズムを見失わなければ、その作品はどこかしら美しいところのあるものになるはずだ。

作家がしなければならないのは、耳を澄ましてその拍動をとらえ、それに耳を傾け、それを手放さず、何ものにもその邪魔をさせないことだ。そうすれば読者にもその拍動が聞こえ、読者はその拍動に乗って作品を最後まで読みとおすだろう。

わたしが二冊の本を書いていたときに意識していたリズムについてのメモ

ファンタジー『帰還』〔〈ゲド戦記〉第四巻〕を書いている間、わたしはこの仕事を竜に乗ることというようにとらえていた。そもそもこの物語は、戸外で書くことをわたしに要求した——これは七月のオレゴンではとても気持ちのいいことだが、一一月になるとかなりやっかいになる。足は冷えるし、ノートは湿気《しけ》るし、というわけだ。そのうえ、物語は日々着実に少しずつ浮かんでくるのではなく、一連の飛翔《ひしょう》としてやってきた。一定時間強烈に感受性が高まるのだが、静謐《せいひつ》で抒情的な感覚を感じとることもあれば、恐ろしい感覚を感じとることもあった。飛翔は朝早く目をさましかける時に一番よく起こった。ベッドに横たわったまま、わたしは竜に乗ったのだ。それから、起きなければならない時間になるので、起きて、戸外に出て、その朝の飛翔を言葉でとらえようとするわけだ。竜の飛翔のリズム、とてつもなく大きくて長いそのはばたきにわたしがついていければ、物語はひとりでに語られ、なかで人々が息づいた。拍動を失えば、わたしは竜の背から落ちてしまい、竜がもう一度わたしを乗せてくれるまで地上で待たなければならなかった。

もちろん、書くことの大半は待つことである。

「ハーンズ」はオレゴン州海岸部に住むごく普通の人たちを描いた中編だが、これを書いた時はひたすら待った。何週間も、何か月も。わたしは声を求めて耳を澄ましていたのだ。四人の女の声、二〇世紀が始まり、また終わるまでの長い時を通じて、その人生が重なりあう女たちの声を。なかには、わたしが生まれる前のはるか昔から語りかけてくる声もあったが、わたしは現在から振り返って過去を甘やかすのはやめよう、死者たちを一くくりにし、古風な言い回しをぺらぺら口にするだけの人間に描くことで、彼らからその声を奪うまい、と決意した。女たちはそれぞれ自分自身の中心からまっすぐ率直に、正直に語るのでなければならなかった。たとえ彼女もわたしも何が真実かを知らなかったとしても。そしてそれぞれの声は、その人物特有の韻律で、彼女自身の声で語らなければならなかった。しかし、また同時に、その声は他の人の声のリズムを含んだリズムでも語らなければならなかった。女たちは互いにつながりあい、全体とでもいうべきもの、ある真正な形、一つの物語をつくらなければならなかったからだ。

わたしを背に乗せてくれる竜はいなかった。自信がなく、自分は愚かなのではないかとしばしば危ぶみながらも、わたしは耳を澄ませていた。海岸を歩きながら、静かな家のなかにじっとすわりながら、想像力のつくりだすあの静かな声を聴こうとして、物語を真実にし、言葉を美しくするあの拍動を、あのリズムをつかまえようとして。

小説は美しい、とわたしは心底思う。わたしにとって、小説はどんな交響曲にも負けないほど美しく、海そのもののように美しいものでありうる。完全で、真実で、リアルで、大きく、複雑で、人を混乱させ、深遠で、心を騒がす一方で、魂を広く大きくする——海のように。打ち寄せては砕け、逆巻く波と、満ちては引く潮からなる海のように。

語ることは耳傾けること

未発表の原稿。先に刊行した『世界の果てでダンス』所収のエッセイ「テクスト　沈黙　パフォーマンス」で論じたテーマや考察に戻り、またそこから先を考える内容である。

コミュニケーションのモデルいろいろ

情報化、電子化の時代に生きているわたしたちが、コミュニケーションに関して持っている支配的な概念は、次の図のような機械的なモデルである。（図1）

箱Aと箱Bはチューブでつながっている。箱Aにはひとそろいの情報が入っている。箱Aは伝達器、送信器だ。チューブは、どうやって情報が伝えられるか――つまり媒体を表わしている。そして箱Bは受信器である。箱Aと箱Bは役割を交換することができる。送信器である箱Aは情報を媒体にふさわしい仕方で――0か1かというビットで、画素で、あるいは言葉その他で――コード化し、媒体を経由して受信器である箱Bに伝え、箱Bはそれを受け取って解読《デコード》する。

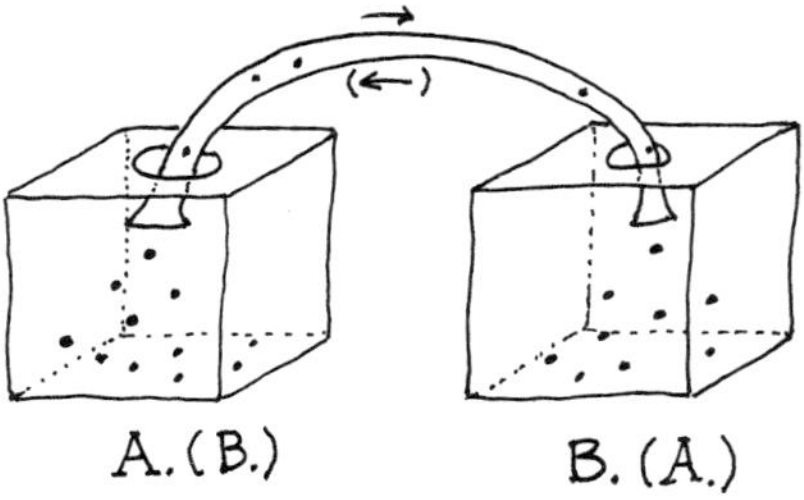

図1

ＡとＢは、コンピュータのような機械と考えることができる。あるいは、人の心と考えることもできる。あるいは、一方が機械で、もう一方が心だということもあり得る。

かりにＡが心で、Ｂがコンピュータだとすると、ＡはＢに情報を、メッセージを、プログラム言語という媒体を通じて送ることができる。例えば、ＡがＢにシステムを終了せよという情報を送るとすると、Ｂはその情報を受け取って、システムを終了する。あるいは、わたしがコンピュータに、今年のイースターの日付けを教えろという要求を送るとする。この要求はコンピュータが返答するよう、つまり箱Ａの役割を果たすよう要求し、コンピュータはその情報を、コードを通じ、モニターという媒体を通してわたしに送ってくる。わたしは今度は、箱Ｂつまり受信器の役割を果たすのである。そしてわたしは、受け取った情報に従って、卵を買いに行ったり、買いに行かなかったりするわけだ。

言語はこのように機能すると考えられている。Ａはひとそろいの情報を持っていて、それを言葉というコードにし、Bに伝え、Bはそれを受け取り、解読し、理解し、それに基づいて行動する。

そうなのだろうか？　こんなふうに言語は機能するのだろうか？

おわかりになるように、このコミュニケーションのモデルを実際の人間同士の会話に当てはめてみると、いや、書かれた言葉を読むという行為に当てはめた場合さえ、モデルとしては、よくて不十分、たいていの場合は不正確である。わたしたちはこんなふうに機能してはいない。

わたしたちがこんなふうに機能するのは、コミュニケーションがもっとも初歩的な情報の伝達にまで単純化された時だけだ。「やめろ！」というAの叫びは、Bに受け取られ、Bはそれに基づいて行動する——少なくとも、その瞬間だけは。

もし、Aが「イギリス軍がくるぞ！」と叫ぶとしたら、その情報は情報として——次にとるべき行動に関して、明確な結論をもたらす明確なメッセージとしての役割を果たすかもしれない。

しかし、Aからのコミュニケーションが「夕べのディナーはひどかった」だったらどうだろう。

あるいは「おれをイシュマエルと呼んでくれ」(訳注(4)参照)だったら？

あるいは「コヨーテが出かけていったとさ」だったら？

これらの陳述は情報といえるだろうか。媒体は、語る声、あるいは書かれた言葉だけれども、コードは何なのだろうか。Aは何を言っているのだろう？

Bはこれらのメッセージの表面的な意味を解読するあるいは「読む」ことができるかもしれないし、できないかもしれない。しかし、これらのメッセージが内に含んでいるさまざまな意味、含意、暗示的意味は、とてつもなく複雑で、まったく不確定なものなので、Bがそれを解読するあるいは理解する上での唯一の正解は存在しない。これらのメッセージの意味は、ほとんど完全に、Aがだれであり、Bがだれであり、二人の関係がどんなもので、二人の住んでいる社会がどんな社会であるか、さらに二人の教育程度、相対的地位などなどによって決まるのである。これらのメッセージには意味が、さまざまな意味が詰まっているけれども、メッセージがすなわち情報であるとは言えないのだ。

このような場合、つまり人々が実際にお互い同士しゃべっているとき、ほとんどの場合、人間のコミュニケーションは情報に還元できない。メッセージは話し手と聞き手の間の関係を単に含んでいるだけでなく、その関係そのものなのである。メッセージが埋め込まれている媒体そのものが非常に複雑で、ただのコードとはまったくかけはなれたものなのだ。それは言語であり、社会の機能であり、文化であって、このなかに話し手も、聞き手も、使われている言語も全部埋め込まれている。

「コヨーテが出かけていったとさ」。この文によって伝達される情報は、実在のコヨーテが現実にどこかに行ったというものなのだろうか――この文はそう「言って」いるのだろうか。実のところ、答えはノーである。話し手はコヨーテについてしゃべっているのではない。聞き手もそれを知っている。

これらの言葉を、それが語られるのにふさわしい文脈で、元の言語で聞いた聞き手が獲得する基本的な情報は何だろうか。たぶん次のようなものだろう。――ああ、おじいさんがこれからコヨーテのお話をしてくれるな。なぜなら「コヨーテが出かけていったとさ」というのは「昔々あるところに」のような、文化的なシグナルだからである。これは儀礼的な決まり文句で、それが意味するのは、この場所で、たった今、一つの物語が語られようとしているということ、その物語は事実に基づくものではなく、神話つまり真実の物語だということ、そしてこの場合はコヨーテについての真実の物語だということである。どこにでもいる一匹のコヨーテではなく、大文字で始まるコヨーテについての物語である。さらにおじいさんは、わたしたちがこのシグナルを理解していること、「コヨーテが出かけていったとさ」と言う時におじいさんが何を言っているのかを理解していることを知っている。なぜなら、もしわたしたちが、多少なりともこれを理解しているとおじいさんが思わなければ、おじいさんはこの言葉を言わない、あるいは言えないからである。

人間同士の会話で、つまり二人あるいはそれ以上の人間の間で交わされる生《なま》の、現実のコミュニケーションにおいて、「伝達される」ことはすべて——話されることはすべて——話されている最中に、現実の、あるいは予想される応答によって形作られる。

生の、顔と顔を突き合わせた人間のコミュニケーションは、相互主観的《インターサブジェクティブ》なものだ。相互主観性は、「相互作用的《インタラクティブ》」と流行の言葉で呼ばれている、機械を媒体にしたタイプの「刺激‐反応」よりはるかに多くのものを含んでいる。それは「刺激‐反応」、つまりあらかじめコード化された送受信が交替で機械的になされることとはまったく別物である。相互主観性は相互的なものなのだ。二つの意識の間の継続的な相互交換なのである。箱Aと箱Bの間で、つまり能動的な主体と受動的な客体の間で役割が交替するのではなく、常に双方向的な継続的相互主観性なのである。

「意識のこのようなはたらきを表わすのに適当などんなモデルも物理的な世界にはない。意識のこのはたらきは、すぐれて人間的なものであって、真の共同体を形成できる人間の能力を示している」とウォルター・オングは『声の文化と文字の文化』〈桜井直文他訳、藤原書店〉のなかで述べている。

相互主観性あるいは話し言葉によるコミュニケーションないし会話を表わすためにわたしが勝手に考えたモデルは、セックスをしているアメーバである。ご存じのように、アメーバの生殖はふつう、アメーバが一匹で静かに隅のほうへ行って芽を出し、二つのアメーバに分かれるという形で行われる。しかし、時に、遺伝子の交換によって、その

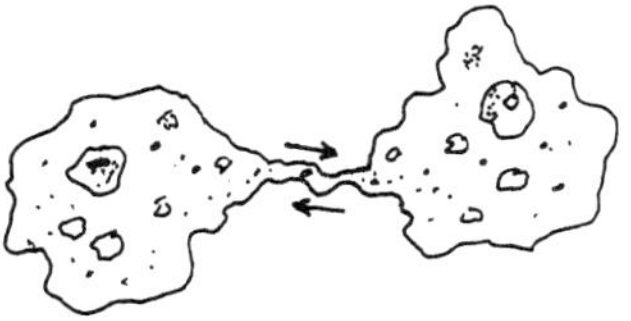

図2

近辺のアメーバ集団を改善したほうがいいかもしれないという状況になると、二匹のアメーバが文字どおりに寄り合って、互いに相手に向かって偽足《ぎそく》を伸ばし、この二本の偽足を融合させて、二つの個体をつなぐ細いチューブないし管にするのである。（図2）

そしてアメーバAとアメーバBは遺伝的な「情報」を交換する。つまり、彼らは文字どおり自分たちの体の内側にある断片を相手に与えるが、それは彼らの体の外側の部分でできた管ないし橋を経由してなされるのだ。アメーバたちはかなり長い時間、断片をやり取りし、互いに相手に対して応答しあうのである。

これは人間が会話する時に、人間同士が一つになって、互いに自分の一部――内側にある部分、ただし、体の一部ではなく、心の一部――を相手に与えあうのと非常によく似ている。（どうしてわたしが人間のセックスではなく、アメーバのセックスをたとえに使ったかおわかりになるだろう。人間の異性同士のセックスでは、体の断片が一方向にしか与えられないのである。人間の異性同士のセックスは、会話よりも講義や講演に近い。アメーバにはジェンダーも階層制度もないので、彼らのセックスは真に互恵《ごけい》的なのだ。アメーバのセックスと人間のセックスのどちらが面白いかは、わたしには何とも言えない。人間には神経終末があるから、キレがあるかもしれないが、ほんとうのところはわからない。)

セックスをしている二匹のアメーバ、あるいは会話している二人の人間は、二個体からなる共同体を形成する。人間は、自分自身のそして他の人間の断片を互いに与えたり受け取ったりしつづけることにより――別の言い方をすれば、しゃべったり耳を傾けたりすることにより――、大勢の個体からなる共同体を形成することもできる。語ることと耳を傾けることは究極的には同じことなのだ。

この言語によるコミュニケーションという問題全体を混乱させるのは、文字文化である。文字文化が人間の心にどういう影響を与えるかにまで立ち入るつもりはないが、このテーマについてはウォルター・オングの著作を読むことを強くおすすめしたい。この段階でわたしが強調したいのは、文字文化がごく最近成立したものだということ、そしていまだに普遍的とはほど遠いということである。人類の歴史の大部分、人々はほぼ例外なく声を使って話し、声を聞いていた、つまり語り、耳を傾ける人間だったし、今でもそうなのである。ほとんどの人は、ほとんどの時間、言葉を文章にしないし、読まないし、読み聞かせられることもない。みな何かを語り、語られることに耳を傾けるのだ。わたしたち人間が互いに話をすることを学んだはるか後になって、何千年後か何十万年後かになってから、わたしたちは自分たちの言葉を書き留めることを学んだのである。それはたかだか三千五百年ほど前のことに過ぎないし、しかも世界中ではなく、限られたいくつかの場所だけで起こったことだ。

書くことはその後三千年間続いたが、権力者には重要でも、大多数の人間にとってはあまり重要とは思われなかったようである。文字の使用とさまざまな使い方は広がっていった。次に印刷が登場した。

印刷の到来にともなって、かなり早く識字性は特殊技能ではなくなった。特権的な人間が知識と権力を増大させるために役立つ特別の技能だったそれが、基本的な道具となり、普通の人間が普通に生きていくために欠かせないものになったのである。貧しく、無力になるまいとすれば特に。

そして道具として非常に効果的だったため、これを使う人間は印刷された文章を、人間のコミュニケーションのなかでもっとも正当な形式として、特別扱いするようになってきた。道具というものはみな人間を変えるが、書くことはわたしたちを変え、わたしたちは話される言葉が軽視されても、それを当然と考えるようになった。書き留められるまで、言葉は重きをなさないのだ。「言ったことは守る」というのは、契約にサインするまであまりたいした重要性を持たないわけだ。かくいうわけでわたしたちは声の文化、文字を使わない文化を本質的に劣ったものと見なし、「原始的」と呼ぶのである。

文字の文化が声の文化に絶対的にまさっているという信念は、わたしたち読み書きのできる人間に深くしみ込んでおり、それは理由がないわけではない。文字を使う文化のなかで読み書きができなければ、恐ろしく不利だ。わたしたちはここ二百年にわたり、読み書きができることが、完全に社会の一員になるための基本的な条件となるように北米の社会を整えてきたのだ。

識字社会と非識字社会を比べると、識字社会は、非識字社会が力を持たないさまざまな仕方で力を持つように見える。文字を使う文化は、文字を使わない文化が永続性を持たないさまざまな仕方で永続的なのだ。そして読み書きのできる人間は、できない人間よりも知識の幅と多様性にすぐれるかもしれない。読み書きのできる人間は、より多くの情報を持っているのだ。でも必ずしもより賢いわけではない。識字性は人間を善良にしないし、知的にも、賢くもしない。識字社会は非識字社会にいくつかの点でまさっているけれども、読み書きのできる人間が声だけを使う人間にまさっているのではない。

人類学者のくせに「原始的心性」あるいは『野生の思考』[25](このレヴィ＝ストロースの著作のタイトルはどう訳すべきだろう――『未開人はどのように考えるか』だろうか?)などと言う学者たちはいったい何が言いたいのだろう。「未開人」とは何なのだろう、「原始的」というのはどういう意味なのだろうか。それはほとんど不可避的に「識字以前」を意味することになってしまう。「原始人」というのは、書くことを学んでいない人たちだ――いまだに。この人たちはしゃべることしかできない。だから人類学者その他の読んだり書いたりできる人間より劣っている、というわけだ。

そして事実、識字性はそれを獲得した人間たちに非常に大きな力を与えるので、彼らは読み書きのできない人間を支配することができる。中世ヨーロッパで、読み書きのできる聖職者と貴族の階級が、読み書きのできない人たちを支配したように。女性が文字から遠ざけられていた間は、読み書きのできる男性が女性を支配したように。読み書きのできるビジネスマンが、大都市のスラム街に住む読み書きのできない人たちを支配しているように。英語の読み書きを前提とする会社が、読み書きのできない、あるいは英語の読み書きができない労働者を支配しているように。もしも力が規範を作るのだとすれば、声の文化は規範以下だということになる。

今日、言語による人間同士のコミュニケーションという問題全体を混乱させる文字文化に加えて、わたしたちはオングが「二次的な声の文化」と呼ぶものをも持っている。

一次的な声の文化は、しゃべるけれども書かない人々——わたしたちが原始的、非識字的、識字以前などと呼ぶ人たちすべて——に関わるものである。二次的な声の文化は、文字の文化のはるか後になって到来したが、文字の文化に由来するものである。それはまだ百年も経っていない。二次的な声の文化とは、ラジオ、テレビ、録音など、わたしたちがひっくるめて「メディア」と呼ぶものを指す。

メディアによるプレゼンテーションの多くには台本があるので、これはまず最初に書かれ、それから次に音声にされる。しかし、現代において、その一次的な声の文化との最も重要な違いは、語り手がその場に聴衆を持たないことである。

わたしがこの文章を書く代わりに講演をしているとしたら、あなたがたが同じ部屋にいて、わたしの話に耳を傾けているというのが、わたしの語りの必要条件となるだろう。これが一次的な声の文化である。つまりそれは語り手と聞き手の関係なのだ。

リンカーン大統領は立ち上がり、「八七年前に——」と話しはじめる。多かれ少なかれ関心を寄せていたと言ってよいゲティスバーグの群衆に向かって。大統領の声は(どちらかといえばかぼそい、小さな声だったと言われているが)彼と群衆との間に関係を作り、共同体を確立する。これが一次的な声の文化だ。

おじいさんは、冬の夜長に、輪になった大人たちと子どもたちに向かって、コヨーテの話をする。物語が確認し、説明するのは、この人たちの共同体が一つの民族であり、彼らが他の生き物たちに混じって生きているということだ。これが一次的な声の文化である。

六時のニュースのキャスターは、箱のなかでこちらをじっと見つめているが、わたしたちを見ているわけではない。なぜなら、キャスターにはわたしたちが見えないから、わたしたちは彼のいるところにいないから、それどころか、彼のいる時間にもいないからである。キャスターは今から二時間前のワシントンＤＣにいて、彼が今読んでいるニュースは、再生されたテープからのものだ。キャスターはわたしたちを見ることも聞くこともできないし、わたしたちもまた、彼を見ることも聞くこともできないのだ。わたしたちが見、そして聞くのは彼のイメージであり、幻影なのである。わたしたちとキャスターの間には何の関係もない。わたしたちと彼の間には何のやり取りも、相互性もないのである。そこには相互主観性がない。キャスターのコミュニケーションは一方向にだけ進み、そこに留まる。わたしたちは、受け取りたければ、それを受け取る。わたしたちのふるまい、わたしたちがいるかいないかですら、キャスターの言うことや、彼がそれをどう言うかに対し、まったく何の違いももたらさないのだ。もし、誰も聞いていなかったとしても、キャスターがそれを知ることはないだろうから、まったく変わらぬ調子でしゃべりつづけるはずだ(そのうちに、視聴率調査によってスポンサーの知るところとなって、彼が首になるそのときまで)。これが二次的な声の文化である。

わたしがある講演をテープレコーダーに吹き込み、それがテープに録音される。あなたがたはそのテープを買って、それに耳を傾ける。あなたがたはわたしの声を音声として聞くが、わたしたちの間に現実の関係はまったくない。それに関しては、あなたがたが印刷された文章を読んでいる時と一つも変わらない。これが二次的な声の文化である。

電話や私信つまり個人的な手紙同様、個人的なEメールは、直接的なコミュニケーション——会話——であって、それがテクノロジーによって媒介されている。アメーバAが偽足を伸ばし、自分自身の小さな断片を遠く離れたアメーバBに送る。アメーバBは送られた資料を受け入れ、それに応答するかもしれない。電話は、離れた場所にいる者との直接の会話を可能にした。手紙の場合は、送られたメッセージと応答のメッセージの間に時間差がある。Eメールでは、時間差のあるやり取りと直接のやり取りの両方ができる。

印刷され刊行された文章と二次的な声の文化を表わすわたしのモデルは、箱Aが情報を、そこにあると推定される時空にばらまき、その時空にはその情報を受け取るたくさんの箱Bが含まれているかもしれないし、いないかもしれない、というものだ。そこに

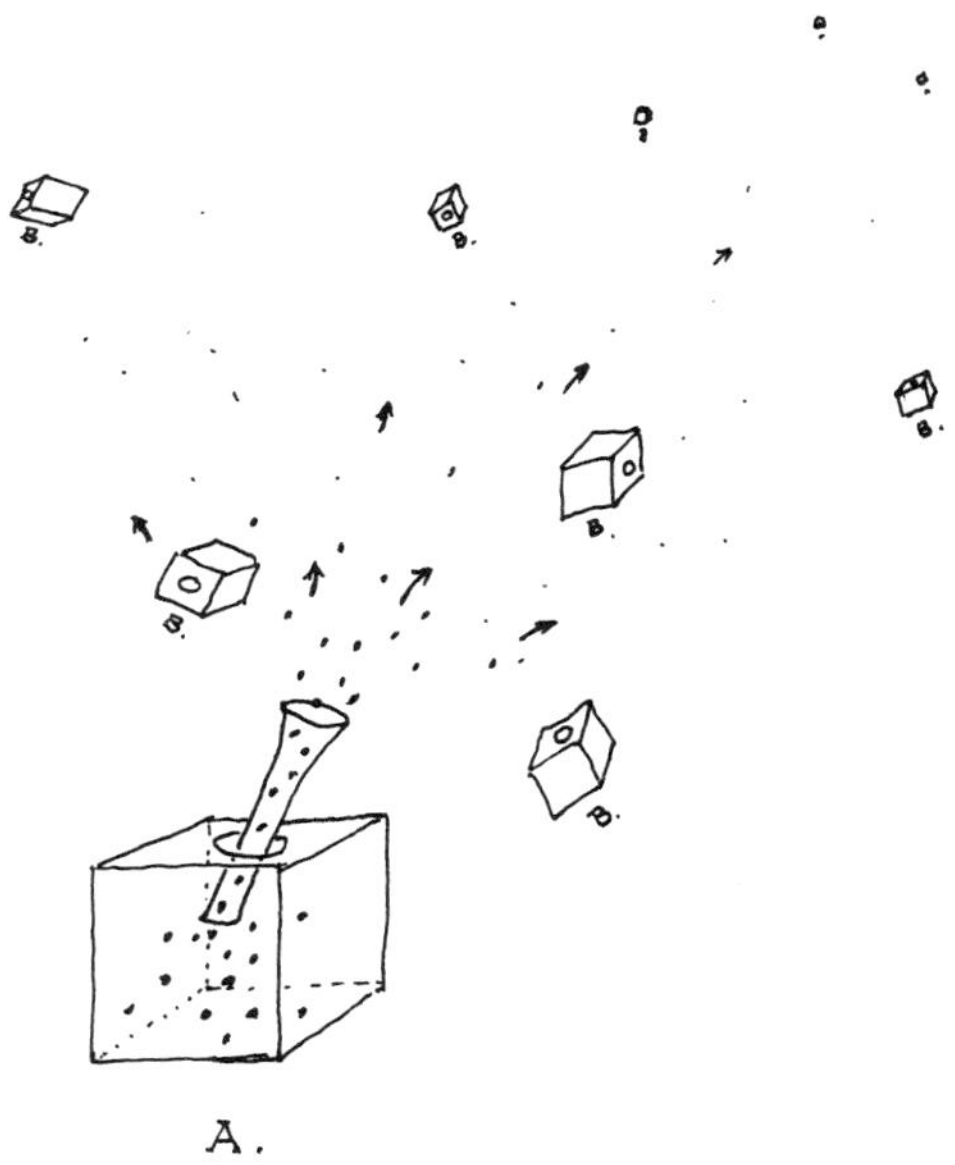

図3

は誰もいないかもしれないし、何百万という聴衆がいるかもしれない。（図3）

会話は、相互的な交換あるいは行為の交替である。印刷とメディアを経由しての伝達は一方向的なものだ。その相互性は、仮想的あるいはそうであればいいなというものに過ぎない。

しかしながら、地域的、直接的な共同体は、文字文化と二次的な声の文化の両方の上に築くことができる。学校や大学は、紙の上にであろうと電子的にであろうと、印刷された言葉の殿堂であり、その範囲は狭くとも真の共同体である。聖書研究会や読書クラブ、ファンクラブは、印刷された言葉を中心にしたミニ共同体であり、大学と同じように、読んでいるものについて人々が話し合う場である。新聞や雑誌は意見を共有する集団を作り出し、育み、情報を基盤にした共同体、例えばスコアを比較しあうスポーツファンのような共同体の活動を促進する。

二次的な声の文化の聴衆はどのような存在だろうか。「スタジオの聴衆」というあの人為的な存在を別にすれば——というのは「スタジオの聴衆」は実際はパフォーマンスの一部なのだから——多くの人々が特に好きでもないのに特定のテレビ番組を見るのは、翌日職場でその番組の話ができるからである。この人たちはテレビ番組を社会的な絆を作り出す材料として使っているのだ。しかし、メディアの聴衆の大半は、つながりの弱い、ばらばらに散らばっている半共同体ないし疑似共同体で、市場調査と世論調査によってしか評価、判断できず、公職選挙投票日の投票所のような政治的な状況や、恐ろしい事件が起きたときの反応においてのみ、現実的な存在になる。

印刷と二次的な声の文化によって作り出された共同体は、直接的なものではなく、仮想的なものだ。この共同体は巨大に——アメリカそのものと同じ大きさになりうる。実際、わたしたちが部族や都市国家でなく、巨大な国民国家に暮らすことを可能にした、あるいは強制したのは、他のどんな要素よりも識字性によるところが大きいかもしれない。ひょっとしたら、インターネットはわたしたちが国民国家の枠を超えることを可能にするかもしれない。マクルーハンの夢見た「地球村」[26]は目下のところ「闇の街」であり、文化的還元主義と国家の枠を超えて制度化された貪欲《どんよく》を目指す怪物のような恐ろしい力だけれども、先のことはわからないではないか。もしかしたら、わたしたちが電子技術によって大いなる飛翔《ひしょう》をはたし、資本主義よりもうまく機能する何らかの取り決めに到達するかもしれないのだ。

しかし、これほど大きな共同体は、形のある事実というより、概念にとどまらざるをえないだろう。書かれた言葉、印刷された言葉、再生されたスピーチ、録画された講演、電話、Eメール――それぞれのメディアが人々を結びつけるけれども、それは人間を物理的に結びつけるものではないし、メディアが作り出す共同体はなんであれ、本質的に精神的なものなのである。

わたしは誠実な精神同士の結婚に横槍を入れようとしているのではない。一万キロも離れたところにいる人々に話しかけ、その人たちの話が聞けるのはすばらしいことだ。その言葉を読んだり、その映画を見たりすることによって、今は亡き人たちとさえ交流できると感じられるのはすばらしいことだ。あらゆる知識があらゆる精神にとって利用可能かもしれないと考えるのはすばらしい。

しかし、結婚は精神だけのものではない。言語の作り出す、生きた人間の共同体は、生きている人間の肉体をも含んでいるのである。話し手と聞き手が今、この場で、一緒に話をする必要がある。わたしたちにはそのことがわかっている。感じている。それが今欠けていることを感じているのだ。

話すことがわたしたちをこれほど直接的に、決定的に結びつけるのは、それがそもそも肉体的な、身体によるプロセスだからである。その行き着く先がどこであろうと、それは精神的あるいはスピリチュアルなプロセスではない。

壁に二本の振り子を並べて掛けると、振り子はしだいに一緒に揺れるようになる。壁を通じて伝達される小さな振動をキャッチして互いに同期するのである。

似たような間隔で振動する二つの物体は、互いに物理的に近い距離にあれば、徐々に振動が重なっていき、完全に同じ間隔で脈動するようになりがちである。物体は怠惰《たいだ》なのだ。相手に逆らって脈動するよりも、相手と協調して脈動するほうが、エネルギーが少なくてすむ。物理学者は、この美しく、節約的な怠惰さを、相互位相固定あるいは同調化《エントレインメント》と呼ぶ。

すべての生物は振動している。わたしたちは震えているのだ。アメーバであろうと人間であろうと、わたしたちは脈動する。リズミカルに動き、リズミカルに変わる。わたしたちはリズムに合わせて生きているのだ。顕微鏡でアメーバを見ればそれがわかる。アメーバは、原子、分子、亜細胞、細胞の各レベルで、さまざまな振動数で震えているのだ。この止むことのない、繊細で複雑な振動こそ、目に見えるようになった生のプロセスそのものである。

わたしたちのような巨大な多細胞生物は、何百万種類の異なった振動数を協調させ、さらに振動数同士の相互作用――それは肉体内部でも行われるし、外の環境との間でも行われる――を協調させなければならない。協調の大半は脈動を同期させることによって、基本となる親リズムに拍《ビート》を合わせることによって、同調化によって行われる。

人間の内側で言えば、確かな手本は、心筋の細胞であり、その一つ一つが他のすべての心筋細胞と一緒に、一生の間、トクトクトクトクと打ちつづける。

それから、肉体のリズムにはもっと長いもの、一日で循環する概日《がいじつ》リズムがある。空腹、食事、消化、排泄、そして睡眠と覚醒。このようなリズムは肉体と精神のすべての器官と機能を同期させる。

さらに、ほんとうに長期的な肉体のリズムがある。これはわたしたちが気づきさえしないかもしれないものだが、わたしたちを取り巻く環境、昼の長さ、季節、月と結びついている。

同期していれば――肉体内部についても、環境に対しても――生活はしやすい。同期から外れることは常に居心地悪く、災いを招く。

そして、他の人間のリズムがある。プロセスはもっと複雑だけれども、二人の人間は、二つの振り子のように相互に位相を固定することができる。うまくいっている人間関係には同調化――同期すること――が起こっている。もし、これが起こらなければ、その関係は居心地の悪いものであったり、災いを招いたりする。

同期するよう意図してなされる行為、例えば歌、詠唱、ボート漕ぎ、行進、ダンス、音楽演奏のことを考えてみてほしい。セックスのリズムのことを考えてみてほしい(求愛と前戯は同期するための工夫である)。乳児と母親がどんなふうにつながっているか考えてほしい。乳房は赤ん坊が泣く前から母乳で張ってくるのである。一緒に暮らしている女性たちは月経の周期が重なる傾向にあるという事実を考えてみてほしい。わたしたちは常にお互いに同調化しているのだ。

同調化は、話される言葉に関してはどのように機能するだろうか。ウィリアム・コンドンのしたすばらしい実験は、次のことを映像で明らかにした。しゃべっている時、わたしたちの体全体はたくさんの小さな動きをしており、それによって、体の動きを話のリズムと調和させる基本的な親リズムを確立しているのである。この拍動《ビート》がないと、話し言葉は理解できなくなる。「リズムは行動を構成している基本的な側面の一つである」

とコンドンは述べている。行動するためには拍動がなければならないのだ。

コンドンは、ある話し手に耳を傾けている人々を撮影した。コンドンの写した映像は、聞き手が話し手のしているのとほとんど同じ微小な唇と顔の動きを、ほとんど同時に――五〇分の一秒後にしていることを示している。彼らは同じ拍動に固定されているのだ。「コミュニケーションはダンスのようなもので、複雑な動きを全員が共有しており、その動きは一見しただけではわからないさまざまな次元に広がっている」とコンドンは言う。

耳を傾けることとは反応ではなく、結びつくことである。会話や物語に耳を傾けているときのわたしたちは、応答しているというより参加している――行われている行為の一部となっているのである。

話し手の顔が見えなくても同調することはできる。電話で話をしているとき、わたしたちはお互いに同調している。大部分の人は、直《じか》に会って話すより電話のほうが満足度が低いし、聞くだけのコミュニケーションは相互性が弱いと感じているが、それでもわたしたちは電話で上手にコミュニケーションをしている。一〇代の人たちや、交通渋滞に巻き込まれたＢＭＷに乗って携帯電話を持っている人たちは、いくらでも通話を続けられるのである。

研究者たちは、自閉症のうちのあるものは同調困難――反応が遅れ、リズムをつかむことができないこと――と関連しているかもしれないと考えている。わたしたちは話しながら当然自分の言葉に耳を傾けていて、拍動を見つけられないと、話すのは非常に難しい。このことは自閉症の人の沈黙を説明するのに役立つかもしれない。話し手のリズムと同調できなければ、わたしたちはその人の言っていることを理解できないのだ。このことで自閉症の人の怒りと孤独が説明できるかもしれない。

異なる方言間のリズムの違いによって、相手の言うことを理解しそこなうことがある。なじみのない話し方に同調するためには、練習が、トレーニングが必要である。だが、同調できて、実際に同調しているとき、人はしゃべっている相手と同期している。肉体的に、テンポも音程も相手と調和しているのである。話される言葉があれほど強い絆となり、共同体を作る上であれほど強い力を発揮するのも不思議はない。

映画やテレビを見ている人たちがどの程度話し手と同調しているのかはわからない。相互的に反応することは不可能なのだから、会話の特徴である強烈な参加意識が相当薄れるだろうことは想像できる。

声の届く空間と声の聞こえる時間

見ることは分析的で、統合的ではない。目は、対象を区別したがる。目は、選択する。見ることは能動的、外向的である。わたしたちは何かを見るのだ。わたしたちは何かに対して焦点を合わせる。視野が開けていさえすれば、わたしたちは物と物をたやすく区別することができる。視覚的な理想は、明瞭さである。眼鏡があれほど満足なものである理由はこれだ。見ることは〈陽〉である。

聞くことは統合的である。それは異なったものを一つにまとめる。頭の両側についているので、耳は音がどこからくるかを当てるのはかなり上手であり、精神が何かに注意を向け、それに焦点を合わせて聞き、何かに対して耳を傾けることはできるとしても、耳は本質的に聞こえてしまうのである。それは狭い範囲に焦点をしぼることができないし、努力してやっと聴く音を選択することができるのである。耳は聞くのをやめることができない。わたしたちには耳蓋《みみぶた》がないのだ。眠りだけが音の受容を遮断することができる。起きているあいだ中わたしたちの耳はやってくるものを受け入れる。やってくるものは騒音であることが多いので、聴覚的な理想は調和である。補聴器に不満が多い理由はこれだ。補聴器は騒音を増やしてしまうのだから。聞くことは〈陰〉である。

光は非常な遠距離からくることもあるが、音は空気の振動に過ぎないので、あまり遠くまで届かない。星の光は一千光年の距離を渡ってくる。人間の声は最大で一キロ半ぐらいしか届かない。わたしたちが聞く音はほとんど常に地域限定であり、かなり近くのものだ。聴覚は直接的、個人的な感覚であり、触覚、嗅覚、味覚、自己刺激感応ほど密着的ではないけれども、視覚よりははるかに個人的なものである。

音は出来事を意味する。騒音は、何かが起こっていることを意味するのである。窓の外に山が見えるとしよう。あなたは山を見る。あなたの目はさまざまな変化を報告する。冬には雪で白くなり、夏には茶色というように。しかし、基本的に山がそこにあることを報告するだけだ。それは景色なのである。しかし、山の音を聞いた場合、あなたは山が何かしていることを知る。わたしの書斎の窓からは、ほぼ一〇〇キロほど北にあるセント・ヘレンズ山が見える。一九八〇年の噴火の時、わたしは爆発の音を聞かなかった。音の波があまり巨大だったので、それはポートランドを完全に飛びこえて、一六〇キロほど南のユージーンに着いたのである。実際にその音を聞いた人たちには、何かが起こったことがわかった。それは聞く価値のある言葉だった。音は出来事なのだ。

話される言葉は、最も特別に人間的な音であり、最も重要な種類の音であって、単なる景色であることは決してなく、常に出来事である。

ウォルター・オングは言う。「音は、それが消えようとするときにしか存在しない」。これは単純だけれども非常に複雑な陳述である。同じことを生について言うこともできるだろう。生は、それが消えようとするときにしか存在しない。

ある本のページの上に印刷されている、「存在」という言葉について考えてみよう。それはそこに鎮座《ちんざ》している。言葉全体が一時に、二つの文字が、白地に黒く、おそらく何年もの間、何世紀もの間、おそらく世界中の何千冊という本のなかに鎮座しているのだ。

　それでは、この言葉を口にしながら考えてみてほしい。「存在」。「在」と言うときにはすでに「存」は消えてしまっているし、今やすべてが消えてしまった。もう一度言うことはできるが、それは新しい別の出来事だ。

　聞き手に向かってある言葉を話すとき、話すことは一つの行為である。そしてそれは相互的な行為なのだ。聞き手が聞いていることが、話し手が話すことを可能にする。それは共有された出来事であり、相互主観的なものである。聞き手と話し手は互いに同調する。どちらのアメーバも等しく責任を持ち、等しく肉体的に、直接的に、自分たちの断片を共有しあうことに関わっている。話す行為は今起こっている。そして二度と取り消すことも、くり返すこともできないような仕方で終わってしまったのだ。

　話すことは視覚的ではなく、聴覚的な出来事であるため、時間と空間をいっさいの視覚的なもの――これには紙に書かれた、あるいはモニターに表示された言葉を読むことも含まれる――とは違った仕方で利用する。

「聴覚的空間には特に好んで焦点が合わせられる場所がない。それは固定された境界のない球形の空間であり、物自体によって作り上げられた空間であって、空間の中に物が入っているのではない」(オング)。

　音、話される言葉は、それ自身の、直接的、瞬間的空間をつくりだす。目を閉じて耳を澄ませば、わたしたちはその球形の空間の中にいるのである。

わたしたちはページの上に「その女の人は叫んだ」と印刷してあるのを読む。ページは言葉を入れる堅固で、目に見える空間だ。それは行為ではなく、物である。しかし、行為者は叫び、その叫びは行為なのだ。その行為はそれ自体の地域限定的、瞬時的な空間を作る。

声はその周りに空間を創造し、その空間は声が聞こえるすべての人を含む。それは個人的な球形あるいは領域であって、時間と空間の両方に関して限定されている。

創造は行為である。行動することにはエネルギーがいる。

音は力動的《ダイナミック》である。話される言葉も力動的である——それは行動なのだ。

行為することとは力を手にすること、力を持つこと、力強くなることである。

話し手と聞き手の間の相互的コミュニケーションは力強い行為である。個々の話し手の持つ力は、聞き手たちの同調によって増幅《ぞうふく》され、増大する。共同体の強さは、話を通じての相互的同調によって増幅され、増大するのである。

発話が魔術的であることの理由はここにある。言葉は本当に力を持っている。名前には力がある。言葉は出来事であって、いろいろなことをなしとげ、いろいろなものを変えていく。言葉は話し手と聞き手の両方を変容させる。言葉はエネルギーを話し手から聞き手へ、聞き手から話し手へと伝え、それを増幅させる。言葉は理解や感情を話し手から聞き手へ、聞き手から話し手へと伝え、それを増幅させる。

声によるパフォーマンス

声によるパフォーマンスは、人間の話す言葉の中でもある特定の種類のものである。声の文化において、それは文字の文化における読書に相当する。

読むことは声に出して言うことよりすぐれているわけではないし、かといって、声に出して言うことのほうが読むことよりすぐれているわけでもない。二つの行動は異なるものであり、極端に異なる社会的影響を持つ。黙読はどうしようもなく私的な活動であり、それが行われている間、読み手をそばにいる人たちから肉体的にも精神的にも隔離する。声によるパフォーマンスは強力に絆をつくりだし、それが行われている間、人々を肉体的にも精神的にも結びつける。

わたしたちの文化のような文字の文化では、声によるパフォーマンスは二次的で、主流に属さないものと見られている。詩人による自作の朗読と俳優による演劇だけが、書かれ、黙読される作品に比肩しうる文学的な力を持つと考えられているのかもしれない。しかし、声の文化では、声によるパフォーマンスが強い力を持つ行為と認められている。そしてそれゆえ常に一定の形式に従っている。

形式性は両方の側にある。弁士ないし物語の語り手は、聴衆の持っているあるはっきりとした期待に応え、それを満足させようとつとめ、形式にのっとった合図を聴衆に送る。そして聴衆から送られてくる、これも形式にのっとった合図に反応するかもしれない。聴衆は期待される特定のふるまいをすることによって、自分たちの集中を表わすのである。例えば、集中を示す姿勢をくずさないことによって、場合によっては完全な沈黙によって、もっと多いのは、決まった型の反応――そうです、主《しゅ》よ！　ハレルーヤ！〔黒人教会で説教にさしはさまれる合いの手〕――、あるいは決まった言葉やあいづち――あ、あ、はい、はい、はあ、いい、うん、うん――を口にすることによって。詩の朗読の場合は、そっと小さく息を吸うことによって。喜劇的なパフォーマンスの場合は、笑い声によって。

声によるパフォーマンスは、独特の仕方で時間と空間を使う。それは独自の、一時的ではあるが、物理的、具体的な時空をつくりだす。話す声と聞く耳とを中に含んだ空間、同調した振動の空間、心身両方の共同体をつくりだすのである。

これは子どもたちに三匹のクマの話をしているお母さんの周りの空間であるかもしれない。それは小さく、静かで、きわめて個人的なイベントである。

あるいはバーの聴衆を前にアドリブの芸を披露している独演のコメディアンの周りの、タバコの煙がたちこめる空間であるかもしれない。それは一見気軽に見えながら、うまくいけばきわめて対話的な、純粋に対話的なイベントである。

もしかしたら、信仰復興集会のテントで、地獄の業火《ごうか》についての説教をしている巡回説教師の周りの空間であるかもしれない。それは大きく、騒がしく、それでいて非常に形式化され、強力なリズムに満ちたイベントである。

マーティン・ルーサー・キング・Jrと、彼が「わたしには夢がある」と言うのを聞いた聴衆の周りの空間であるかもしれない。

このような、形式にのっとった公の演説をこだまのように再生すること、その影をなぞること、再び集めることは、録画や録音を使えば可能である。イメージを再現することはできる。しかし、イベントそのものは再現できないのだ。一つの出来事《イベント》は一度しか起こらないのだから。川はたえず流れ、同じ川に二度足を踏み入れることはできない。

声によるパフォーマンスは、再現不可能なのである。

それは特別の時と場所で起こるのだ。循環する時間、儀礼の時間あるいは聖なる時間のなかで。循環する時間は心臓の鼓動、体の循環の時間である。月の、季節の、一年の時間である。くり返される時間、音楽の時間、ダンスの時間、リズミカルな時間である。一つの出来事は一度しか起こらないが、定期的なくり返しが循環する時間の本質である。今年の春は去年の春ではない。けれども春はいつでも同じように戻ってくるのである。儀式は毎年、同じ時に、同じ仕方で、新たに遂行される。物語は何度もくり返し語られるが、それでいて新たに語られるたびにそれは新しい出来事となる。

声によるパフォーマンスの一つ一つは、雪のひとひらのように唯一無二だけれども、雪のひとひらのようにおそらくはくり返される。そして声によるパフォーマンスを構成する主たる内的な仕掛けは、くり返しである。声によるパフォーマンスにはリズムが欠かせないが、リズムは主に反復によって、くり返しによって獲得される。

これからわたしはくり返しについて、くり返し述べることにする。日常的に話される言葉にもくり返しは多いのだが、声によるパフォーマンスにくり返しが多い一つの理由は、重複の必要性である。目で文章を読んでいるなら視線を戻してもう一度読み、確認することができる。それゆえ、書く場合には一つのことを一度だけ言えばいいのだ。うまく言えればそれで十分である。だからわたしたち作家は、くり返しを恐れるようにと、くり返しらしく見えることさえ避けるようにと教えられる。しかし、話す場合には、言葉は非常に早く通り過ぎてしまい、すぐに消えてしまう。言葉は飛んでいってしまう。「翼を持つ言葉」〔ホメロスの常套句〕。話し手は、飛び去った言葉の群れ全体を、一度ならず呼び戻さなければならないかもしれないことを知っている。弁士、暗唱者、物語の語り手は恥じることなく、同じことを何度も、言葉を変えたり変えなかったりしながら、くり返す。重複は文章の場合罪とされるにいたったが、声によるパフォーマンスでは、罪ではなく、美徳なのである。

話し手がくり返しを多用するもう一つの理由は、それが自分の話を構成し、形にして体系づけるためにもっともよい仕掛けだからである。声の文化の中で生きている経験豊富な聞き手――例えばたくさんお話を読んでもらったり、聞かせてもらったりしている三歳児――はくり返しを期待する。くり返しを待ち受けるのである。くり返しは聞き手の期待を高め、満足させる。細部に変化があることは想定内だが、極端な変更は、うれしい驚きと歓迎されることがなくはないにせよ、概して浮わついているとか堕落しているとか言われて拒絶されがちである。ちゃんとお話ししてよ、ママ！

一つの言葉がくり返されるときもあるし、句や文がくり返されることもある。あるイメージがくり返されることもあるし、物語のなかの出来事や行動がくり返されることもある。登場人物のふるまいやその作品の構造の一要素がくり返されることもある。

言葉や句は、正確にそのままくり返されることが最も多い。このことの一番簡単な例は、文頭に置かれる語、文の初めの言葉である。欽定《きんてい》訳聖書では「そして(And)」がこれにあたる。そして主《しゅ》は偶像を崇《あが》める者たちを撃たれた。そして偶像は破壊された。そして人々は街のなかで嘆いた。パイユート族の物語では、多くの文が「それから」――パイユート語のヤイシ――で始まる。それからコヨーテはこれをした。それから灰色オオカミがこう言った。それから、彼らは入っていった。「そして《アンド》」と「それから《ヤイシ》」は鍵となる音であり、聞き手に新しい文、新しい出来事が始まるぞと知らせる合図なのである。さらにこれらの言葉は、物語の語り手にとっても、聞き手にとっても、ちょっと頭を休める場所になりうる。くり返し文頭に現れるこれらの言葉は、拍《ビート》を提供する。これは詩ではなく、散文による語りだから、規則的な韻律上の強勢ではないけれども、一定の間隔で打たれる拍なのである。休止の後に来る鼓動であり、沈黙の後に来る音である。

声による語りにおいて、沈黙は非常に積極的な役割を果たす。沈黙が、休止が、休憩がなければ、リズムは成立しない。それはただの騒音《ノイズ》である。騒音は定義からして無意味なもの、意味を持たない音である。意味は無《ヴォイド》と有《イベント》——休止と活動——の、沈黙と言葉のリズミカルな変化から生まれる。くり返される言葉は、このリズムを表わす印であり、物語というダンスの伴奏となるドラムの拍子なのだ。

何百年もの間、あの長大な詩『イーリアス』と『オデュッセイア』は文字に記されることがなく、声によるパフォーマンスとしてだけ存在していた。わたしたちが知っているバージョンは、たまたま書き留められたバージョンなのである。これらの叙事詩に使われている言葉のうち、常套句《じょうとうく》とくり返し使える言い方が占める割合は驚くほど大きい。それらは韻律を合わせるため、あるいはアキレスやオデュッセウスが次に何をしたか演者が思い出す間、一息入れるために、必要に応じて埋め草的に使われたということが今ではわかっている。叙事詩全体を一言一句正確に間違えずに覚えていられる演者など、いるはずがない。すべてのパフォーマンスは、こうした既成の句の膨大なストックを使いながら、暗唱半分アドリブ半分でなされたのである。そういうわけで、「濃いぶどう酒の色をした海」や「暁のバラ色の指」などは詩の韻律を作りあげるための小さな煉瓦《れんが》であって、六歩格〔一行が六つの韻脚で構成される詩形〕が不足した時にはいつでも挿入された。もちろん、これらは同時に美しいイメージでもある。韻律上必要な時にくり返し用いられるということが、句の価値を減らしているだろうか。むしろわたしたちは、そのくり返しを歓迎するのではないだろうか。ちょうどソナタや交響曲のなかで楽句やモチーフがくり返されるのを喜ぶように。

声によって語られる物語のなかでくり返される特定の行為は、物語の構造にとって本質的な要素である。それはふつう、多少の変化をともなう部分的なくり返しで、聞き手の期待を高めていき、満足に導く。一番上の王子は出かけていき、オオカミに失礼なふるまいをして、竜に食べられてしまう。二番目の王子も出かけていき、シカに失礼なふるまいをして、竜に食べられてしまう。三番目の王子も出かけていくが、オオカミを落とし穴から助け出し、シカを罠《わな》からはずしてやる。オオカミとシカは王子にどうやって竜を殺し、王女を見つけるかを教えてくれ、王子は竜を殺して王女を見つけ、二人は結婚して末永く幸せに暮らすのである。

登場人物が同じふるまいをくり返すことについて、現代の小説家たちはこういう意外性の欠如を創作上の失敗、へまだと考えがちである。しかしながら、くり返される、あるいは予想されるふるまいこそ——実人生においても小説においても——人物の性格を構成するものなのだ。誰が見ても予想通りのふるまいをする人物は類型あるいはカリカチュアである。しかし、類型的人物とそうでない人物との間には、少しずつ色合いの違う中間的人物が無限に存在しうる。ある人たちはディケンズの作品の登場人物をすべて類型的人物だと片づける。わたしはそうは思わない。ミコーバー氏(『デイヴィッド・コパフィールド』の登場人物)が「きっと何かいいことが起こるはずだ」と最初に言うとき、それは特に何ということもない台詞である。彼が二度目にこれを言うとき、それは真実を明らかにする。完全な財政破綻《はたん》に直面して、ミコーバー氏が三度目か四度目にこの言葉を言うとき、それは重要かつユーモラスである。そして小説が終わる前、氏のあらゆる望みがむごたらしく潰されたときの「きっと何かいいことが起こるはずだ」は、ユーモラスであると同時に、底知れぬほど悲しくもある。

わたしが口承文学のテクストでなく、一般の文学から例を引いたのは、ディケンズが声の文化および声によるパフォーマンスと非常に密接な関係を持つからだ。ディケンズは一八〇〇年以降の他のどの小説家よりも、声の文化、声によるパフォーマンスに近いところにいた。トールキンだけは例外かもしれないが。ディケンズ作品に登場する人物の反復的なふるまいは、小説一般のというよりは口頭で語られる物語の特徴である。他に類のない状況に置かれた個人の魂の、重なりあったひだの一枚一枚をそっとめくっていくなどということは、声に出して語られる話にはふさわしくない。口頭で語られる物語には、活き活きとして、力強い登場人物が出てくることがある。こうした人物については実にいろいろなことを考えることができる。アキレス、ヘクトール、オデュッセウス、ローランとオリヴィエ〔『ローランの歌』の登場人物〕、シンデレラ、女王と白雪姫、大ガラス、ブレア・ラビット〔J・C・ハリス『ウサギどんキツネどん』のウサギ〕、コヨーテ。彼らは薄っぺらな人物ではない。その行動の動機は、はなはだしく複雑でありうる。彼らの置かれている倫理的状況は、人類全体に広く深く関わるものである。しかし、一般的に言って、こうした人物を説明するにはほんの数語で十分であり、そこが小説の登場人物と違うところなのだ。彼らの名前が、ある種のふるまいの代名詞となることさえある。そして、語り手がその特徴的なふるまいに触れるだけで、これらの人物は聞き手の想像力のなかに喚起される。――すると狡智《こうち》に長《た》けたオデュッセウスは、どうやってこの窮地を抜け出そうかと考えて……。コヨーテは出かけていき、川のそばに何人かの娘がいるのを見て……。わたしたちはオデュッセウスが狡智に長けていることをこれまでにも聞いている。コヨーテが娘たちを見ることもこれまでに聞いているのである。わたしたちは何を期待すべきか、大づかみには知っているのだ。オデュッセウスは窮地を脱するだろうが、犠牲を払うだろう、彼は傷を負うだろう、と。ココーテのたくらみは失敗するだろう、ココーテは大ばかを演じて物笑いの種になるだろうが、これっぽっちも恥じいらずにとことこ走り去っていくだろう、と。物語の語り手がオデュッセウスという名前やココーテという名前を口にするや、聞いているわたしたちは語り手が期待を満足させてくれるのを待ち受けるのであり、これを待つことは人生における大きな喜びの一つなのである。

純文学ではなく、それぞれジャンルに分けられているエンタテイメント文学はこの喜びを提供する。ロマンスやミステリーやSFやウェスタンなどが、何十年もの間、批評や学問の世界から無視され、軽蔑されつづけているにもかかわらず、しぶとく人気を保っている主たる理由はこれではないだろうか。あるジャンルに属する小説は、特定の種類の約束を満たすものである。ミステリーは何らかの謎とその解決を提示するし、ファンタジーは現実の定める法則をはっきりと破る。ロマンスはラブ・ストーリーにつきものの挫折と成就を提供する。最も低い次元で考えれば、ジャンルにはハンバーガーのチェーンと同じ種類の安心感があると言える。ルイス・ラムールのウェスタン小説やミステリーのシリーズ一八冊目を手に取れば、どんなことが書いてあるか、読者にはわかっているのだ。しかし、モリー・グロスの『ジャンプオフ・クリーク』(ウェスタン小説)やトールキンの『指輪物語』(ファンタジー)、フィリップ・K・ディックの『高い城の男』(ＳＦ)を取り上げれば、それぞれしっかりそのジャンルの約束を満たしているにもかかわらず、これらの作品は同時にまったく予測不能の小説であり、芸術作品なのである。

ただ売れさえすればいいというのではないレベル、つまり芸術の領域においては、それが純文学と呼ばれようと、エンタテイメント文学と呼ばれようと、読者が自分の期待を満足させたいと思えば、どの作家がはずれで、どの作家が真に魂の滋養となる作品を書いているかを学ぶしかない。誰がすぐれた作家かを突きとめ、その人の次の作品を探し、あるいは待つのだ。このような作家は――生きていようといまいと、どのジャンルの作家であろうと、批評家がファッショナブルだと持ち上げようと上げまいと、学問的に認められようと認められまいと――わたしたちの期待に応えるばかりか、期待を上回る人たちである。これがすぐれた物語の語り手《ストーリー・テラー》の才能なのだ。彼らは同じ物語を何度も何度も(世の中にはいくつ物語があるのだろうか?)語るが、彼らが語るたびに物語は新《ニュー》しくなり、ニュースになり、わたしたちを新たな気持ちにさせ、新しくなった世界を見せてくれるのである。

このレベルでは、物語が語られ、聞かれるか、あるいは書かれ、読まれるかはたいした問題ではない。

しかし、物語が書かれ、読者がそれを黙読するとき、わたしたちの多くは、物語を体験する上で一つの次元が失われたということをおぼろげに意識する。物語の聴覚的次元、つまり特定の時間と場所で、特定の誰かが今――そしておそらくこの先また何度でも――その物語を語り、聞くという側面が全部抜け落ちているのである。最近人気の出てきた朗読の録音は、言葉と文の音、語る声を聞かせてくれるけれども、それは生きている声ではなく、再生でしかない――生きている身体とは違う写真のようなものだ。だから人々は再生不能な瞬間を、一つところに集まった人たちの間で語られる物語が作り出す、束の間の、壊れやすい共同体を求めるのである。だから子どもたちは図書館に集まり、本を読んでもらうのだ。ぐるっと輪になった子どもたちの顔を、熱心さのあまり輝いている彼らの顔を見てほしい。だから各地を回り、本屋で自作の朗読をする作家と、それに耳を傾ける聞き手の集団は、輪の中心に語り手が位置する古代の儀礼を再演するのである。生きた反応があるからその声は語ることができた。語り手と聞き手、それぞれが相手の期待を満足させるのだ。言葉を語る生きた舌、そしてそれを聞きとる生きた耳が、わたしたちを束ね、結びつけて、内なる孤独のもたらす沈黙のなかでわたしたちが切望する交わりをつくりだすのである。

「終わりのない戦い」(27)

断続的に書きためられた、抑圧、革命、そして想像力に関する覚え書き。

奴隷制

わたしの国〔アメリカ〕は一つの革命によって国としてまとまり、もう一つの革命によって危うく分裂するところだった。

最初の革命は、腹立たしく、ばかげてもいるが、比較的穏やかな、社会的・経済的搾《さく》取《しゅ》に対する異議申し立てだった。これは成功したほとんど唯一の革命といってよい。

最初の革命を起こした人たちの多くは、最も極端な経済的搾取と社会的抑圧を実践していた。彼らは奴隷所有主だったのである。

アメリカの二つ目の革命である南北戦争は、奴隷制を維持しようとする試みだった。これは部分的に成功した。制度は廃止されたが、主人の精神と奴隷の精神の両方がいまだにアメリカ的な考え方の多くに生き続けている。

抑圧に対する抵抗

詩人であり、解放奴隷であったフィリス・ホウィートリーは一七七四年にこう書いている。

「すべての人間の胸に、神は一つの原則を植えつけられた。これをわたしたちは自由への愛と呼ぶ。それは抑圧に耐えられず、解放を求めてあえぐ」。

これが真実であることを否定するつもりはない。それは太陽が輝くのと同じくらい自明なことである。わたしの国の制度と政治のなかで、善いものはすべてこの自由への愛に依拠しているのだ。

しかし一方で、わたしたちが自由を愛しながら、ほぼ例外なく抑圧に我慢づよく耐え、解放を拒みさえすることをわたしは目にしている。

自由への愛は常に勝利する、それは抑圧に抵抗し、解放を求めることを妨げる力ないし惰性《だせい》に打ち克つ、と主張することは危険だと思う。

強くて、頭が良くて、有能な人々も抑圧を受け入れるだろうし、実際受け入れている。これをわたしが否定するとしたら、わたしは抑圧されている人たちを弱くて、頭が悪くて、無能だと決めつけていることになる。

もし、すぐれた人間は劣った人間として扱われることを拒絶するというのが真実ならば、社会的階層の低い人間は真に劣った人間だということになる。彼らがすぐれた人間だったら抗議するはずだからである。劣った地位を受け入れているのだから、彼らは劣っているのだ。この口当たりのいい、同語反復的な議論は、奴隷所有主、反動主義者、人種差別主義者、女性嫌悪者の十八番である。

これはヒトラーによるユダヤ人大量虐殺を考える際にいまだにつきまとう議論である。どうしてユダヤ人たちは「唯々諾々《いいだくだく》と汽車に乗り込んだ」のだろう、どうして彼らは「抵抗して戦わなかった」のだろう？　これは——実際に訊《き》かれたら答えることのできない質問で、それゆえ、ユダヤ人の劣等性を暗示するために反ユダヤ主義者たちに利用されうるものだ。

しかも、この議論は理想主義者たちにもアピールする。多くのリベラルなアメリカ人および人道主義的な保守派のアメリカ人が、抑圧されている人たちはみなその抑圧によって、耐えられないほど苦しんでおり、いつでも反抗する気があり、反抗しようとしているに違いないと考えている。抑圧されているのに反抗しないとしたら、そういう人たちは倫理的に弱く、倫理的に間違っているのだという確信を理想主義者たちは後生大事《ごしょうだいじ》に抱きつづけているのだ。

自分のことを人種的にあるいは社会的に他の人間よりすぐれていると見なしたり、他人に自分より低いステータスを押しつけたりする人間は、そのことだけで無条件に間違っているとわたしは判断する。しかし、低いステータスを受け入れている人々に対して、無条件に彼らはこれこれだと判断するのは、また別の事柄である。かりにわたしが、こういう人たちは間違っている、倫理的原則から言えば、彼らは反抗しなければならないはずだ、と主張するなら、彼らにどんな現実的選択肢があるのか、彼らは無知からそうふるまっているのか、それとも確信があってそうふるまっているのか、彼らには自分たちの無知を正したり、確信を改めたりするチャンスがあるのかを考慮に入れる義務がわたしにはある。これらのことを考慮に入れたうえで、どうやって彼らが悪いと言えるのか？　間違ったことをしているのは抑圧されている人たちであって、抑圧者ではないとでも言うのか？

支配階級は常に少数で、大多数は下の階層の人間であり、それはカースト制の社会でも変わらない。貧しい人たちは裕福な人たちより圧倒的に多いのである。権力を持っている人たちは、彼らが権力を行使している対象の人たちよりも少ないのだ。成人男性はほとんどすべての社会において優越したステータスを持っているが、一方で女性と子どもの人数は常に成人男性の数を上回る。政府と宗教がこうした不平等、社会的順位、ジェンダーによる順位、特権を、全部あるいは一部分是認《ぜにん》し、支持しているのである。ほとんどの場所で、ほとんどの時代、ほとんどの人が劣位《れつい》のステータスに属しているのだ。

そして、ほとんどの人は、現在なお、この「自由世界」においても、「自由な人々の故郷」においてさえも、この状況を、あるいはこの状況の一部分を、自然であり、必然的であって、変えることができないと考えている。人間の社会はいつだってこうだったのだし、だからこうでなければならないのだと考えているのだ。これは確信かもしれないし、無知かもしれない。その両方ということも多い。何世紀もの間、劣位のステータスに置かれているほとんどの人々は、自分の知っている以外の社会秩序のあり方が存在した、あるいは存在しうる——つまり、それを変えることができる——ことを知るチャンスがまったくなかった。優位のステータスを占める者たちだけが、それを知るに足る知識を持っていたのである。そして秩序のあり方が変われば、危険にさらされるのは優位な者たちの権力であり、特権だったのだ。

こうした事柄に関しては、歴史が倫理的指針をもたらすと思ってはならない。歴史は優位の階級の人たち、つまり教育のある、権力を持った人たちによって書かれるからである。とはいえ、わたしたちは歴史と、現在起こっていることとの観察に頼るしかない。歴史を証拠として持ち出せば、反乱や暴動はめったに起こらず、革命などというものはごくまれにしか起こらないことになる。ほとんどの時代、ほとんどの場所で、ほとんどの女性、奴隷、農奴《のうど》、下級カーストの人間、カースト外の最下層民、小作人、労働者など、劣っていると規定されたほとんどの人たち——つまり、大多数の人たちということだ——は、軽蔑され、搾取《さくしゅ》されながらも反乱を起こしてこなかった。彼らは反抗はする。

それは確かだ。だが、彼らの反抗は受動的なもの、あるいはまわりくどいものであって、日々の行動の一部になりきっているため、ほとんど目に見えないのである。

抑圧された人たち、下層の人たちの声が記録に残るとき、なかには正義を求める叫びもないわけではないが、たいていそれは愛国心の表明であり、国王への喝采《かっさい》であり、祖国防衛の誓いであって、みな自分たちから権利を剝脱《はくだつ》する体制とそこから利益を得る人たちを熱烈に支持する声であった。

奴隷たちが始終主人に対して立ち上がっていたとしたら、世界中のどこにも奴隷制は存在しえなかっただろう。奴隷所有主の大半は殺されたりしない。むしろ服従されるのである。

労働者たちは、自分たちの会社のCEOが自分たちの給料の三百倍の報酬を得るのを見て、ぶつぶつ文句は言うが、何もしない。

ほとんどの社会の女性たちは、男性の優越という主張やそれに基づく制度を支持し、自分たちの主張を抑えて男性に従い、(公然と)男性に服従し、生来的に男性のほうが優れているという立場を生物学的な事実として、あるいは宗教的教義として擁護《ようご》する。

低いステータスの男性——若い男性、貧しい男性——は、自分たちを下位にすえている体制を守るために戦い、死んでいく。数えきれないほどたくさんの兵士が、数えきれないほど多くの戦争で死ぬが、その戦争は社会の支配者階級や宗教の力を支えるためになされるもので、死んでいく兵士のほとんどがその社会によって下層と考えられている男たちなのだ。

「何も失うものはない、君たちをしばっている鎖以外は」〔カール・マルクスの言葉〕と人は言うが、わたしたちは鎖にキスすることを選ぶのだ。

これはなぜか?

人間の社会は不可避《ふかひ》的にピラミッド構造を呈し、権力は頂点に集中するのだろうか。この権力の階層性は、人間の社会が実現せずにいられない、生物学的規範なのだろうか。こうした問いはまずもって確実に質問の仕方がまずく、それゆえ解答不可能なのだが、相変わらずもちだされては、答えられつづけており、この問いかけをする人間の出す答えはたいていの場合イエスなのである。

かりにこのような生得的な、生物学的規範が存在するとしたら、それは男性にとっても女性にとっても等しく規範となっているのだろうか? 社会的行動に生来的な性差があるかどうかについては、明らかな証拠はない。どちらの側にもいる本質主義者は、男性が権力階層をつくりあげる傾向を生来的に持っているのに対し、女性はこのような構造を作り出しはしないものの、それを受け入れ、模倣すると主張する。本質主義者によれば、男性に内在するプログラムはかくして当然普及し、命令の連鎖によって「上位」のものが「下位」のものに命令を下し、権力が少数に集中するさまが人間社会のほぼ普遍的なパターンとして見られると考えるべきだということになる。

このように想定された普遍性に対し、人類学はいくつかの例外を提供する。民族学者たちは固定的な命令系統を持たないさまざまな社会を記述してきた。こうした社会において、権力は、不平等性に基づく厳格な体制のなかに封じ込められている代わりに、流動的に、それぞれ違った状況下では、異なった仕方で共有され、常にコンセンサスへと向かう抑制と均衡の原則によって機能する。民族学者たちはジェンダーに優劣をつけない社会を記述してきた。ただし、こうした社会でも常に何らかの性別役割分業はあり、男性の仕事がいちばん目立ちやすいものとなっているのだけれども。

しかし、ここで挙げた社会はみなわたしたちが「原始的な」と形容する社会である――とはいえ、これは同語反復的な言い方であって、というのはわたしたちはすでに価値の階層化を行っているからだ。原始的＝低い＝弱い／文明化された＝高い＝強い、というように。

「原始的な」社会の多く、そして「文明化された」社会のすべては厳密に階層化されており、少数の人間に多くの権力が与えられ、大多数の人間には権力が与えられていないか、与えられていてもわずかである。レヴィ＝ストロースが示唆《しさ》するように、社会的不平等をもたらす制度の永続が、実は文明化をうながす原動力なのだろうか。

権力を握っている人たちは栄養のある食べ物を食べ、すぐれた武器を持ち、よい教育を受けているため、権力を手放さずにいられる可能性が高いが、それだけで極度の社会的不平等がいたるところで、恒久的《こうきゅう》に見られることを十分説明できるだろうか。男性が女性より少しばかり大きく、筋肉が発達している(そのかわり持久力は低い)という事実は、体の大きさや筋肉量がたいした差を生み出さないような社会においても、性的不平等がいたるところに、恒久的に見られることを十分説明しはしないだろう。

もし人間が不公平と不平等を、口で言っているほど、頭で考えているほど憎んでいるとしたら、偉大な帝国の数々、大文明の数々のうち一つとして一五分以上存続しえただろうか。

もしわたしたちアメリカ人が不公平と不平等を、口で言っているほど熱烈に憎んでいるとしたら、この国の人間が一人でも食べ物に困ることがありうるだろうか。

わたしたちは、反抗が可能だと学ぶチャンスのなかった人たちに反抗精神を要求するくせに、恵まれたわたしたち自身はじっと息を殺して、悪に対し見て見ぬふりをするのだ。

わたしたちが注意深く、静かにして、ボートを揺らさないようにするのには十分な理由がある。多くの平安と安寧《あんねい》が危険にさらされるかもしれない。不公平の否定から不公平の自覚へと向かう精神的、倫理的移行は、しばしば非常に大きな犠牲を伴う。わたしの満足、安定、安全、個人的愛着などが、みんなにとっての善という夢、わたしの限られた命では共有できないかもしれない自由の概念、だれも達成できないかもしれない公平さという理想のために犠牲になるかもしれないのだから。

『マハーバーラタ』の締めくくりの言葉は「わたしは決して自分の手の届かない目標を達成することはできない」である。公平さというのは人間の考えた概念だから、それが人間の手には届かないこともありそうなことだ。わたしたちは存在しえないものを発明するのが得意なのだから。

もしかしたら、自由は人間のつくる制度によっては達成不可能で、まわりの状況に左右されない心あるいは精神の性質――恩寵《おんちょう》のたまものでしかありえないのかもしれない。これは(もしわたしの理解が間違っていなければ)自由の宗教的定義である。これについてわたしが問題だと思うのは、それが外的な実践や状況を軽視するため、恩寵のたまものを得がたいものにしている制度的不公平を促進する点である。飢餓や虐待や空爆によって死ぬ二歳児は、自由を手にする方法も、恩寵のたまものも与えられていない。これらの言葉をわたしがいかなる意味に理解するとしても。

わたしたち自身の努力によっては、不完全な公平さしか、限られた自由しか獲得できないのだ。しかし、公平さがまったくないよりはましである。あの原則、つまり解放奴隷だった詩人の語った自由への愛にしがみつき、手放さないようにしよう。

希望をもたらす場所

不公平などないという否定から不公平があるという認識への移行は、不可逆的なものだ。

目が見てしまったものは見てしまったもの。いったん不公平を目に留めた以上は、もう二度と本気で抑圧の存在を否定し、抑圧者を弁護することはできない。かつては誠実さと思っていたものが、今や裏切りとなった。これ以降、抵抗しないことは共謀となる。それでも、守備と攻撃の間には中間的領域、柔軟な抵抗の場所、変化の許容される空間がある。しかし、これは見つけるのも、そこで暮らすのも容易な場所ではない。この場所に行こうとした調停者たちは、結局恐慌《きょうこう》をきたしてそそくさとミュンヘンに避難することになった。

この中間的領域にたどり着いたところで、それによって感謝されることはないかもしれない。ハリエット・ビーチャー・ストーの主人公であるアンクル・トムは奴隷だが、心を入れかえるよう勇敢に主人に対する説得を試み、他の奴隷たちを殴ることを断固として拒絶したために殴り殺された。ところがわたしたちはアンクル・トムを卑屈な降伏と奴隷根性のシンボルにしろと主張するのである。

英雄的だが、役に立たない反抗を賛美し、忍耐強い抵抗を軽蔑するわけだ。だが、交渉の場という、忍耐が変化をもたらす場所こそ、ガンジーが立っていたところだ。リンカーンも苦労を重ねてここにたどり着いた。トゥトゥ主教(28)は長年この場所で孤高の人だったが、自分の国が、不器用かつ危っかしげではあるが、この希望をもたらす場所へと動いていくのを見たのである。

主人の道具

オードリー・ロード(29)は、「主人の家を主人の道具で解体することはできない」と言った。この強烈なメタファーについて考え、これを理解しようと思う。

急進主義者も、リベラル派も、保守派も、反動主義者も、主人が独占してきた知識を奴隷に教えることは、不可避的に抑圧と搾取《さくしゅ》の認識につながり、平等と公平さを求める体制転覆《てんぷく》的な願望を生むと考えている。まったく同じこの理由から、万人に無償で教育を受けさせること、公立学校、大学での自由な議論に対し、リベラル派は賛成し、反動主義者は反対している。

一方ロードのメタファーは、教育が社会の変革とは無関係だと言っているように思われる。主人の使ったものがどれも奴隷の役に立たないのであれば、主人のものだった知識を学ぶことを全面的にやめなければならない。かくして、最下層階級は完全に新しい社会を発明し、新しい知識を獲得して、公平さを達成しなければならないのだ。それができなければ、革命は失敗する。

ありそうなことだ。革命は概して失敗する。しかし、わたしの見るところ、革命の失敗は、家を建て直してだれもが住めるようにしようという試みが、のこぎりとハンマーを全部ひったくって、ご主人様の道具部屋を封鎖し、他の人間を閉め出そうとする試みに変わるところから始まる。権力は腐敗するだけでなく、中毒を生む。破壊が仕事になる。そして何も建てられなくなるのである。

社会は暴力によっても変わるし、暴力がなくても変わる。発明し直すことは可能である。建設も可能である。ハンマーと釘とのこぎり——教育、考えることを学ぶこと、技術を学ぶこと以外に、わたしたちは建設のための道具として何を持っているのだろうか。

これまでに発明されていない道具、わたしたちの子どもたちに住んでもらいたい家を建てるために、わたしたちが発明しなければならない道具というのが実際あるのだろうか。わたしたちは、今知っていることを土台にして先へ進むことができるのか、それとも、わたしたちの現在の知識は、わたしたちが知らなければならないことを学ぶのを邪魔しているのだろうか。有色人種が、女性が、貧しい人たちが教えることを学ぶために、わたしたちが必要とするこのような知識を学ぶために、わたしたちは白色人種の、男性の、権力者の知識をすべて捨てなければならないのだろうか。聖職者と男性優越主義といっしょに、科学と民主主義も捨てなければならないのか。わたしたちはこの両手以外何も持たずに家を建てることに挑戦するはめになるのだろうか。このメタファーは含蓄《がんちく》に富んでいるが、危険でもある。それが提起する数々の問いに答えることはわたしにはできない。

ユートピアにおいてのみ

「わたしたちの現在の生き方」に対し、想像上の別の選択肢を垣間《かいま》見させるという意味で、わたしの作品の多くをユートピア的と呼ぶことはできるだろうが、わたしはずっとこの言葉に抵抗しつづけている。わたしが創りだした社会の多くは、わたしたち自身の社会を何らかの点で改良したものだとわたしは感じているが、それらをユートピアという壮大かつ厳密な名前で呼ぶことはふさわしくない。ユートピアと反ユートピアは、知性によって構築された場所なのだ。わたしは情熱と遊び心で作品を書いている。わたしの書く物語は緊急警告でもなければ、わたしたちがするべきことを細かくまとめた青写真でもない。わたしの物語の大半は、人間の風俗習慣が作り出す喜劇であり、人間のふるまいには無限のヴァリエーションがある一方で、結局のところはいつだって似たようなところに落ち着くのだということを思い出させるための覚え書きであり、さらに新たな選択肢や可能性を創りだすことで、人間行動の無限の多様性を称《たた》えようとする試みなのである。『所有せざる人々』や『オールウェイズ・カミングホーム』のような小説で、わたしは、わたしたちの世界での権力の使い方よりはましだと思われる権力行使のヴァリエーションを、いつもより組織的に作り上げているが、これらの小説でさえ、不公平と不平等を最終的に解決する達成可能な社会プランの理想を開陳《かいちん》しようという努力と、それをも転覆させようという努力がせめぎあってできているのだ。

　わたしにとって大切なのは、何か具体的な改善策を提供することではなく、想像上のものではあっても十分説得力のある、もう一つの可能な現実を提供することによって、わたしの心を、ひいては読者の心を、怠惰《たいだ》で小心な思考習慣から解き放ち、わたしたちの今の生き方が唯一可能なものだと考えるのをやめさせることなのである。不公平な制度が問題にされず、存続することを許しているのはこのような精神の惰性なのだ。

　ファンタジーとＳＦは、そもそものコンセプトからして、読者の目の前にある現実の世界に対してもう一つの可能な現実を提供するものである。一般に若い人たちがこの種の物語を好むのは、彼らが活動的で、新しい経験を熱心に求めているために、別の選択肢、可能性、変化を歓迎するからである。真の変化を想像することさえ恐れるようになった多くの大人たちは、想像力から生まれた文学すべてを拒絶し、自分たちがすでに知っていること、あるいは知っていると思いこんでいること以外には一切目をやろうとせず、それを自慢に思っているのだ。

とはいえ、人の心を騒がせるおのれ自身の力を恐れているかのように、SFやファンタジーの多くは、作品の中で新たな社会を創りだすことに関し、臆病で、反動的である。ファンタジーは封建制に、SFは軍事的、帝国的階層にしがみつく。ファンタジーもSFもたいてい主人公が、性別にかかわらず並はずれて男らしい偉業をなしとげることによってのみ、報償を得る。(わたし自身、長年こうしたやり方で作品を書いていた。『闇の左手』のヒーローはジェンダーを持たないが、その英雄的行為はほとんど例外なく男らしいものだった。)特にSFの世界では、しばしばわたしが先に論じたような考え方が登場する。つまり、下位のステータスに属する人間は、大胆で暴力的な行動によって自由をつかもうと絶えず機をうかがっている反抗者でないとしたら、軽蔑すべき人間であるか、単にまったくとるに足らない人間であるかのどちらかなのだ。(30)

倫理がここまで単純化された世界において、奴隷は、スパルタクスでないとしたら、無価値である。これは無慈悲で、非現実的だ。大多数の奴隷、大多数の抑圧された人間は、ある社会秩序の一部なのだが、抑圧されているというその条件そのものによって、社会秩序を変えうると見て取るチャンスさえも奪われているのである。

想像力の行使は、現体制から利益を得ている人間にとっては危険である。なぜなら想像力には現体制が恒久的《こうきゅう》なものでも、普遍的なものでも、必要なものでもないことを明らかにする力があるからである。

　このように、限度こそあれ本物の力を持っていて、既成の諸制度に疑問を突きつけることのできる想像力から生まれた文学には、力に見合うだけの責任もある。物語の語り手は、真実の語り手なのだから。

　本物のヴィジョンを提供できるはずのあれほど多くの物語が、愛国的なあるいは宗教的な決まり文句、科学技術による奇跡ないし希望的観測でお茶を濁し、作家たちが真実を想像しようとしないのは悲しむべきことである。最近の流行である陰惨な反ユートピアは、単に今言った決まり文句を裏返し、人工甘味料の代わりに酸を使っただけで、人間の苦しみや真の可能性と取り組むことを避けているのに変わりはない。想像力の生み出した物語のなかでわたしがすばらしいと思うのは、現在の体制に対してもう一つの可能性を提示し、それによって現存の制度の遍在《へんざい》と必然性に疑問を投げかけるばかりでなく、社会の可能性と倫理についての理解の場を広げるような物語だ。これはテレビ番組『スター・トレック』の最初の三シリーズのように、初心らしい楽天的なトーンでなされることもあれば、フィリップ・K・ディックやキャロル・エムシュウィラーの小説のように、思考とテクニックによって、複雑に、洗練された、簡単に白黒がつかないような仕方で組み立てられることもある。しかし、いずれにしても、その向かう方向は明らかに同じ——変化を想像できるものにしたいという衝動に突き動かされているのである。

もしわたしたちが公平さというものを想像できないとしたら、わたしたち自身の抱えている不公平さを知ることはできないだろう。わたしたちが自由を想像しないなら、自由にはならないだろう。公平さと自由が獲得できることを想像するチャンスのなかった人間に、公平さと自由を獲得しろと要求することはできない。

この結論のない随想を終わらせるにあたって、真実以外のことを決して口にせず、しかもそれを静かに言った作家の言葉を引いて掉尾《とうび》を飾りたい。プリーモ・レーヴィはアウシュヴィッツで一年を過ごし、不公平とは何かを知っていた。

「ラーゲルだけではなく、すべての人間社会で、特権がさらに特権を得ることには、不安をおぼえざるを得ないが、それは避け難くもある。そうしたことがないのはユートピアだけだ。ふさわしくない特権に戦いを挑むのは、正しい人間の任務だが、それが終わりのない戦いであることは忘れてはならない」〔『溺れるものと救われるもの』竹山博英訳、朝日新聞社〕。

作家として書くこと

作家と登場人物

フィクションを書くためのワークショップを計画していた時に書きとめたアイディアを、本書のために短いエッセイに仕立てたものである。

作品中の人物を一から創造するにせよ、知っている人物から借りるにせよ、おおかたのフィクション作家の一致した意見では、いったん物語中の人物になると、この人たちは自分の命をもちはじめ、時には作家のコントロールを逃れて、その存在を作り出した作家が予想もしないことをしたり、言ったりするようになる。

わたしの書く物語に出てくる人々は、わたしにとって親密であると同時に謎に満ちた人たちだ。まるで親戚や友だちあるいは敵のように。この人たちはわたしの頭のなかにいるのに、わたしは彼らが気になってならない。わたしが彼らを思いつき、作りあげたにもかかわらず、わたしは何が彼らを動かしているのかをあれこれ考え、彼らが結局どこへ行きつくのか理解しようとつとめる。彼らはわたしとは別の、彼ら自身の存在感を持ちはじめ、その存在感が増せば増すほど、わたしは彼らの言動をコントロールできなくなり、そうしようという気持ちもなくなる。小説を書いている間、登場人物はわたしの頭のなかで生きており、生きている人間に対して当然払わなければならない尊敬を、わたしは彼らに払うのである。登場人物を利用したり、こちらの思惑《おもわく》だけで操ったりしてはならないのだ。彼らはプラスティックの人形でもなければ、わたしの声を拡大するためのメガホンでもないのだから。

しかし、小説を書くというのは特別な状態である。書いている間に限り、わたしは登場人物の意志に屈し、完全に彼らを信頼して、彼らが物語にふさわしいことを言ったり、したりするに任せるかもしれない。一方、物語のプランを立てたり、修正したりしている時は、登場人物、特に自分が一番好きな人物や嫌いな人物に対し、気持ちの上で距離を置くほうがうまくいく。彼らを疑いの目で見て、冷静にその動機を探り、彼らの言葉を常に多少割り引いて受け取る――彼らがほんとうに混じりけのない本音で語り、わたしの始末におえないエゴを代弁しているのではないと確信できるまで。

もしわたしが自分の物語の登場人物を使って、もっぱら自分の自己イメージ、自己愛や自己嫌悪、欲求、意見などが求めることを実現しようとするならば、登場人物たちは彼ら自身でいることができず、真実を語ることができない。物語を欲求と意見の開陳《かいちん》の場と考えるならば、それによって目的を果たせるかもしれないが、登場人物は人物にならないだろう。彼らはただの操り人形で終わる。

作家として忘れてならないのは、わたしはわたしの登場人物だけれども、彼らはわたしではないということだ。わたしは彼らであり、彼らの言動に対して責任がある。しかし、彼らは彼ら自身である。彼らはわたしに対して、わたしの政治的立場に対して、わたしの倫理観に対して、わたしの編集者に対して、わたしの収入に対して、何の責任も負っていない。彼らはわたしの経験と想像力が具現化したものであり、想像上の人生を生きている。彼らの人生はわたしの人生を解明するのに役立つかもしれないけれども、本来わたしの人生とは別物なのだ。自分の経験と感情を具現している登場人物に、わたしが非常に強く共感することはあるかもしれないが、自分自身をその人物と混同しないよう気をつけなければならない。

もしわたしが架空の人物と自分自身を融合させ、混同するとしたら、その人物に対するわたしの判断は自分に対する判断になる。そうなったら、正義はほとんど実現しえないだろう。わたし自身が証人、弁護人、検事、裁判官、陪審員を兼任し、フィクションを使ってその人物の言動を弁護したり難詰《なんきつ》したりするのだから。

自己認識には明晰《めいせき》な精神が必要である。この明晰さは、精神の強靭《きょうじん》さによって、あるいは心のやさしさによって獲得できるが、ともかく獲得しなければならないのだ。作家は物語に対して自分を透明にすることを学ばなければならない。エゴは濁っている。エゴは物語の空間いっぱいに広がり、正直さを妨げ、理解力をもうろうとさせ、言葉を偽りのものにする。

芸術はすべてそうだが、フィクションは、創り手が、自分の創るものを愛しながら、それからの独立を保つ空間に成立する。この空間がなければ、一貫した誠実さもあり得ないし、物語に登場する人たちに対する真の尊敬も生じえない。

今述べたことを別の角度から見ると次のようになる。作者の視点が作中の人物の視点と正確に一致している場合、その物語はフィクションではない。それは小説のふりをした回想録か、フィクションの体裁をとった説教である。

わたしは距離を作るという言い方を好まない。もしわたしが、作者と作中の人物との間には距離がなければならないと言うと、まるで、ナイーブな科学者や洗練された最小限主義者《ミニマリスト》が「客観性」と称しているものを追求しているかのように聞こえる。わたしはそんなことはしていない。わたしは主観性を何より重要視する。主観性こそ、芸術家から奪うことのできない特権なのだ。とはいえ、作家と登場人物の間には距離がなければならない。

ナイーブな読者はこの距離を考慮に入れないことが多い。あまり経験を積んでいない読者たちは、作家が経験したことだけを書くと考える。彼らは、登場人物が信じていることを作家も信じているのだと信じているのだ。ある程度慣れないと、語り手を信頼してはいけないという考え方はできにくい。

デイヴィッド・コパフィールドの経験と感情は、たしかにチャールズ・ディケンズのそれと非常に近い。でも、デイヴィッド・コパフィールドとチャールズ・ディケンズはイコールではない。フロイト流の通り一遍の言い方でよく言われるように、ディケンズが登場人物と自分をいかに密接に「同一視」していたとしても、ディケンズの頭のなかでは、どっちがどっちかについての混乱はまったくなかった。両者の間の距離、視点の違いは決定的である。

チャールズが事実として経験したことを、デイヴィッドはフィクションのなかで生き、チャールズが実際苦しんだことを苦しむ。しかし、デイヴィッドはチャールズが知っていることを知らない。デイヴィッドは自分の人生を、離れた距離から見ることができないのだ。さまざまなことを考え、感じた後の、時間を隔てた見通しのきく場所から見ることができない。一方チャールズにはこれができる。チャールズは自分自身について非常に多くのことを学び、だからこそ、デイヴィッドの視点を通して語ることによって、わたしたち自身について非常に多くのことを教えてくれるのだ。だがもし、チャールズが自分の視点をデイヴィッドのそれと混同したとしたら、デイヴィッドもわたしたちも何も学ぶことはできなかっただろう。彼もわたしたちも靴墨《くつずみ》工場[31]から抜け出すことは不可能だっただろう。

もう一つ興味深い例を挙げよう。それは『ハックルベリ・フィンの冒険』である。マーク・トウェインが、熟練の技を駆使し、恐ろしいほどの危険を冒して、一冊の本全体を通して達成したのは、自分自身の視点とハックの視点の間にある、目には見えないが、測り知れない、アイロニー満載の距離である。物語の語り手はハックである。すべての言葉はハックの声で、ハックの視点から発される。マークは何も言わない。マークの視点、特に奴隷制度とジムという人物に関する彼の立場は、一度も述べられない。マークが考えていたことは、物語そのものと登場人物――とりわけ、ジムという人物――からしか読み取れない。ジムはこの本の中に出てくる、唯一の本物の大人で、親切で、暖かく、強く、我慢強い男であり、繊細かつ確固とした倫理観の持ち主である。うまくいけば、ハックも大人になってこういう男になるかもしれない。だが、今のハックは無知で、偏見に満ち、善と悪の違いもわからない子どもである(ただし、一度だけ、ほんとうに重大な局面に立たされたとき、ハックは善を言い当てるのだが)。子どもであるハックの声とマーク・トウェインの沈黙の間にある緊張こそ、この本の持つ力の主たる源泉である。わたしたちが――成熟してこうした読み方ができるようになり次第――理解しなければならないのは、この本がほんとうに言いたいことはこの沈黙のなかにあるということだ。

ところで、トム・ソーヤーは大人になって何になるのだろうか。よくて頭のいい起業家、悪ければいかさま師である。トムの想像力には倫理観がもたらす重みがまったくない。『ハックルベリ・フィンの冒険』の最後の数章は、人をいいように操る無神経なトムの想像力が主導権を握り、ハックとジムばかりか物語そのものをもコントロールするようになるたびに、退屈で不快なものになる。

トニ・モリソンが明らかにした[32]のは、トムがジムを閉じこめる牢屋と、ジムのために思いつく責め苦、そしてよくないことと知りながらハックがしてしまう共謀こそ、再建法[33]の時代に奴隷解放宣言に対して行われた裏切りを表わしているということだった。この時代に、解放奴隷たちは自分たちにはまったく自由がないことを知り、白人たちは黒人を劣った存在と考えることに慣れきっていたため、共謀して悪を定着させずにはいられなかったのである。このような見方をすれば、あの長い、苦痛でしかない結末にも納得がいくし、『ハックルベリ・フィンの冒険』という本が倫理的に一つのまとまりをなす。しかし、こうした書き方には、倫理的にも、審美的にもリスクがともなうし、実際部分的にしか成功していない。これはおそらくマーク・トウェインがトムに肩入れしすぎたためである。マーク・トウェインは、人をいいように操る、利口ぶった一発屋（トムばかりでなく、王様と公爵もそうだ）の話を書くのが大好きで、このためハックとジム、そしてわたしたち読者はみな腰を下ろして、彼らが見せびらかす二流の芝居の観客とならなければならなくなるのだ。マーク・トウェインは、ハックを愛しながら、彼との距離を完璧に保ち、そのやさしいアイロニーを一度も破綻《はたん》させたことはなかった。しかし、最後に苦い結末をもたらそうとプロットを一ひねりするためにトムを必要としたマーク・トウェインは、トムを物語に引き入れ、甘やかし、彼との間の距離をなくし――その結果、作品はバランスを失ったのである。

作者は否定しようとするかもしれないが、作者の視野は登場人物の視野より広く、登場人物の持たない知識を含んでいる。これが意味するのは、作者の知識の中にしか存在しない登場人物を、わたしたちは、実在の人物とは違った仕方で、もっと深く、多面的に知りうるということである。このような洞察は、わたしたち自身の人生に関して、数々の洞察と不滅の真実を明らかにしてくれる。

作者と登場人物を融合させる――登場人物のふるまいを、作者がしてよろしいと認めるものだけに限り、あるいは登場人物が作者の意見以外の意見を持てないように制限する――のは、このような新たな啓示をもたらすチャンスを失うことなのだ。

作者の書き方のトーンは登場人物を冷たく突き放すかもしれないし、彼らに対して強い思い入れを示すかもしれない。客観的かもしれないし、批判的かもしれない。作者と登場人物の視点の違いは、明白なときも、隠蔽《いんぺい》されているときもあるだろうが、そこには違いがなければならない。その違いがつくりだす空間に、発見が、変化が、学習が、行動が、悲劇が、成就が起こる——物語が成立するのである。

自問されることのない思いこみ

一九九〇年代に行ったワークショップや作家対象の講演のためのメモを、本書のためにまとめたもの。

「偽善的な読者よ、わが同類、わが兄弟……(34)」そしてわが姉妹よ……

このエッセイは、長年にわたって物語を――ワークショップ中に読むことになる原稿や出版された本を――読んできて感じた不満をつづったものだ。この不満とは、物語が読者であるわたしを、わたしの属していない、属したくもない集団に含めてしまうというものである。

あなたはわたしそっくりなんだよ、あなたはわれわれの一員なんだ、と作家はわたしに言う。これに対してわたしは、違う！　となりたくなる。あなたは、わたしがどんな人間か知らないじゃないの！

わたしたち、フィクション作家は、誰がわたしたちの作品を読むのか知らない。自分の作品の読者について、だいたいこうだろうと想定できるのは、大学生の同人誌や、特別の宗教的あるいは商業的背景のある雑誌のような、限定された読者層に向けて出版するものを書いている場合か、摂政時代を舞台にしたロマンス物のような、厳密にコード化されたジャンルの作品を書いている場合だけである。[35]こうした場合でさえ、読者が何についても——人種、セックス、宗教、政治、若さ、老齢、牡蠣《かき》、犬、汚物、モーツァルトなど、ほんとうに何についても——自分と同じように考えると思いこむのは賢明ではない。

自問することなく思いこんでしまうこと、わたしたちはみな同じような考え方をすると考える間違いは、少数集団あるいは抑圧された社会集団に属する作家には比較的少ない。この種の作家たちは、「わたしたち」と「彼ら」の間にある違いを非常にはっきりと意識しているからである。「わたしたち」と「あらゆる人」の混同は、社会において一つかそれ以上の特権的ないし支配的な集団に属している人たち、あるいは、大学とか、白人系のアメリカ人ばかりが住んでいる地域とか、新聞の編集局のような、孤立した、言い換えれば保護された社会環境にいる人たちがもっとも犯しやすい間違いである。

前提——あらゆる人がわたしそっくりで、わたしたちはみな同じような考え方をする。

論理的帰結——わたしのような考え方をしない人はどうでもよい。

いわゆる「政治的公正《ポリティカル・コレクトネス》」現象——こいつはやたらに弱者に情け深いリベラリスト

の陰謀で、おれたち普通の人間が、持って回った言い方をせずに、当たり前の普通の気取らない素朴な話し方をするのをじゃましようとするんだ——は、この論理的帰結が一種の信仰箇条《かじょう》として、さまざまな頑迷《がんめい》さを弁護するために、いろいろなところで持ち出されるさまを露《あらわ》に示している。

傲慢《ごうまん》はたいてい無知がもたらすものだ。悪気がないこともありうる。子どもが、他の人の考え方や感じ方について知らないことは許されていいが、その無知は正されなければいけない。地理的に、あるいは貧困によって孤立した共同体に暮らす多くの大人は、自分たち自身のような人間、つまり自分たち自身の共同体、宗旨、価値観、思いこみ、などなどを持つ人間にしか出会ってこなかった。

しかし、この時代に、自分の作品中の偏見や頑迷さを弁護して、知らなかったからとか、悪気はなかったと正当に主張できる作家はいない。

人はどうやって、自分以外の人たちの考えや感情を知るのだろうか。答えは、経験によって、である。そう、一方、フィクション作家はその経験の大半を自分たちの想像力を通して獲得し、扱い、この同じチャンネルのみを通じて読者に伝えるのだ。考え方や感じ方は人によってとてつもなく違うという知識は、どんなに孤立していようと、保護されていようと、本を読む人間なら誰にでも与えられている。そして、本を読まないというのは作家として許されないことだ。

人はそれぞれ違うということは、テレビを見ていてさえわかる。いつもわかるわけではないけれども。

これから、自問されることのない思いこみのうち、よく見られる四つの変種について述べ、五つめのものについてはより詳しく考えてみようと思う。

1　わたしたちはみな男である

この思いこみはフィクションのなかにありとあらゆる形で出てくる。例えば、男のすることこそ普遍的な興味関心の対象で、女のすることは些細な、どうでもいいことであり、したがって物語のなかでは、男たちに焦点が当てられるべきで、女たちは周縁的な存在だという信念。一冊の本の中身全部がこの信念を支えていることもある。あるいは、女たちは男と関わりを持つ場面でのみ観察の対象となり、女たちの会話が男と関わりを持つもののみ読者に報告されるということ。性的魅力のある若い女性の肉体と顔が鮮やかに描写され、男たちや年配の女性のそれは描写されないこと。女を貶《おとし》めるような陳述を読者が歓迎するだろうという前提。「彼《ヒー》」という代名詞が男女両方のジェンダーを表わすという不当な主張、などなど。

この思いこみは、文学の世界で、かなり最近までほとんど疑問を突きつけられることなく通用してきた。そして今もって、反動的で女性嫌悪症の作家や批評家によって、猛烈な勢いで正当性を主張されている。そしてこの思いこみを問題視してしまったら、悪気なくこれを受け入れていた偉大な作家たちの権威を問題視することになる、と感じる人たちが、いまだにこれを弁護している。偉大な作家たちを守るこんな防衛的態度は不必要だと言うことさえ、もう不必要であってしかるべきだ。しかしながら、男を食いつくし、ブラジャーを焼き捨てる過激なフェミニストの大群が、シェイクスピアの権威を貶め、メルヴィルを悪鬼扱いするということのないように、『ニューヨーク・タイムズ』紙や多くのアカデミックな要塞《ようさい》と堡塁《ほうるい》は、頑としてわたしたちを守っているのである。いったいいつになったら、この勇敢な防衛隊は、フェミニズム批評が、これらの作家の読みを途方もなく豊かなものにしたことに気づくのだろうか。それは闇と否定しかなかった領域に、文化相対主義と歴史意識という穏健で誠実な明かりを点《とも》し、啓蒙をもたらしたというのに。

2　わたしたちはみな白人である

この思いこみが多くのフィクションの背後に潜んでいることは、作者が白人以外の登場人物の場合だけ、肌の色について述べることによって、うんざりするほど始終示されている。これはまちがいなく、白いのがノーマルで、それ以外はノーマルでないということを暗示するものだ。それ以外は他者だ、ということ。わたしたちとは違う、ということだ。

女性嫌悪と同様に、むき出しの人種的軽蔑と憎悪の表現は、しばしばすさまじい残忍さと独善性を伴うのだが、古い時代のフィクションには実によく出てきて、逃れようがないほどである。こういう作品の場合、読者は——またしても——歴史意識を援用して初めてこれを扱うことができる。ただし、歴史意識は古い作品を寛大に扱うよう要請しはするが、それが許しにつながるかどうかは場合による。

3　わたしたちはみな異性愛者である

「もちろん」。物語に登場する性的魅力、性的行為はすべて異性愛的なものである——もちろん。自問されることのないこの思いこみは、今日でさえ、たいていのナイーブなフィクションにあてはまる。そのナイーブさは故意のものかもしれないし、そうでないかもしれないが。

異性愛が支配的な派閥であることが、いわば読者の脇腹をつついてニヤニヤ笑いを浮かべる、という形で表わされることもある。「ホモ」や「レズ」は類型的にしかも蔑《さげす》んだ仕方で描かれ、作者は読者に対し、言葉で目配せを送り、程度の差はあれ、憎しみのこもった笑いを引き出そうとするのである。

4　わたしたちはみなキリスト教徒である

キリスト教が人類に普遍的な宗教ではないことに気づいていない作家や、それが人類にとって唯一正しい宗教であると信じている作家は、キリスト教的なイメージや言葉遣い(処女なる聖母、罪、救い、など)に対し、読者が自動的に、そして適切な反応を示すことを当然のように期待しがちである。こうした作家たちは十字架にただ乗りするのだ。一五世紀のヨーロッパであれば、この思いこみも許されるものだった。現代小説の場合、最大限譲歩しても、賢明とは言えない。

こうした作家たちのなかでも特にばかげたミニ派閥を形成しているのが、一部のカトリックあるいは元カトリックの作家で、彼らは読者が全員カトリック系の学校の出身で、そのため、何らかの意味で修道女に関する強迫観念にとらわれていると信じこんでいる。

こういう人たちよりはるかに恐いのが、キリスト教世界の外には精神性や道徳がいっさい存在しないという自分たちの確信を、非キリスト教徒の登場人物の描写を通じて堂々と示している作家たちである。時たま現れる善良なユダヤ人や、正直な異教徒には特別な恩寵《おんちょう》が与えられるが、それはその個人をキリスト教の排他的な集団に含めることでしかない。一神教的頑迷さにはあきれるばかりである。

自分たちを普遍的だと思いこんでいる第5のグループは、特別念入りに検討する必要がある。なぜなら、フィクションという文脈で話題にされることがあまりないからだ。わたしたちはみな若い、という思いこみは複雑なものである。年齢に関するわたしたちの経験は、わたしたちが年齢を重ねるにつれて変化していく——常に変化しつづけるのだ。そして年齢に対する偏見は、低いほうにも高いほうにもある。ある人たちは生涯を通じてずっと、その時その時の自分の年齢集団を支配的なものと考えつづける。こういう人たちは、若い時は三〇歳以上のあらゆる人間を軽蔑し、中年になると若者と老人を相手にせず、年をとってからは年下の世代を憎むのだ。八〇年間偏見とともに生きるわけだ。

男性、白人、異性愛者、キリスト教徒は、アメリカ社会では特権的な集団である。彼らには権力がある。若者は権力を持つ集団ではない。しかし、大学、ファッション、映画、ポップス、スポーツ、さらにあれほどたくさんの規範をわたしたちに押しつける広告業界では特権的な、あるいは支配的な集団なのだ。今の傾向は、若者を尊敬することなく彼らにへつらい、老人を軽蔑しながら老年期を甘ったるく感傷的に見る、というものだ。

そのうえ、若者と老人の両方を隔離する。ほとんどの社会的な場面で、また教育現場を含む職場で、保育士や教師という少数の例外を除いた大人たちは、子どもから隔離されている。若者の興味関心と大人の興味関心はまったく違うものとされているのだ。両者が出会う領域は「家族」以外残されていないが、政治家や説教者や評論家が「家族」という言葉を絶えず口にするにもかかわらず、家族がどのように構成されているか見ようとする人はほとんどいないようだ。現代の家族の多くは、一人の大人と一人の子どもという、最小限にも満たない社会集団によって構成されており、この集団内には一世代分の年齢差しかない。離婚と再婚によって、半分散型の大きな家族ができることはあるが、どれほどたくさんの親や、義理の親や、義理の兄弟姉妹をもつ子どもでも、五〇歳以上の人間を一人も知らないことがよくあるのである。多くの高齢者は、自らの選択によって、あるいは否応《いやおう》なしに、まったく子どもたちと接触を持たない。

このように年齢という境界によって奇妙に社会がゆがめられ、人々が隔離されることが、どうして作家たちを誘導して、それが唯一の視点であるかのように若者の視点から物語を書くようにさせるのか、わたしにはわからない。しかし、非常に多くの作家が若者の視点から書いている。この場合の自問されることのない思いこみは、すべての読者は若い、あるいは自分を若者と同一視することができる、というものである。若者はわたしたちなのだ。老人は彼ら、部外者である。

たしかに、すべての大人はかつては子どもだったし、思春期の若者だった。覚えがある、というわけだ。わたしたちもあの経験を共有したのだ。

だが、わたしたちは今そこにいるわけではない。大人のためのフィクションの読者のほとんどは大人である。

非常に多くの読者は親であったり、何らかの仕方で親としての責任を引き受けたりしている。これが意味するのは、彼ら読者は自分を若者と同一視することができるかもしれないけれども、その同一視は単純なものではないということだ。それは非常に複雑なものだ。それは帰属意識ではない。さりとて、ただの思い出でもない。子どもや若い人たちに対する社会的ないし個人的責任を引き受けている大人、しかも自分自身にも若い時があったことを否定する必要のない大人は、一つではなく、二重ないし多重の視点を持っているのである。

子どもや思春期の若者の視点から書くのは、子ども向けあるいは若者《ヤングアダルト》向けに書かれた本ではもちろん自然なことだ。大人向けに書かれた本でも、こうした視点から書くことは効果的で、しばしば非常に強力な文学的道具立てである。それは単にもう一度若くなりたいというノスタルジックな願望充足である場合もある。しかし、無邪気な視点というのは本来的にアイロニックなものであり、老練な作家の手にかかれば、大人ならではの二重のまなざしを特別の繊細さで暗示しうる。しかし、最近の大人向けのフィクションの多くで、子どものまなざしはアイロニカルに使われるのでもなければ、複雑さを増すために使われるのでもなく、隠然とあるいは公然と、それ自体が大人のまなざしの持つ奥深さ以上の価値を持つものとされる。これは復讐がこめられたノスタルジアである。

こうした本では大人と子どもが絶対的に分離され、この分離に基づいて判断が下される。大人は、子どもや若者よりも人間性において劣った存在として了解され、読者はこの了解を受け入れることを期待される。両親、あるいはどんなものであれ権威を持つ人物は、共感も理解もなしに、自動的に敵として描かれ、好き勝手に絶大な権力を行使する存在とされる。例外のない規則はないということで、何人か、何でも理解してくれる聖人のような人物が登場する場合もあるが、それは力を持たない老人や、もう一つの(この言葉に注意)種族のもつ原始的な知恵を豊富にそなえた祖父母的人物である。感傷性が、過度の単純化を甘やかし、野放しにする。

支配階級の今は亡き白人男性がかつて言ったように、権力は腐敗する。(36)大人は子どもより多くの権力を持つのだから、それに応じて大人は議論の余地なく腐敗しているのであり、子どもは少なくとも比較的無垢《むく》ではある。だが、無垢は人が人間であるための条件ではない。無垢はわたしたちが動物と共有する属性なのだ。

たしかに大人が子どもに対し、絶対的な力を持ち、子どもを虐待することはありうる。しかし、虐待が正直かつ正当に描写されても、作家の視点が子どもっぽかったり、幼児的だったりすると、その描写は弱々しいものになる。大人を万能と見てしまう幼児的な視点を受け入れようとするなら、読者は苦労の末に得た知識を捨てなければならない。ほとんどの大人は実際にはほとんどいかなる力も持っていないという知識を。

前のエッセイで、フィクション中の登場人物に関して引いた二冊の本を、ここでも例として使うことにしよう。『デイヴィッド・コパフィールド』と『ハックルベリ・フィンの冒険』である。

わたしたち読者は、義理の父親の残酷さを見る幼いデイヴィッドの知覚のなかに閉じ込められ、それを共有する。しかし、ディケンズの小説は、嫉妬深く、憎しみに満ちた大人たちに虐待される子どもの話ではない。それは子どもが成長し、一人前の男に、完全な人間になるまでを描いた話である。デイヴィッドの犯す間違いはすべて、同じ間違いのくり返し——子どもらしく、偽《にせ》の権威を本物と見間違え、その結果、常に身近にあった真の助けの価値を認めそこなうというものである。本の結末までに、デイヴィッドは自分を縛って無力にしていた幼児的な神話を振り捨てている。

子どもの頃のディケンズは、いろいろな点でデイヴィッドそのものだったが、小説家ディケンズは自分自身を子どもの頃の自分と混同しはしない。苦労の末に手に入れた複雑なまなざしをしっかり保っているのである。それゆえ『デイヴィッド・コパフィールド』は、恐ろしいほど正確に子どもたちの苦しみを理解していながら、大人のための本なのだ。

J・D・サリンジャーの『ライ麦畑でつかまえて』と比較してみよう。この作品の作者は、大人を、非人間的なほど強い力を持ち、他人を理解しようとしない存在として見る子どもっぽいまなざしを採用し、決してその先にあるものを見ようとしない。だからこの小説は、大人のための本として出版されたが、十歳ぐらいの子どもたちにより高く評価されるのである。

子どもっぽい視点と子どもの視点とは必ずしも同じではない。『トム・ソーヤーの冒険』はかなりの部分、両者が混じりあっていて不安定だが、『ハックルベリ・フィンの冒険』のほうは、少年の声で語られているにもかかわらず、少しも子どもっぽいところのない作品である。ハックの限られた語彙《ごい》、知覚、思考、そして無知、誤解、偏見の背後に、安定し、透徹した、作者のアイロニックな知性があり、この知性を通してわたしたちはハックの倫理的ジレンマを理解する。ハック自身はこれを理解するのに大変苦労するのだが。

ちょうどハックぐらいの年にこの本を読んだわたしにも、このジレンマは理解できた。

一八歳以下の人間に可能な範囲でアイロニーを理解したからだ。このため、わたしは作中の言葉遣いや出来事にショックを受けたときでさえ、理解しながら読みすすめていくことができたのだ――少年たちが、トムの主張により、ジムを牢屋に閉じ込め、苦痛を与えるあのエピソードに突き当たるまで。これを読んだとき、わたしは、自分が好きになっていた黒人が、白人の子どもたちのなすがままにされて何もできず、彼の恐怖と悲しみと忍耐が無視され、貶《おとし》められるさまを見て、トウェイン自身がこの邪悪なゲームに参加したのだと考えた。トウェインがこれを是認したと思ったのだ。わたしはトウェインが、再建法時代の残酷な猿芝居を風刺していることを理解していなかった。この歴史的知識を欠いていたため、トウェインのしていることが理解できなかったのである。トウェインはわたしをジムと同じ人類に含めることで、わたしに名誉を与えてくれていたのだ。

『ハックルベリ・フィンの冒険』の全編を通じて、少年の自問されない思いこみ(これは少年の属する社会の思いこみなのだが)は、作者の確信と知覚(これは少年の属する社会のそれとしばしば正反対である)と、故意に、衝撃的な仕方でぶつかりあう。『ハックルベリ・フィンの冒険』は底知れぬ複雑さをもった、危険な本である。文学を安全なものにしておきたい人たちは、この危険な本を決して許さないだろう。

自問されることのない思いこみのそれぞれに対して、逆の設定をすることができる。思いこみを裏返すわけである。これをフィクションとして書けば、男が女の性的対象としてのみ登場したり、同性愛が社会的規範だったり、白人が出てくるたびにその白い肌のことが触れられたり、無神論者のアナーキストだけが倫理的に行動したり、子どもたちの嵩《かさ》にかかったいじめに対して大人たちが空しく抵抗したりする物語が生まれるだろう。このような本は、わたしの経験では、めったにない。ＳＦのジャンルにならないことはない。

一方で、こうした思いこみに疑問を呈してみる、あるいはこれを無視するリアリズム作品にはこと欠かない。たしかに、男同様に女が人類を代表するという想定の小説はある。ゲイの人たち、有色人種、非キリスト教徒が、異性愛者、白人、キリスト教徒同様に人類を代表することを想定している小説もある。そして大人の、あるいは親の視点が子どもっぽい視点同様重要だと想定する小説も。

「政治的公正《ポリティカル・コレクトネス》」というのは、頑迷さを拒絶する試みをすべてリベラリズムの陰謀と見なす人たちが好んで使う言い方だが、この汚名《おめい》がこうした本に着せられるかもしれない。女やゲイ、有色人種、非キリスト教徒を描いた本はしばしば出版社や書評家によって、ゲットーに囲い込まれ、「一般向け」のフィクションから隔離される。もし、小説が男たちのすることを中心に描いていたり、主要登場人物が男性で、白人で、異性愛者で、かつ／あるいは若ければ、彼らがある集団の一員だということについて何も言われず、物語は「一般向け」と想定される。主要登場人物が女性か、黒人か、ゲイか、老人であれば、書評家たちはその本がその集団「について」の本だと言いがちで、好意的な書評家でさえ、その本が、主にその集団にとって、あるいはその集団だけにとって、おもしろいものだと思いこむのである。こうして、批評業界と出版社の宣伝および販売戦略の両方が、偏見に対し、巨大な権威を付与するわけだ。

作家は、反動的な批評業界と意気地のない市場の両方に反抗しようとはしないかもしれない。「わたしはただ自分の知っている人たちについての小説を書きたいだけだ！」「わたしはただ自分の本が売れるようにしたいんだ！」それはそれで結構だ。しかし、何がノーマルかについての、自問されることのない思いこみという形で偏見が隠蔽《いんぺい》されているとき、安全を手に入れるためだからといって、どこまでこの偏見と共謀しなければならないのだろうか。

たしかに、危険は現実のものだ。もう一度マーク・トウェインに目を向けてみよう。『ハックルベリ・フィンの冒険』はいまだに評判が悪く、書架から追放され、検閲を受けているが、それは登場人物が「黒んぼ《ニガー》」という言葉を使うことと、人種に関わるその他の理由のせいである。平等の名のもとに、この作品がこんなふうに中傷されることを許す人たちのなかには、一〇代の若者には歴史的文脈を理解することができないと考える人や、善とは何かを教えるためには悪に関する知識を抑圧する必要があると信じている人、複雑な倫理的目的を理解することを拒絶する人、世俗的な文学を倫理的、社会的教育の道具として使うことを恐れたり、使えないと考える人などが含まれる。危険な本は常に、自分たちの思いこみを問い直せという要求に脅威を感じる人々からの危険にさらされているのだ。こうした人たちは、むしろ思いこみを死守して、本のほうを追放したいのである。

　安全を求めるなら、支配的な集団が気に入るような本を書くことだ。わたしたちはみんながみんな勇敢なわけではないのだから。ただ、自分の個人的な意見や帰属意識の普遍的妥当性を問い直すのが難しいと思う作家たちにわたしが考えてもらいたいのは次のことである。わたしたちが――ジェンダーによって、性的嗜好《しこう》によって、人種によって、宗教によって、年齢によって――所属するすべての集団は内集団であって、その周辺には広大な外集団があり、この外集団に属する人たちはわたしたちのすぐ隣にも、世界中の各地にもいて、人類に未来がある限り、その未来にまでずっと生き続けていく。この外集団は、他の人たちと呼ばれる。そしてわたしたちが本を書くのはこの人たちのためなのである。

わたしがいちばんよくきかれる質問

これは二〇〇〇年の一〇月に「ポートランド芸術と講義講座」で、二〇〇二年四月に「シアトル芸術と講義講座」で行った講演の原稿である。出版するにあたり、わずかに手を入れた。これまで出版されたことはなかったが、原稿の一部は単行本『スティアリング・ザ・クラフト』、それから他の箇所でわたしが「書くこと」について書いた文章のなかに入っている。講演した時のタイトルは「そのアイディアはどこからとったのですか？」だったが、以前に講演とエッセイを集めた本『夜の言葉』[37]を出版した時、同じタイトルの別のエッセイをそこに収録した(この質問にはたくさんの答え方がある)ので、今回新しいタイトルをつけた。

作家がいちばんよくきかれる質問は、「そのアイディアはどこからとったのですか？」です。ハーラン・エリスンは長年の間、自分の作品のアイディアはスケネクタディにある通信販売会社から送られてくるんだ、と答えつづけてきました。

「そのアイディアはどこからとったのですか？」ときく人のなかには、本当に知りたいのはスケネクタディにあるその会社のEメールアドレスだけ、という人もいます。

つまり、そういう人は作家になりたいのですが、それは作家というのは金持ちで有名人だと思いこんでいるから、そして作家には作家だけが知っている秘密があると思いこんでいるからで、この人たちはその秘密、つまりスケネクタディの会社の謎のアドレスさえ手に入れれば、スティーヴン・キングになれると思いこんでいるのです。

わたしの知っている作家というのは貧乏で、有名というよりは悪名高く、秘密を持っていたとしたら、それを口にせずにはいられない人たちです。作家は口数の多い人たちです。おしゃべりで、ぺらぺらぺらぺらしゃべりまくります。お互い同士、自分がどんな作品を書いていて、それがどんなに大変かグチってばかりいますし、創作ワークショップで講義をしたり、書くことについて本を書いたり、今わたしがしているように講演をしたりします。作家というのは何でもしゃべらなければ気がすまないのです。どこからアイディアをとってくるか、初心者に教えられるものなら、とっくに教えているでしょう。実際、しょっちゅう教えているのです。これを教えることで少しばかり金持ちになったり、有名になったりしている作家もいないことはありません。

このような作家入門本を書く人たちは、アイディアを探すことについてどんなことを書いているでしょうか。こういう作家は次のようなことを言います。会話に耳を傾けなさい。聞いたり読んだりした面白いことはメモを取っておくとよろしい、日記をつけなさい、ある人物を描写してみましょう、鏡台の引き出しを想像して、そのなかに何があるか描写しなさい——わかった、わかった、でもそれはみんな仕事でしょう？　だれだって仕事はできますよ。わたしは作家になりたいんだ。スケネクタディのアドレスはどこ？

あのね、書くことの秘訣は書くことにあります。これが秘密なのは、そのことに耳を貸したくない人たちにとってだけです。書くことによって人は作家になるのですから。

そういうわけで、どうしてわたしは、そのアイディアはどこからとったのですか？　などというばかげた質問に答えようとしたのでしょう。それは、質問のばかばかしさの背後に本当の質問、人々が本当に答えを欲している大きな質問があるからです。

芸術は技術です。すべての芸術は常に、本質的に技術の創りだした作品です。けれども、真の芸術作品には、技術の前、また後に、ある本質的で恒久的《こうきゅうてき》な存在の核があって、技術はこれに働きかけ、これを露《あらわ》にし、これを解放するのです。石のなかにひそんでいる像。芸術家はどうやって、それを見つけるのでしょう。どうやって、目に見える前にそれを見てとるのでしょう。これが本当の質問なのです。

わたしが気に入っている答えの一つはこうです。だれかがウィリー・ネルソンにどうやって歌を思いつくのかと訊いたとき、ネルソンは言いました。「空気中には歌がいっぱいあるから、おれはただ手を伸ばしてそれを摘みとるのさ」。

さて、これは秘密ではありません。これは甘美な謎です。しかも本物です。真の謎です。そういうことなのです。作家にとって、物語の語り手にとって、世界は物語でいっぱいで、そこに物語があるときには、あるのですから、ただ手を伸ばして摘みとればいいのです。

その後で、物語に自分を語り出させることができなければなりません。

まず、待つことができなければいけません。黙って耳を澄ますのです。黙って待って、耳を澄まします。歌を、ヴィジョンを、物語を求めて耳を澄ますのです。あわててとびついたり、押したりせず、ただ待って、耳を澄ませ、それが来たときにつかまえられるよう準備するのです。これは信じるという行為です。自分自身を信じ、世界を信じるのです。芸術家は言挙《ことあ》げします。世界はわたしが必要とするものをくれる、そしてわたしはそれを正しく使うことができる、と。

待ち受けること——何でもひったくろうとするのでなく、欲望に目をぎらつかせるのでもなく——待ち受けることが肝心です。つまり、聞こうとする、耳を傾けようとする、注意深く耳を傾けようとする意志、はっきり見ようとする、正確に見ようとする意志

――言葉を正しいものにしようとする意志が大事なのです。ほぼ正しいのではなく、百パーセント正しい言葉。このために練習が必要なのです。待ち受けることと、これが技術です。このためにヴィジョンから何かをつくりだす方法を知っていること、これ

――言葉を正しいものにしようとする意志が大事なのです。ほぼ正しいのではなく、百パーセント正しい言葉。ヴィジョンから何かをつくりだす方法を知っていること、これが技術です。このために練習が必要なのです。待ち受けることは、ただ漠然と何もしないでいることではないからです。作家たちが何もしないでいることが多いように見えるとしても。芸術家は絶えず自分の技術を磨くもので、書くという技術には待つことが多く含まれます。音階練習と運指法の練習、鉛筆によるスケッチ、そして未完の物語、没になった物語の数々……。練習をする芸術家は、練習と本番の違い、そして両者の間の本質的なつながりを知っています。一見したところむだに思われる何時間もの、何年もの練習のたまものが、忍耐心と待ち受ける力です。いい耳、鋭い目、巧みな手、豊かな語彙《ごい》と文法なのです。才能がどこから来るかはだれにもわかりませんが、技術は練習のもたらすものなのです。

こうした道具、こうした器具を持って、苦労して身につけた熟練、技巧を持って、芸術家は全力を尽くし、「アイディア」――歌、ヴィジョン、物語――が明確に、歪められずに姿を現すようにするのです。未熟さ、不器用さ、素人臭さとは無縁の姿で。慣習、流行、偏見に歪められることなく。

自分がつかまえたアイディアにきちんと対応すること、ヴィジョンの形を変え、言葉という媒体に合わせて整えること、これは芸術家が自分の仕事を真剣に考えていれば、

全身全霊をこめてなされるべき仕事です。わたしが世界中で一番やりたい仕事がこれであり、書くことについて話をするなら、わたしは技術について話したいし、技術についてなら、いくらでも楽しい話が続けられるでしょう。でもわたしは今、ヴィジョン、つまり自分の仕事の材料になるもの、「アイディア」がどこから来るかという話をしようとしています。そういうわけで、

空気中には歌がいっぱいある。
石の中には像がいっぱいある。
地上にはヴィジョンがいっぱいある。
世界には物語がいっぱいある。

芸術家として、わたしたちはそれを信じるのです。そうだということを信じるのです。わたしたちはそうだということを知っているのです。どんな経験でも、それが仕事のための材料を、「アイディア」を提供してくれることを知っています。(これ以降わたしは音楽や美術のことには触れず、物語を書くことについてだけお話しします。わたしが本当に何かを知っていると言えるのは物語を書くことについてだけですから。あらゆる芸術の根は一つだと考えてはいますけれども。)

さて、この「アイディア」ですが、この言葉は何を意味するのでしょう。「アイディア」は以下のことを短く言うための言い方です。すなわち、ある物語の材料、主題、被

写体、内容。その物語のテーマ。その物語の本質。

アイディアというのは、想像された内容を指すには奇妙な言葉です。想像された内容は抽象的ではなく、極度に具体的で、つまり理屈上のものではなく、形をとって現れるものなのですから。でも、アイディアというのがわたしたちに押しつけられている言葉なのです。そして、想像力が理性的な能力である以上、それはとんでもなく的外れというわけでもありません。

「あの物語のアイディアは、わたしが見た夢に基づいている……」「この一年、いい物語のアイディアが浮かばない……」「もう午前中も半ばを過ぎたというのに、わたしはここにこうしてすわり、アイディアもヴィジョンも頭にいっぱいつまっているのにそれを外に出すことができないわけ。正しいリズムがつかめないから……」

最後の文は一九二六年にヴァージニア・ウルフが書いたもので、友だちの作家にあてた手紙の一節です。今日のお話の最後にここへもう一度戻ってくるつもりです。というのは、ウルフがリズムについて述べていることは、芸術がどこから来るのかについて、これまでにわたしが考えたこと、読んだことのどれよりも深いものだからです。けれども、リズムの話をする前に、経験と想像力についてお話ししなければなりません。

作家たちはどこからアイディアを得るのでしょうか。経験からです。これははっきりしています。

そして想像力からです。これはそれほどはっきりしていません。フィクションは、想像力が経験を材料にして働く結果生まれます。わたしたちは心の中で経験を整えて、その形をすっきりさせ、意味が通るようにするのです。わたしたちはむりやり世界を首尾一貫したものにします——むりやり世界に物語を語らせるのです。

これをするのは作家だけではありません。わたしたちはみなこれをしています。いつも、絶えず、生き延びるためにこれをしているのです。世界を物語にできない人は発狂します。あるいは、乳児とか(おそらく)動物のように、歴史のない世界、今この瞬間以外の時間のない世界に生きることになるでしょう。

動物たちの心がどんなものかは、今のわたしたちにとって、大きな、神聖な謎です。わたしは動物たちが言葉を持っていると思っていますが、それは完全に嘘と無縁な言葉です。嘘をつくことのできる動物は、わたしたち人間だけのようです。わたしたちは考えることにより、現実とは違うこと、そうだったことが一度もないこと、あるいはこれまでそうではなかったけれども、そうなる可能性もあることを言うことができます。わたしたちは発明できます。仮定することができます。想像することができるのです。こうしたことすべてが記憶と混ざりあいます。そういうわけで、わたしたちだけが物語を語ることができるのです。

類人猿は記憶を持ち、経験から推量することができます。前にあのアリ塚に棒をつっこんだら、アリが棒を這いのぼってきた。だからもしこの棒をもう一度あのアリ塚につっこんだら、たぶんまたアリが棒を這いのぼってくるだろう。そしたらまた棒についたアリをなめることができる、ぺろり、おいしい！　けれども、わたしたち人間だけが想像して、物語を語ることができるのです。アリ塚に棒をつっこんだ類人猿が棒を引っこ抜いたら、棒には金粉がびっしりついていて、それを見ていた採掘者がいたものだから、一八七七年にローデシアで大変なゴールドラッシュが始まった、などなど。

この物語は本当の話ではありません。フィクションです。この物語の、現実との唯一の接点は、アリ塚に棒をつっこむ類人猿がいるという事実と、かつてローデシアと呼ばれた場所があったという事実です。でも、一八七七年にローデシアでゴールドラッシュは起こりませんでした。これはわたしのでっちあげです。わたしは人間ですから、嘘をつくのです。全人類は嘘つきです。これは本当です。信じていただかなくては。

〜

フィクションとは、想像力が経験を材料にして働くことです。わたしたちが自分の経験、記憶、けんめいに獲得した知識、歴史だと考えているものの多くは、実はフィクションなのです。でも、それは今置いておきましょう。今は本当のフィクション、つまり物語や小説のことをお話ししているのですから。物語や小説はみな、作家の経験した現実が想像力の作用を受け、想像力によって変えられ、濾過《ろか》され、ゆがめられ、明確化され、変形させられたものに由来しています。

「アイディア」は、世界から頭を経由してやってくるのです。

このプロセスでわたしが興味を感じる部分は、頭を経由するところ、素材に対する想像力の働きかけです。しかし、これは非常に多くの人たちがその正当性を認めようとしない部分でもあります。

わたしは何年も前に「アメリカ人はなぜ竜がこわいか？」というタイトルのエッセイを書きました。そのなかでわたしは、非常に多くのアメリカ人が、ファンタジーという名の、一見して想像力が生み出したとわかる種類のフィクションばかりでなく、あらゆるフィクションを疑い、軽蔑し、その際にしばしば自分たちの恐怖と軽蔑を経済あるいは宗教に基づく議論で合理化することについて語りました。彼らは、小説を読むことは貴重な時間をむだにすることであり、唯一の本当の本は聖書である、などと主張するのです。多くのアメリカ人は「想像力を抑圧し、なにか女々しい、子どもじみた、益のない、そしておそらくは罪なこととして拒絶することを学んできました。想像力をおそれるように、と教わってきたのです。それを訓練することを学ぶのではなしに。〔室住信子訳、『夜の言葉』、岩波現代文庫所収〕」とわたしは書きました。

わたしはこれを一九七四年に書きました。ミレニアムの年が来て、過ぎ去り、二一世紀になりましたが、わたしたちは相変わらず竜をこわがっています。

何かにおびえている時、人はその何かを貶めようとすることがあります。子ども扱いにするのです。ファンタジーは子ども向けのものだ――児童文学だ――まじめに相手になんかできないよ。けれども、ファンタジーはお金になるということも明らかになりました。このことに関しては真剣に考えないとね。だから〈ハリー・ポッター〉シリーズの最初の巻が大ヒットになった時――このシリーズは二つの非常によく知られた伝統的手法、つまりイギリスの学校物語と〈すばらしい才能を持った孤児〉のモチーフを合体させたものなのですが――、大勢の書評家がその独創性を絶賛したのです。これによって書評家たちは、この本が引いている伝統――学校物語という小さな伝統と、連綿と続いてきた大きな伝統――のどちらについてもまったく無知であることを露呈してしまいました。後者は『マハーバーラタ』と『ラーマーヤナ』、『千夜一夜物語』と『ベーオウルフ』に始まり、『西遊記』と中世のロマンスとルネッサンスの叙事詩、さらにルイス・キャロルとキップリングを経由して、トールキン、ボルヘス、カルヴィーノ、ラシュディーその他のわたしたち現代作家にいたる伝統、文学形式であり、これは「娯楽」「子どもたちに大受け」あるいは「まあ、何か読んでるってことが大事なんだから」などとかたづけることのできないものだというのに。

批評家と学者はこの四〇年間、英語で書かれた空想的フィクション中最大の作品（トールキン『指輪物語』）を埋没させようとつとめてきました。これを無視し、偉そうな態度をとり、大きな群れを作ってこれに背を向けました――恐かったからです。批評家と学者は竜が恐いのです。スマウグ恐怖症なのです。「ああ、あの恐ろしいオークたちよ！」[38]と彼らは震え声で言い、エドマンド・ウィルソンの後にぞろぞろとつき従います。トールキンを認めれば、ファンタジーが文学になりうることを認めなければならない、それゆえ、文学を定義しなおさなければならない、とそこまでわかっていて、あまりにも怠《たい》惰《だ》だからそれができないというわけ。

批評家や教師たちの大半が「文学」と呼ぶものは、いまだに近代主義リアリズムなのです。他のすべての形式のフィクションは――ウェスタン、ミステリー、ＳＦ、ファンタジー、ロマンス、歴史小説、地方小説など、なんであれ――「ジャンル小説」として片づけられてしまいます。ゲットーに送られるわけです。ゲットーが都市そのものより一〇倍以上大きくて、最近ではるかに活気があるからといって、それがなんだ？と。でも、マジック・リアリズムには批評家たちも悩んでいます。批評家たちの耳には聞こえているのです。ガブリエル・ガルシア＝マルケスが静かに静かに象牙の塔の土台をかじっている音が。頭のいかれたインディアンとインド人が『ニューヨーク・タイムズ・ブックレビュー』誌の屋根裏で踊りまくっている音が。でも、こういうものは全部ポストモダンだと言っておけば、どこかよそへ行ってくれるかもしれない、などと彼らは考えているのです。

リアリズムの作品が、そもそもの定義から、想像力の生み出した作品よりすぐれていると考えるのは、模倣が発明よりすぐれていると考えることです。だれもはっきりとは言わないけれども広く受け入れられている、この非常にピューリタン的な主張は、最近の回想録や私的なエッセイのブームと無関係ではないんじゃないか？　意地悪な気分になるとそんなふうに思ったりもします。

けれどもこのブームは純粋に人気の問題で、真に好き嫌いに基づいているわけで、学問的なランク付けの問題ではありませんでした。みんな本当に回想録や私的なエッセイを読みたいと思い、書く人もそれを書きたいと思うのですから。わたしはこのことに関しては自分が時代遅れなのかなと感じました。もちろんわたしも歴史や伝記は好きですよ。でも、一族や個人の回想が支配的な語りの形式らしい、ということになるとちょっと——わたしは自分の心の中に偏見があるのではないかと探してみて、今それを発見しました。わたしは模倣より発明が好きなのです。わたしは小説がともかく好き。でっちあげられた話が好きで好きでしかたがないのです。

わたしたちが、個人的経験から直接得られた物語を高く評価するのは、フィクションの中でリアリズムを高く評価することの論理的延長なのかもしれません。現実の経験の忠実な模倣がフィクションの最大の価値であるならば、どう逆立ちしてもフィクションより回想録のほうが価値が高いということになります。回想録の書き手の想像力は、確固たる事実に従属させられ、事実同士を美的につなげ、そこから倫理的あるいは知的教訓を引き出す役割を果たすわけですが、そこでは発明は禁じられているというのが共通の理解です。間違いなく感情がかき立てられる一方で、想像力の出番はほとんどないでしょう。この場合の報酬は発見ではなく、認識なのです。

真の認識は、たしかに真の報酬です。私的エッセイは、上品だし、難しい分野です。これを攻撃するつもりはありません。それなりの尊敬もすれば賛嘆もしています。でも、居心地がよくないのです。

わたしは私的エッセイの国で、絶えず竜を探してしまい、一匹も見つけられないのです。あるいは、見つかるのは変装した竜だけと言ったほうがいいかもしれません。

最近最も評判になった回想録のいくつかは、貧困のうちに成長した思い出をつづったものでした。絶望的な貧しさ、残酷な父親、無能な母親、虐待される子どもたち、苦しみ、恐怖、孤独……。でも、これはノンフィクション固有の領域でしょうか。貧困、残酷さ、無能、家庭崩壊、不正、堕落――これはまさに炉辺で語られる話、昔話、幽霊と墓のかなたまで続く復讐の物語の主題そのものです。そして『ジェーン・エア』、『嵐が丘』、『ハックルベリ・フィンの冒険』、『百年の孤独』の主題そのものでもあるのです。

わたしたちの経験の根底には闇があります。そしてわたしたちのすべての発明は、この闇から始まるのです。なかには、そこから炎となって飛びだしてくるものもあります。

想像力は、生の根底にある暗黒物質を変貌させることができます。多くの私的エッセイや自伝を読んでいて、わたしが足りないと感じだすもの、どうしても欲しいと思うものはこの変貌なのです。わたしたちが共有している、なじみ深い苦しみを認識するだけでは足りないのです。わたしは、これまで一度も見たことのないものを認識したいのです。そのヴィジョンが恐ろしい姿で、炎に――変身をもたらす想像力の火に――包まれながら自分に飛びかかってくるのを見たいのです。わたしは本物の竜が見たいのです。

経験はアイディアの源泉です。でも、物語は起こったことを映す鏡ではありません。フィクションは想像力によって変換され、変形され、変貌させられた経験なのです。真実は事実を含みますが、事実と共存することはできません。芸術における真実は模倣ではなく、転生なのです。

事実に基づいた歴史あるいは回想録が価値あるものになるためには、経験という素材が取捨選択され、うまく配置され、形を整えられなければなりません。小説ではこのプロセスがいっそう徹底的なものになります。素材は取捨選択され、形を整えられるだけでなく、融合され、堆肥《たいひ》をほどこされ、再結合、再加工、再配列され、生まれ変わり、同時に自分独自の姿、形を見つけだすことを許されるのですが、それは理性的な思考とは間接的にしかつながらないかもしれません。一から十まで純粋な発明のように見える結果になることもありえます。怪物の生《い》け贄《にえ》となって岩に鎖で縛りつけられる少女。狂気の船長と白い鯨。絶対的な力を与える指輪。竜。

でも、純粋な発明などというものはありません。すべては経験から出発するのです。発明は結合のしなおしなのです。わたしたちは手持ちの材料でしか仕事ができません。人間の心のなかには怪物や海の怪獣レヴィアタンやキマイラが住んでいます。彼らの存在は心的事実なのです。竜は、わたしたちに関する真実の一つです。わたしたちに関するその特別の真実を表現する方法は他にありません。竜の存在を否定する人たちは、しばしば竜に食われてしまいます。内側から。

わたしたちが想像力にたいして抱いている不信の念、すなわち想像力をコントロールし、制限したいというピューリタン的欲望は、最近新たな形で現れています。電子媒体によって、つまりテレビあるいはゲームやCD-ROMのようなメディアによって物語を語ろうとする試みです。

読むことは能動的な行為です。物語を読むことは、その物語に能動的に参加することです。読むことは物語を語ること、自分自身に物語を語り、物語を再び生きること、作者とともに物語を再び書くことです。一語一語、一文一文、一章一章……。証拠が欲しかったら、好きな物語を読んでいる八歳の子どもを観察してごらんなさい。その子は集中して、緊張して、獰猛《どうもう》と言ってもいいほど生き生きしているはずです。狩りをしている猫のように一心不乱に。物語を読んでいる子どもは、食事中の虎なのです。

読むというのは非常に神秘的な行為です。これまでに見ることが読むことの代わりをしたことは絶対に一度たりともありませんし、これからも、どんな種類にせよ、見ることは読むことに取って代わりはしないでしょう。見ることはまったく別な仕事で、その報酬も別の種類のものです。

読んでいる読者が本を作る、本を意味へと導くのです。恣意《しい》的なシンボル、印刷された文字を、内的な、私的な現実へと変換するのです。読むことは行為、創造的な行為です。見ることはこれに比べると受け身です。映画を見ている観客は映画を作りはしません。映画を見るというのは映画のなかに取り込まれること――そのなかに参入すること――映画の一部になることなのです。映画に吸収されるのです。読者は本を食べますが、観客は映画に食べられるのです。

これはすばらしい体験になりえます。いい映画に食べられること、目と耳に導かれて、その映画を見なければ決して知ることのなかった現実へと誘われることは、すばらしいことです。でも、受け身であることは傷つきやすさ、影響されやすさを意味します。そして、メディアによるストーリー・テリングの多くがつけ込むのはここなのです。

読むことは、テクストと読者の間の能動的なやりとりです。テクストは読者にコントロールされています——とばしたり、停滞したり、解釈したり、誤解したり、戻ったり、考え込んだり、ストーリーの流れに身を任せたり、それを拒んだり、判断したり、判断を修正したりと、読者は真にテクストと相互に作用《インタラクト》しあう時間と余裕を持っているのです。一冊の小説は、作家と読者との間の能動的で、同時進行的な共同作業なのです。

見ることは、これとは違うやりとりです。それは共同作業ではありません。観客あるいはゲームプレーヤーは、映画あるいはゲームに参加することに同意し、映画制作者あるいはプログラマーにコントロールを譲り渡します。心理的には、視聴覚的な語りの外側には、プログラムされているもの以外にまったく時間も空間も存在しません。観客あるいはゲームプレーヤーにとっては、スクリーンあるいはモニターが一時的に世界そのものになるのです。そこにはほとんど少しも遊びがなく、切れ目なく流れてくる情報とイメージをコントロールする方法はまったくありません——むろん、それを受け入れることを拒絶し、感情的にも知的にも自分をそこから切り離してしまえば、その限りではありませんが、それではそもそも本質的に無意味になるでしょう。あるいは、プログラムを中止することもできますが。

双方向的な視聴は大いに喧伝《けんでん》され、インタラクティブというのがプログラマーたちのお気に入りの言葉ですが、電子媒体はプログラマーにとってはゲームプレーヤーを自由にコントロールできる天国だし、ゲームプレーヤーや観客にとってはすべてをあなた任せにできる受動性の天国です。いわゆるインタラクティブなプログラムには、プログラマーが設定したもの以外何もありません。選択肢と言われているものは、プログラマーが選んだ副次的プログラムにつながっているだけで、脚注程度の選択肢——読むか読まないか——でしかないのです。ロール・プレーイング・ゲームの役割《ロール》は、固定した、慣習的なものです。ゲームのなかには性格を持った登場人物はいません。その代わりに登場人物の仮面があるだけです。（ティーンエージャーがロール・プレーイング・ゲームを好むのは、このためです。ティーンエージャーは仮面を必要としています。でも、彼らもいつかは仮面を外さなければなりません。個人になろうとするならば。）ハイパーテクストのおかげで物語作家は驚くべき複雑さを実現できるようになりました。けれどもこれまでのところ、ハイパーテクストを使ったフィクションは、ボルヘスの描いた枝分かれする小径でいっぱいの庭のように思われます。枝分かれした小径は、さらにまた枝分かれする小径につながっていき、フラクタル(39)のように魅惑的で、最終的には悪夢を思わせるものになります。観客やゲームプレーヤーがテクストをコントロールできるという意味でのインタラクティブも、観客が小説を書き直せると解釈されると、これまた悪夢の再現となります。『白鯨』の結末が気に入らなければ、変えることができます。ハッピーエンドにできるのです。エイハブ船長は鯨を殺します。やったぜ！

読者は鯨を殺せません。読者にできるのは小説を何度でも読み直し、なぜエイハブ船長が鯨との共同作業によって自分自身を殺すことになったかを理解することです。読者はテクストをコントロールするのではありません。読者は真にテクストと対話するのです。観客とゲームプレーヤーはプログラムにコントロールされるか、プログラムをコントロールしようとします。肝心な点がまったく違うのです。住んでいる宇宙が違うのです。

この講演の原稿を書いているとき、『星の王子さま』の3DアニメCD-ROMが発売になりました。広告にはこう書いてありました。「星の王子さまの物語だけでなく、さらに多くのものをお楽しみいただけます。例えば、星の王子さまの宇宙で、ぐるぐると軌道を描いて回っている惑星をつかまえて、この惑星の秘密と住人のすべてについて学ぶことができます」。

本では王子がいくつかの惑星を訪ね、とても興味深い住人たちに出会いますし、王子自身の小さな惑星にはとてつもない秘密――一本のバラ、王子が愛しているバラがあります。このCD-ROMを作った人たちは、サン＝テグジュペリの惑星では足りないとでも思ったのでしょうか。それとも芸術作品に無関係な情報を詰め込むことで、その作品が豊かになると確信しきっているのでしょうか。

ああ、でも、これだけではないのです。みなさんは「キツネを訓練するゲームに参加することができます。星の王子さまが出会うキツネを〈飼いならす〉ことができたら、キツネはみなさんにプレゼントをくれますよ」。

『星の王子さま』のキツネを覚えていますか。キツネは王子が自分を飼いならすように言い張ります。王子は理由をたずね、キツネは答えます。もし自分が飼いならされたら、自分はいつも麦畑が好きになるだろう、麦畑は王子の髪の色をしているから、と。王子はどうやってキツネを飼いならしたらいいのかと訊き、キツネは言います。とてもしんぼう強くしなければいけない、と。そして「ぼくからちょっと離れて草の上にすわるんだ。ぼくは君のことを横目で見るけど、君は何も言わない。言葉を使うことで、お互いを誤解することがあるからね。でも、君は毎日ちょっとずつぼくの近くにすわるようにする……」そしてそれは毎日同じ時刻でなければならない、と。というのは、そうすれば「何時になったらぼくの心が君を待ちうけていたらいいのか、わかるから。きちんとした手順を踏まなくちゃいけないんだ」、そうキツネは言うのです。

このようにしてキツネは飼いならされ、王子がキツネのもとを離れようとするとき、キツネは言います。「ああ、ぼく泣いちゃうよ」。そこで王子は悲しむのです。「飼いならされていいことなんて何にもなかったじゃないか」。でもキツネはこう言います。「いいことはあったよ。麦畑の色のことがあるんだから」。二人が別れるとき、キツネは言います。「君に秘密を一つプレゼントするね。……君にとって、あのバラが大切なのは、君がバラのために時間を費やしたからなんだよ。……いったん飼いならした相手には、いつまでだって責任があるんだ」。

CD-ROMを見ている子どもはキツネを飼いならします。つまり、餌皿《えざら》に固形の餌が出るまでボタンを押しつづける——おっと、失礼、これはラットの実験でした——のではなくて、プログラムのなかから「正しい」選択肢を選ぶのです。キツネを飼いならすことができました、と告げられるまで。どうもこれは、本に書いてあることを想像する——毎日同じ時刻に戻ってきて、キツネがこっちを横目で見ている間、静かにすわっている自分を想像する——のとは違うように思われます。何か本質的なものがショートカットされています。偽物《にせもの》にすりかえられたのです。CD-ROMのなかでもらえるキツネの「プレゼント」は何だと思いますか？　それが何かわたしは知りませんが、たとえそれがエメラルドのついた純金の指輪だったとしても、本に出てくるキツネのプレゼントには勝てないでしょう。それはほんの一行ほどの言葉でした——「いったん飼いならした相手には、いつまでだって責任があるんだ」。

『星の王子さま』が読者にくれるプレゼントは、本それ自体です。チャーミングな物語と数葉のチャーミングな挿絵、そして恐れ、悲しみ、やさしさ、喪失に出会うチャンス。それ以外、何一つ読者に提供しません。

だからこそ、戦争のさなかに、その戦争で命を落とすことになる人間によって書かれたこの物語は、子どもにも大人にも、文芸批評家にさえあがめられているのです。たぶんCD‐ROMも見かけほどひどいものではないのでしょう。でも、これはどうしても、搾取《さくしゅ》目的の活動、本物のキツネのように、野生のままにしておかなければならない何かをむりやり飼いならそうとする試みのように見えてしまいます。そして何かとは、この場合、芸術家の想像力なのです。

アントワーヌ・ド・サン゠テグジュペリは実際、一九三〇年代に一度、砂漠に不時着して、死にかけたことがありました。これは事実です。そこで、他の惑星から来た小さな王子に出会いはしませんでした。サン゠テグジュペリは恐怖、渇き、絶望、そして救いを体験しました。そして、事実に基づいた見事な体験談を『風と砂と星と』〔『人間の土地』で書いています。けれども、もっと後になって、この体験は堆肥をほどこされ、形を変えられ、変化して、小さな王子をめぐる幻想的な物語になったのです。想像力が経験に働きかけます。発明は開花します。バラのように、現実という砂漠の砂のなかから咲き出るのです。

芸術の源泉について、アイディアがどこから来るかを考えるとき、わたしたちはしばしば経験に重きを置きすぎます。熱心な伝記作家はよく、小説家が物事をでっちあげることを見落としてしまいます。作家の作品のなかのあらゆる要素が直接何かに基づいていると考え、それを探し求めるのです。小説の登場人物が全員、作家の知っている人物をモデルにしているかのように、またプロットの動きが全部、具体的な現実の出来事を反映しているかのように。この原理主義的な態度は、想像力のもつ途方もない再結合能力を無視して、経験が物語になるまでの長く、わかりにくいプロセスをショートカットしてしまうのです。

作家になりたい人たちはいつもわたしに、経験を積んだら書きはじめる、と言います。わたしもふだんは口をつぐんでいるのですが、時々我慢できなくなって、ああ、ジェーン・オースティンとか、ブロンテ姉妹みたいに？ と言ってしまいます。あの女性たちは、コンゴで港湾労働者をしたり、リオで麻薬をやったり、キリマンジャロでライオン狩りをしたり、ソーホー地区でセックスをしたり、その他作家がしなければならない

――いや、一部の作家がしなければならない、苦難に満ちた冒険だらけの、荒あらしく、常軌を逸した生活を送ったんですものね？

ごく若い作家たちはふつう、比較的経験に乏しいため、実際にハンディを背負っています。彼らの経験がフィクションになりうるようなものだったとしても――実際、作家の生涯を通じて想像力の源となるのは、まさに子ども時代と思春期の経験だということは多いのですが――若い作家にはコ、ン、テ、ク、ス、トが不足しています。自分の経験を比較対照する相手を十分に持っていないのです。彼らは、他の人たちが存在するということ、同じような経験や全然違う経験をしてきた人たちがいるということ、自分たちもこれから別の経験をするだろうということを学ぶ時間がまだないのです。幅広い比較ができるかどうか、感情移入を可能にするような知識の貯えがあるかどうかが、小説家にとっては決定的であるというわけは結局、小説家は一つの世界をまるごとでっちあげるからです。

そういうわけで、作家の修業時代は長くなります。三〇歳ぐらいになるまで、作家と呼ぶに値する人はほとんどいません。人生経験が足りないからではなく、作家の想像力が人生経験にコンテクストを与え、堆肥をほどこすための時間、自分のしたこと、感じたことを加工して、自分の経験の価値はそれが人間というものの置かれている状況を共有しているところにあるのだと認識する時間がまだ十分でないからなのです。自伝的な作家の第一作は自己中心的で、自己憐憫《れんびん》に満ちていることが多く、しばしばその想像力は貧しいものです。

でも、多くのファンタジー、いわゆる想像力の生み出したフィクション作品も、同じ想像力の貧困に苦しんでいます。作家たちは実際に自分の想像力を使うことをせず、何もでっちあげないで、ただ願望充足のゲームの中で元型《アーキタイプ》をあちこち動かしてみただけなのです。売り物になるゲームの中で。

ファンタジーの分野では、フィクションの虚構性、発明、言うなれば竜が、しっかり表面に出ているせいで、物語が経験とまったく無関係であると人は思い込みがちです。ファンタジーの中のすべては作家が望む通りになりうる、従わなければならない規則はなく、すべてのカードがジョーカーなのだ、と。ファンタジーに出てくるアイディアは全部単なる願望充足——そうじゃないの？　いいえ、残念。違います。

物語がありふれた経験やみなの知っている現実から遠ざかれば遠ざかるほど、願望充足は難しくなります。物語の本質的なアイディアはよけいに、ありふれた経験やみなの知っている現実に基づかなければならなくなるのです。

シリアスなファンタジーが分け入る心のなかの領域は、非常に奇妙な土地です。それは危険地帯であり、賢明な心理学者たちが慎重に足を踏み入れる場所です。そのせいで、この種のファンタジーはふつう人間性については保守的かつ現実主義的です。そのモードはふつう悲劇的ではなく、喜劇的なもの——つまり、多少なりともハッピーエンドになるのですが、悲劇の主人公が自分自身のせいで悲劇に巻き込まれるように、ファンタジーの幸福な結末は主人公がそのふるまいによって獲得するものなのです。シリアスなファンタジーは読者を想像力の創りだした無謀な旅へと誘います。不可思議な驚異に満ち、生命の危険にさらされる旅ですが、旅のあいだ中ファンタジーはありふれた、日々の生活につきものの、現実的な倫理性に支えられているのです。寛大さ、信頼性、同情、勇気などの道徳的性質は、ファンタジーの中でほとんどその価値を疑われることがありません。こうした性質は当然の前提として受け入れられ、また試されます——しばしば限界まで、いえ限界以上にまで。

本のカバーに宣伝文を書く人たちは、ファンタジーというと、一つ覚えのように「善と悪の戦い」と書きたがります。このフレーズがシリアスなファンタジーにあてはまるのは、それがソルジェニーツィンの言うような意味で使われる場合だけです。「善と悪を隔てる境界線は、すべての人間の心をまっすぐに貫くように引かれている」(『収容所群島』)。シリアスなファンタジーにおいて、真の戦いは倫理的なもの、内面的なものです。ポゴ〔アメリカの漫画の主人公〕が言ったように、わたしたちは敵に出会いましたが、その敵とはわたしたち自身だったというわけです。善をなすために、主人公たちは「悪の枢軸」が自分たち自身のなかにあることを知らねば、あるいは学ばねばなりません。

商業的なファンタジーでは、いわゆる善と悪の戦いがただの権力闘争になっています。登場人物の行動を見てごらんなさい。いわゆる善い魔法使いも、いわゆる悪い魔法使いも、等しく暴力的で、無責任です。これほどトールキンの作品から遠いものはありません。

でも、どうして倫理的真剣さが問題にならなければいけないのでしょう。なぜ蓋然性《がいぜん》と一貫性が問題になるのでしょう。全部「でっちあげでしかない」というのに。

それは、倫理的真剣さこそがファンタジーを重要なものにしているからです。なぜなら倫理的真剣さが物語のなかでリアルなものだからです。でっちあげの物語は、何かリアルなものを一つでも真剣に扱おうというのでなければ、ただ勝つこと、トップになることが倫理的選択の代わりになっているのだとしたら、必然的にどうでもいいものになります。簡単な願望充足は子どもたちには大変大きな魅力ですが、それは子どもたちが真に無力だからです。でも、物語のなかに願望充足しかなければ、結局のところ、それでは不十分ということになります。

同様に、純粋な創作であればあるほど、その信憑《しんぴょう》性、一貫性、統一性が重要になります。創造された領域にある規則は、一言一句もゆるがせにせずに守られなければなりません。作家を含め、すべての魔術師は自分の呪文を非常に注意深く扱います。すべての言葉が正しくなければならないのです。だらしのない魔法使いは早晩、命を落とします。

シリアスなファンタジー作家は創作を楽しみ、創造の自由を楽しみますが、不注意な創作が魔法を殺すということも知っています。ファンタジーはずうずうしく事実をばかにしますが、真実を大切にすることにかけては、厳格このうえない、陰々滅々たるリアリズムに少しもひけをとらないのです。

　これに関連することですが、経験から一つの物語を作り上げるときの想像力の仕事は、経験を飾り立てることではなく、むしろトーンダウンすることかもしれません。わたしたちの住むこの世界は信じられないほど奇妙なところで、人間のふるまいがあまりに変であるために、笑劇とか諷刺以外の語りには扱いきれないこともよくあります。わたしが今考えているのは、以前に聞いた本当にあった話で、娘たちの使うトイレットペーパーを割当制にした父親の話です。この父親には三人の娘がいたのですが、この娘たちがあまりたくさんトイレットペーパーを使うため、父親は怒り心頭に発してトイレットペーパーのロールを全部ミシン目のところで切って小さな四角にし、この四角いトイレットペーパーを六枚ずつ、三つの束にしてトイレの棚に置いたのでした。娘たちはそれぞれ一日にそれを一束ずつ使うことになったのです。わたしの言いたいことがおわかりになるでしょうか。このような場合、想像力の果たすべき機能は、こんな風変わりなエピソードを物語のなかに取り込んだら、物語が笑劇や、単にいやみったらしい話になってしまいはしないかを判断することです。

「想像力にまかせる」——つまり、物語を構成する要素をほのめかしや暗示だけにとどめる——ということは、非常に重要です。ジャーナリストでさえ、ある出来事のすべてを報告することはできず、そのほんの一部分を語るだけです。リアリズムの作家もファンタジーの作家も、莫大な量のことを語らずにすませ、イメージやメタファーによってぎりぎり最小限のことを暗示し、読者がその出来事を想像できるようにします。

そして読者はまさにこれをするのです。物語はコラボレーションによって成り立つ芸術です。作家の想像力が読者の想像力と一体になって働き、読者に呼びかけるのです。コラボレーションをしよう、書かれていないことを埋め、肉付けをし、読者自身の経験を作品に持ち込んでほしい、と。フィクションはカメラではないし、鏡でもありません。それは中国の墨絵のほうにはるかに似ています——数本の線、数個のしみ、たくさんの何も書かれていない空白。ここからわたしたちが旅人を作り出すのです。霧のなかで、山を登り、松林のなかにある宿屋をめざす旅人を。

わたしは現実の体験に基づき、それにぴたりと一致しているファンタスティックな物語を書きましたし、何の根拠もない思いつきからリアリスティックな物語をでっちあげたこともあります。わたしの書いたSFのいくつかには、注意深く調査した正確な事実が詰まっている一方で、一九九〇年にオレゴン州の海岸でごく普通のことをしていたごく普通の人たちを描いた短編集〔『海の道』〕には、完全にわたしの創作になる広大な湿地と流砂が出てきます。わたし自身の作品のいくつかに触れて、作品の「アイディア」がどんなふうに経験と想像力の組み合わせから生じるかをお見せしたいと思います。両者の組み合わせは分離不能で、予測不可能で、順不同です。

〈ゲド戦記〉のシリーズ、特に最初の巻〔『影との戦い』〕で、登場人物たちはひっきりなしに小さな船で海をあちこち帆走します。彼らの帆走ぶりにとても説得力があったため、むりもないのですが、わたしが長年小さな船で海を帆走してきたと、たくさんの人が思い込んだのです。

ところが、わたしのヨット経験といったら、セーリングで体育の単位が取れることになっていたバークリー高等学校の三年生の時のものだけです。バークリー市のマリーナで、風の強い日でした。友だちのジーンとわたしは、船長三メートルほどのヨットを転《てん》覆《ぷく》させ、水深一メートルのところに沈没させました。船が沈んでいく間、わたしとジーンは「主よ、みもとに近づかん」を歌い、それから水の中を八〇〇メートルばかり歩いてボートハウスに戻ったのです。貸しボート屋の主人は信じられないという顔をしました。沈没させたって？　どうやって？

どうやってかは、作家の数ある秘密の一つです。

まあ、そういうわけで、アースシーの世界でゲドが各地を帆走してまわったことには、経験が――わたしの経験が反映されていません。反映されているのはわたしの想像力だけ。高校生の時に乗ったあのヨットと、他の人たちの経験――わたしの読んだ小説の数々――、若干の調査(わたしはなぜ〈はてみ丸〉が鎧《よろい》張りなのかちゃんと知っています)、友人たちにした質問、そして何度か乗った遠洋定期船は使いました。でも、基本的には全部作り物です。

『闇の左手』の雪と氷も同様です。わたしは一七歳になるまで雪を見たことさえありませんでしたし、そりを引っ張って氷河を横断したことも当然ありません。スコットやシャックルトンなどの探検家と一緒にした冒険をのぞいては。もちろん本の中でですよ。そのアイディアはどこからとったのか？　もちろん本からです。他の人たちの書いた本からです。だって、何のために本があるんですか？　本を読まなかったら、本が書けるはずないじゃないですか。

わたしたち作家は全員お互いに肩車しているのです。わたしたちはみなお互いのアイディアと技術とプロットと秘密を使いあっているのです。文学というのは共同体による事業です。「影響の不安」〔本書八九頁参照〕なんていうのは、男性ホルモンが言わせているだけですよ。誤解しないでいただきたいのですが、わたしは剽窃《ひょうせつ》のことを言っているのではありません。模倣とか、丸写しとか、盗作のことを言っているのではないのです。ほんとうに自分が他の作家の書いたものを故意に使ったと思っていたら、こんなところに立ってうれしそうにしているわけがありません。(何人かの有名な歴史家(40)みたいに)紙袋に頭を突っ込んで顔を隠すでしょう。わたしが言いたいのは、他の人たちの書いた本はわたしたち自身の経験と同じように、わたしたちのなかにしみ込んでいくということです。そしてそれは現実の経験と同じように、想像力によって堆肥をほどこされ、変化させられ、形を変えられて、まったく違ったものになって、わたしたち自身の心という大地から芽吹いた、わたしたち自身のものとして現れるのです。

そういうわけで、自分がこれまでに読んだすべての物語の作者に、いくら返しても返しきれない恩義をこうむっていることをわたしは喜んで認めます。現実に沿ったものであろうと、架空のものであろうと、これらの物語を書いた人たちはわたしの同僚、コラボレーション仲間であり、わたしは彼らのことを、尽きることのない贈りものをくれた人たちとして、ほめたたえ、尊敬するのです。

わたしのSF小説の舞台はある惑星で、その住民のジェンダーのあり方はまったく空想的なのですが、二人の人間がそりを引いて氷河を横断する箇所については、彼らの装備と引き具の細部にいたるまで、できるかぎり事実を土台にした、正確なものになっています。二人がどれぐらいの重さまで引けるか、一日にどれぐらいの距離進めるか、雪面の変化はどんなものか、などなど。こうしたことはどれもわたしの直接的経験に基づくのではなく、すべて、二〇代このかた読んできた南極地方に関する本に基づいています。純粋なファンタジーに、事実に基づいた素材が織り込まれているわけです。実を言えば、ジェンダーのあり方に関しても同じなのですが、今お話しするにはちょっと込み入りすぎているので、ここでは触れないことにします。

一度、木の立場から物語を書きたいと思ったことがありました。物語の「アイディア」は、マクミンヴィルへいく道路の脇に立っているオークの木を見たときに浮かびました。その木の前を車で通り過ぎながら、わたしは、この木がまだ若木だった頃は高速一八号線も静かな田舎道だったなあと考えていたのです。オークの木は高速道路や自動車のことをどう思っているんだろう、とわたしは考えました。さてそれでは、木であるという経験、これがわたしの想像力の素材となるわけですが、これをどこに求めたらいいのでしょう。この件に関しては本はあまり役に立ちません。シャックルトンやスコットと違い、オークの木は日記を書かないからです。個人的な観察がわたしの唯一の経験的素材となります。わたしはたくさんオークを見たことがあります。オークのそばで暮らしたこともありますし、何本かのオークの中に入ったこともあります。もちろん、本当に中には入れませんからオークに登ったということです。でも今度は本当に、オークの木の内側に入りこんでみたいのです。オークの木になったら、どんな気持ちがするでしょう。大きい、というのは一つ言えます。生き生きしているけれども、静かで、日光を浴びているこずえをのぞいてはあまり柔軟ではない。そして深い――とても深くて、根はどんどん下へ伸びて闇のなかへ入っていく……。根を下ろして生きていく、二百年も動かずに同じ場所にいながら、くり返し季節を重ね、年月を重ねて、途方もなく長い時間のなかを旅していく……。おわかりになるでしょう、どんなふうにオークの木になるか。子どもの頃にしていたこと、今でもしていることです。今していないとしたら、夢が代わりにしてくれているはずです。

夢のなかで責任が始まる、とある詩人〔W・B・イェイツ〕が言いました。夢のなかで、想像力のなかで、わたしたちはお互い同士になることを始めます。わたしはあなた。境界が消えるのです。

大きな物語、つまり小説は、たった一つの刺激によってではなく、さまざまなアイディアとイメージ、ヴィジョンと精神的直覚を全部凝集し、連結することによってできあがります。これらのものがみなゆっくりと、ある中心のまわりに集まってくるのですが、この中心が何であるかは、ふつう、本ができあがってしばらくたち、ああ、これがあの本のテーマだったんだ、とわたしがついに言うときが来るまで、わたしにもわかりません。この集中、凝集のプロセスの間、物語についてほとんど何もわかっていない状況で、二つのことがわたしにとって不可欠です。まず、わたしは場所を、風景を見なくてはなりません。そして主要な登場人物を知らなければならないのです。名前で。それは正しい名前でなければいけません。もし名前が正しくなければ、人物は浮かんでこないのです。その人がどんな人かわかりません。その人になることができないのです。こういう登場人物はしゃべりません。なにもしようとしないのです。どうやって名前を見つけるのか、それが正しい名前だとどうやってわかるのかは、どうか聞かないでください。まったくわからないのです。その名前を聞いた時に、ああこれだ、とわかるのです。そしてその人がどこにいるかわかります。そして物語が始まるのです。

例をお目にかけましょう。わたしが最近書いた本『言の葉の樹』です。たいていのわたしの物語と違って、これは本当にアイディアと呼べるもの――わたしが学んだ一つの事実から生まれた物語です。わたしはこれまでずっと、道家《どうか》思想という中国の哲学に興味を持ってきました。道教と呼ばれる宗教について――これは非常に複雑な要素を持つ、古代からの民間宗教で、二千年の間、中国文化の主要な要素だったものです――やっと少しばかり学んだと思った時、わたしはそれが毛沢東によって弾圧され、ほぼ完全に姿を消したということを知りました。たった一世代の間に、たった一人の精神病質の独裁者が、二千年にわたって続いてきた伝統を破壊したのです。わたしが生きている間に。それなのにわたしはそんなことを一つも知りませんでした。

この事件の大きさと、それに劣らぬわたしの無知の大きさに呆然としました。考え込まざるを得ませんでした。わたしはフィクションという形でものを考えますから、そのうちこのことについて物語を書かずにはいられなくなったのです。でも、どうやって中国についての小説を書くことができるでしょう。経験の不足は致命的なものになるはずです。それでは、想像上の世界を舞台に、政治的行動として意図的にある宗教が絶滅させられるというのはどうでしょう――これに神権政治による政治的自由の抑圧を対比させるというのは。よろしい、テーマは決まりました。そう呼びたければアイディアと言っても結構です。

テーマを得て気持ちが高揚しているので、わたしは書きはじめたくてたまりません。そこでわたしはわたしに物語を語ってくれる人たちを、この物語を生きる人たちを探します。そしてある生意気な子、地球からその世界に行く、頭のいい少女を見つけます。この子の名前はもう覚えていません。この子には五つの違った名前があったのですが、どれも本当の名前ではありませんでした。わたしはこの本を五回書き直しましたが、結局終わらせることができませんでした。中断せざるを得なかったのです。

わたしは毎日同じ時刻に、忍耐強くすわって、何もしゃべらずに待たなければなりませんでした。キツネは横目でわたしを盗み見ており、徐々にわたしが少しずつ近寄るのを許してくれました。

そしてついにこの物語の主人公である女がわたしに話しかけてきたのです。わたしはサティーよ、と女は言いました。ついていらっしゃい。そこでわたしはついていきました。サティーはわたしを高い山の上に連れていき、本をプレゼントしてくれたのです。

わたしにはいいアイディアがありましたが、物語はありませんでした。批評家たちは、物語が全部アイディアでできているような言い方をしますが、知性で物語は作れません。それはイデオロギーで芸術が作れないのと同じです。物語は自分で自分を作り上げなければなりません。自分の中心を見つけ、自分の声を、サティーの声を見つけなければならなかったのです。これが見つかった時初めて、それまでわたしが待っていたからこそ、物語はわたしの前に現われ、わたしに身をゆだねることができたのでした。

別の言い方をすれば、わたしの頭のなかにはいろいろなものが、いい材料が、明確なアイディアがあったのですが、それをまとめることができなかった、それと踊ることができなかったのです。なぜなら、時間をかけて拍動《ビート》をとらえることをしていなかったから。リズムをつかめなかったからです。

本書のタイトル The Wave in the Mind は、ヴァージニア・ウルフが友人のヴィタ・サックヴィル＝ウェストに宛てて書いた手紙の一節からとりました。ヴィタは適切な言葉、フローベールの言う「適切な言葉《モ・ジュスト》」を見つけることについてもったいぶった意見を開陳《かいちん》しており、非常にフランス風に文体について苦悩してみせていました。これに対してヴァージニアは、非常にイギリス風に答えています。

適切な言葉《モ・ジュスト》についてだけど、あなたのおっしゃっているのはまちがい。文体なんてとても簡単なことよ。文体って全部リズムなの。いったんリズムをつかんだら、間違った言葉なんて使いようがないの。それはそうなんだけど、もう午前中も半ばを過ぎたというのに、わたしはここにこうしてすわり、アイディアもヴィジョンも頭にいっぱいつまっているのにそれを外に出すことができないわけ。正しいリズムがつかめないから。今言ったことはとても深いことなの、リズムが何かってこと、そしてリズムは言葉よりはるかに深いところにある。ある光景、ある感情が心のなかにこの波をつくりだすの。それにふさわしい文章を作るよりはるか以前に。そして書くことで(というのがわたしの目下のところの信念なんだけど)人はこれをもう一度つかまえて、動き出させて(この動きは一見したところ言葉とは何の関係もなく見えるの)、それからようやくこの波が心のなかで打ち寄せては砕け、逆巻くにつれて、それに合った文章を作っていくの。でも、たぶん、また来年は違うことを考えているんでしょうけど。

ウルフはこの一節を八〇年ほど前に書きました。翌年違うことを考えていたとしても、だれにも言いませんでした。ウルフは軽い口調で言っていますが、その実、本気です。今言ったことはとても深いことなの。物語の源泉について――アイディアがどこから来るかについて、これより深いこと、あるいは有用なことをわたしは知りません。記憶と経験よりさらに深いところに、想像力と創作よりさらに深いところに――ウルフの言うように、言葉よりさらに深いところに――リズムがあって、記憶と想像力と言葉はみな、このリズムに合わせて動いていくのです。そして作家の仕事は、深く深く潜《もぐ》っていき、そのリズムを感じ、見つけ、そのリズムに合わせて動き、それに動かされて、そのリズムが記憶と想像力を動かして言葉を探しあてるようにさせることです。

アイディアはたくさんあるけれども、それを外に出すことができない、とウルフは言います。リズムが見つからないから——アイディアを解放し、動き出させて物語にする拍動、アイディアが自分自身を語るようにさせる拍動が見つからないから、と。

このリズムをウルフは「心のなかの波」と呼びます。そして、ある光景や感情がそれを創りだす、というのです——静かな水面に石が投げ込まれ、中心から静かに、完璧なリズムで輪がいくつも広がっていき、心は外へ外へとこの輪を追っていく、そしてこの輪はついに言葉になる……でも、ウルフのイメージのほうが雄大です。ウルフの波は海の波で、なめらかに、音もたてずに千キロも大洋を横切って旅していき、岸にぶつかり、凄まじい音をたてて砕け、言葉という飛沫《ひまつ》となって空中に飛び散ります。でも、波は、リズミカルな衝撃は言葉より前にあり、それは「言葉とは何の関係もない」のです。したがって、作家の仕事は波を、音をたてないうねりを、陸から遠く離れた海上で、心の大洋のなかで、それと認め、岸まで追いかけていくことです。波は岸にぶつかって言葉になり、あるいは言葉にされ、自分の物語を吐き出し、自分のイメージを投げ出し、自分の秘密を打ち明けるのです。そして引き潮となって、物語の大洋に退いていきます。

アイディアやヴィジョンを運ぶ底流となる不可欠なリズムを見いだせないのは、何がいけないのでしょう。なぜウルフはあの朝、それを「外に出す」ことができなかったのでしょうか。理由は千も考えつきます。集中を乱すもの、心配など。でも、わたしの考えでは、作家が言葉を見つけることを非常にしばしばじゃまするのは、作家自身が言葉を急いでつかまえようとしすぎること、あわてること、ひったくることです。波が打ち寄せて、砕けるまで待てないのです。作家ですから、書きたい。これを言いたい、人々にあれを伝えたい、また別のこと、自分が知っていること、自分のアイディア、意見、信念、重要だと思う考え方を見せたい……波が寄せてきて、あらゆるアイディアや意見を超えたところまで、「間違った言葉なんて使いようがない」ところまで運んでいってくれるのを待てないのです。

わたしたちは一人としてヴァージニア・ウルフではありませんが、あらゆる作家が、一瞬でもいいから、あの波に乗って、すべての言葉が適切なものになる経験をしたことがあればいいなと思います。

読者として、わたしたちはみなあの波に乗ったことがあり、その喜びを知っています。

散文も詩も――すべての美術、音楽、ダンスも――わたしたちの体、わたしたちの存在、そしてこの世界の体と存在が刻む深遠なリズムの数々から湧きおこり、それらに合わせて動いています。物理学者は宇宙をとてつもなく広い範囲に広がる無数の振動として、リズムとして読み取ります。芸術はこれらのリズムに従い、これらのリズムを表現します。いったんその拍動を、適切な拍動をつかまえれば、わたしたちのアイディアと言葉はそれに合わせて踊り、それはだれでも参加できる円舞なのです。そのときわたしはあなたになり、境界は消えます。しばらくの間だけ。

年をとって書かずにいること

この文章のいくつかの断片は『ニューヨーク・タイムズ・シンディケイト』誌のために書いた「作家の壁《ブロック》」というエッセイの一部になった。また、『スティアリング・ザ・クラフト』にも一部分組み込まれている。書きたいものが書けずにいる時に数年にわたって断続的に書き綴った、とりとめのない随想である。

今わたしは書いていない。つまり、今ここでわたしは、自分が書いていないと書いているのだが、それは書いていないことでみじめな気持ちでいるからだ。でも、書くことが何もなければ、書くことは何もない。どうしてわたしは書くことが見つかるまで辛抱づよく待つことができないのか？　どうして待つことが難しいのか？

それは他のことは何一つ、書くことほど上手にできないからであり、他のことはどれも、書くことほど楽しくないからだ。他の何をするより、わたしは書いていたい。

それが肉体的な意味で、直接の快楽——おいしい夕食やセックスや日光のような——だからではない。創作は重労働で、これをしている間肉体は、充実した活動をしては休む、というのではなく、ひたすら緊張に耐えてじっとしているのである。創作はたいてい、手段についても結果についても確信の持てなさと隣り合わせで、作家はしばしば一種の強迫的な不安感から逃れられない(死ぬ前にこれを仕上げなくちゃ、でもこれを仕上げるのは命がけだわ)。いずれにせよ、実際に創作をしている間、わたしは一種のトランス状態にあって、それは快適でもなんでもない。創作には、これこれだと言えるような性質などないのだ。それは自分を無意識状態におくことである。書いている間、わたしは自分の存在も、その他すべての存在も意識しない。わずかに、言葉が音となり、リズムを作り、つながりあって句や節や文を作ることのなかでだけ、そして展開していく物語のなかでだけ、自分や他の存在を意識するのである。

なーるほど、じゃあ書くことは逃避なんですね？ (この言葉には、いかにもピューリタン的な響きがある！) 不満、無能、悲しみからの逃避なんですね？ もちろん、そうだ。そしてまた、人生をコントロールできない無力に対する補償でもある。書いているかぎり、わたしが力を握っていて、わたしがすべてをコントロールし、言葉を選び、物語を形にしていくのだ。そうに決まっているではないか？

そうだろうか？ わたしとは誰なのだろう？ 書いている間わたしはどこにいるのだろう？ 拍動を追いかけているのである。言葉を。すべてをコントロールしているのは言葉だ。力を持っているのは物語なのである。わたしは物語を追いかけ、それを記録している。それがわたしの仕事であり、わたしの力の見せどころは、その仕事をきちんとすることだ。

逃避とか補償という言葉は否定的に使われるので、何かを作る行為を定義するために使うことはできない。作るというのは積極的な、それ自身以外のものに還元できない行為である。真に何かを作り出すことは、真に満足をもたらす。それはわたしの知っている他の何よりも真に満足のいくことである。

だから、何も書くことがない時、わたしには逃避する先がなく、補償したくともできず、コントロールする対象もなく、分けてもらえる力もなく、満足もない。ただここにいて、老いの身をかかえ、心配にかられ、ぼんやりし、何一つ理解できないのではないかとおののいていなければならないのである。わたしはあの言葉という糸を恋しく思い、この手に握りたいと思う。年月という迷宮のなかを、昼も夜もわたしを導いてくれる言葉という糸を。わたしは語るべき物語がほしい。何がわたしに物語を与えてくれるだろう？

何の妨げもなく書くことに費やせる時間があるから、わたしは何度となく腰をおろして、一生懸命、むりやり、力をこめて考え、そこから物語が育ってこられるような、おもしろい人間たちと興味深い状況を作りあげる。それを書き留め、あれこれいじってみる。だが、何も育ってこない。わたしは何かを起こさせようと努力しているのだ。何かが起こるまで待つのでなく。わたしには物語がない。物語とは、誰かについての物語なのだが、その人物を持っていないのだ。

若い頃は、自分の心と身体のなかに想像上の人物を見つけると、自分には書ける物語があるとわかったものだ。その人物の中に自分自身を入れこむ《エンバディーする》ことができる誰か、強く、深く、身体的に一体化できる誰かが見つかるのだ。それは恋に落ちることにそっくりだったから、たぶん実際にわたしは恋をしていたのだろう。

これが物語を語ることの身体的な側面である。そしてそれはいまだにわたしにとっては謎である。六〇代に入ってからまたこれが起こり(例えば、『赦《ゆる》しにいたる四つの道』のテイェオとハヴチーヴァに関して)、とてもうれしかった。なぜなら四六時中ある人物のなかで生き、自分のなかにその人物を宿らせ、彼らの世界がわたしの世界と重なり、互いに影響しあうようにすることができるのは、アクティブで強烈な喜びだからである。一方『海の道』の登場人物は、どの一人をとってもこれほど深くわたし自身を表わしていないし、ここ一〇年か一五年の間の作品の登場人物もほぼ同様である。それでも、『帰還』(〈ゲド戦記〉第四巻)や「サー」や「ハーンズ」を書くことはこれまでの作品同様わくわくする仕事だったし、感じた満足も確かなものだった。

わたしは今でも登場人物が男である時に——つまり相手の肉体が絶対にわたしの肉体でない時に——その人物の中に自分自身を入れこむ《エンバディーする》、あるいはその人物と一体化することを最も強烈な体験と感じる。ジェンダーの境界を超えて相手に触れること、あるいはジェンダーの境界を跳びこえること自体に、わくわくする要素がある（おそらくそれが恋愛と似ている理由なのだろう）。テナー（『帰還』の登場人物）やヴァージニア（「ハーンズ」の登場人物）やトンボ（『ゲド戦記外伝』の登場人物）のような女性の登場人物との一体化はこれとは異なったものである。そこにはいっそう強くセクシュアルな側面があるけれども、それは性器と結びつくセクシュアリティではない。もっと深いものだ。わたしの身体の中心、太極拳《たいきょくけん》でここから集中するといわれるところ、気のあるところのセクシュアリティである。わたしの書く女たちがわたしの中で生きているのはここでなのだ。

　この一体化は、男と女で違うかもしれない（かりに他の作家たちもそんなことをしているとすればだが——そんなことがどうしてわかるだろう？）。しかし、わたしはどちらかといえばヴァージニア・ウルフが正しいと信じたい。ウルフは、最も重要なものはジェンダーをはるかに超越していると考えていたのである。ノーマン・メイラーは作家になるためには睾丸《ボールズ》がなければならないとまじめに考えているかもしれない。メイラーのような書き方をしたいなら、なるほどそうかもしれないと思う。わたしにとっては、作家に睾丸があろうがなかろうが、あったら嫌だとまでは思わないにしても、どうでもいい話である。睾丸のなかに人間の活動があるわけではない。わたしが身体の中心と言うとき、それは睾丸でも陰茎《プリック》でも女性性器《カント》でも子宮でもない。何でも性的なことに還元する還元主義は、他のどんな還元主義にもひけをとらない悪しきものである。

子宮摘出をした時、わたしは創作に影響が出るのではないかと心配した。性的還元主義におびやかされていたのである。しかし、ノーマン・メイラーのような男が睾丸を失うことに比べれば、自分にはそれほど影響がなかったとわたしは確信している。これまで自分の性別、セクシュアリティ、あるいは創作活動を生殖能力と同一視したことは一度もなかったので、わたしは自分自身をゴミ捨て場に捨てずにすんだのである。それなりに辛かったし、恐くもあったけれども、恐ろしい苦痛と恐怖は持たずに、作家としての自分、物を書く肉体を備えた個人としての自分にとって、この喪失が何を意味するかを考えることができたのだ。

この体験がわたしにとってどんなふうに感じられたかと言えば、子宮を失うことによって、わたしは実際、ある種のつながり、自然な、身体的な想像力を失い、精神的な想像力だけでその代わりを——代わりができるものであるならば——しなければならなくなった、ということである。しばらくの間わたしは、かつてのように、想像上の人物の中に自分自身を入れこむ《エンバディーする》ことができなくなったと思っていた。わたし以外の誰かで「ある」ことができないと思ったのである。

これは、わたしに子宮があった時、わたしが登場人物を胎児のように子宮のなかに入れて歩き回っていると思っていたという意味ではない。わたしが言っているのは、若かった頃のわたしは、自分が想像した人物との間に完全な、考える必要もない、身体的なつながりを持ち、その人たちの感情をつかまえることができたということだ。

最近は(手術のせいかもしれないし、ただ年をとったということかもしれないが)、このつながりを意図的に頭のなかで作り上げなければならなくなった。身体的なものにとどまらない情熱を持って、彼らに手を差し伸ばし、つかまえなければならなくなったのである。もっと徹底的に、そっくり丸ごと他の人間で「ある」ことを強いられるようになった。

それは必ずしもマイナスではなかった。もしかしたら、より難しいやり方をわたしに強いるという意味でプラスなのかもしれないと、わたしは考えはじめた。そこに情熱が存在するかぎり、身体的、感情的なつながりが作れるかぎり、知性が多く介在するほうがよいのだから。

エッセイは頭のなかで書かれるもので、物語のように身体を持たない。長い目で見た時にエッセイがわたしを満足させないのは、このためである。しかし、頭だけの仕事も、何もしないよりはましで、それはたった今、昼間の迷宮(非常に単純な迷宮であって、一つか二つの選択肢があり、正解すればラットのように固形飼料がもらえる)をたどるために、言葉の糸を紡いでいるわたしを見てもらえばわかる。意味のあるつながりを持つ言葉の糸ならどんなものでも、何もないよりましなのだ。

もしわたしが、これをぜひ伝えたいという価値あるものをいくつかの言葉のなかに見つける、あるいは与えることができたら、その価値が、この文章のように知的なものであれ、その言葉の音楽性にあるのであれ、よいのであり、後者の場合わたしは、幸いにもそうなればだが、詩を書いていることになる。

一番よいのは、言葉が身体を見つけて、物語を語りはじめることだ。

先にわたしは、誰かで「ある」、「人物を持っていない」、「人物を見つける」と書いた。ここに神秘があるのである。

わたしは「持つ」という言葉を、赤ん坊を「持つ」という意味で使うのではなく、身体を「持つ」という意味で使っている。身体を持つことは身体の形で表わされる《エンバディード》ことだ。身体の形で表わすということが鍵なのだ。

物語を作るためのわたしのプランがどれも物語になってくれないのは、それらのプランがみなこの鍵を欠いているから、つまり物語の主人公である人物あるいは人々がいないからである。心というか、魂というか、一人あるいは数人の個人の、身体と結びついた内面が欠けているからなのである。うまくいかない物語をいじっている時、わたしは人々を作りあげているのだ。小説の書き方的な本が指示するような仕方で彼らを描写することはできるだろう。物語のなかで彼らの果たす機能もわかっている。わたしは彼らについて書く——が、彼らを見つけたのではないし、彼らもわたしを見つけたのではない。彼らはわたしのなかに宿っておらず、わたしも彼らのなかに宿っていない。わたしは彼らを「持って」いない。こうした人物には身体がないのだ。だから、わたしには物語がないのである。

しかし、ある人物とこの内的なつながりを作りあげるやいなや、わたしはこの人物を身も心も知ることになり、その人物を「持つ」ことになり、わたしはその人物になる。その人物を持つことと(そして人物と同時に、神秘的にも、名前がやってくる)こそ、物語を持つことである。この時初めてわたしは直接書くことを始められるのだ。その人物が自分の行く先と、何が起こるかと、これが何についての物語かを知っていると確信しきって。

これは非常に危険なやり方だが、最近では昔よりもこれでうまくいくことが多いのだ。そしてそれは、外から押しつけられた要素とは無縁の、継ぎ目なく一つにまとまった物語を生みだすのである。意見、意志の力、(不人気、検閲、編集者、市場その他もろもろに対する)恐怖などのような、物語とは無関係なものの侵入によってコントロールされることのない物語を作り出すのである。

そういうわけで、わたしが辛抱しきれなくなって、物語を探しはじめる時、それは話題や主題や関係や共鳴や時空(これらはみな物語に関わっているし、関わってくるのだけれども)を探すというよりはむしろ、誰か見知らぬ人物がかかりはしないかと頭のなかに投げ網をうつことなのだ。わたしは、誰か、老水夫〔コールリッジ『老水夫行』の主人公〕やミス・ベイツ〔ジェーン・オースティン『エマ』の登場人物〕のような人物を求めて精神の風景のなかをあちこちとさまよい歩く。求める相手は見つかれば（ほとんど確実に、わたしがいてほしいと思っていない時に、招いてもいない時に、待ちあぐねていない時に、むしろ非常にタイミングが悪く、とても時間が割《さ》けないような時に）わたしに自分たちの物語を語りはじめ、語り終わるまで離してくれないのである。

風景のなかに誰の姿も見えない時間は、沈黙に閉ざされており、寂しい。そんなことがずっと長く続いて、もう二度とここには誰も姿を現わさない、ここには昔本を書いていた愚かな老女が一人いるだけだと思われることもある。でも、意志の力でこの世界に人々を住まわせようとしてもだめなのだ。あの人たちは自分たちの準備ができた時にだけやってくるのであり、呼びかけに答えたりはしない。彼らは沈黙に答えるのだ。

今多くの作家は、ちょっとでも作品を発表しない沈黙の期間があると、それを「壁《ブロック》」と呼ぶ。

むしろそれを、森のなかの、木のない開けた場所と見なしたほうがいいのではないだろうか。自分が行かなければならない場所に着くまで、たどるべき道というように。

書きたくても、何も書くものがない時、わたしはたしかに壁にぶつかったと感じる。いやむしろ車輪止めをかまされた―― エネルギーはいくらでもあるのに、それを費やす対象がない、技は身につけているのに、それを使う相手がない――と感じる。フラストレーションはたまるし、疲れるし、腹も立つ。しかし、もしわたしが絶えず音をたてることによって沈黙を満たしてしまったら、何かを書いているためだけに何でも書いてしまったら、自分の意志の力に命じて、物語になるような状況をでっちあげるよう強制してしまったら、わたしは自分自身で壁を築いていることになるかもしれないのだ。それよりもじっと静かに待ち、沈黙に耳を傾けるほうがいい。身体がリズムから外れないようにしつつ、言葉で頭をいっぱいにしないように仕事をするほうがいいのだ。

わたしは、このようにして待つことを「声に耳を澄ませる」と呼んできた。そう、声だったのだ。「ハーンズ」の時もずっとそうだった。いつまでもいつまでも待っていると、女たちの声が、一人、また一人とやってきて、わたしを通して語るのだ。

しかし、それは声というだけではない。それは身体を通して伝えられる知だ。身体は物語であり、声がそれを語るのだ。

訳　注

（1）ラドクリフ・カレッジは、創立当時男性しか入学できなかったハーヴァード大学の教育を女性に提供するために創設された。独自の学位を授与してきたが、一九六三年からはハーヴァードとラドクリフの共同学位を出すようになり、一九九九年にハーヴァード大学と統合された。ル＝グウィンがラドクリフ・カレッジ出身の女はもういないと言っているのはこのことを指している。

（2）サケは人間じゃない……ってことになってますよね――北米大陸北西部沿岸の住民たちの間にはサケが実は人間であって、海のなかに住む別の種族なのだという考え方が広く存在していた。

（3）「笑顔を浮かべた六〇歳の、人に知られたる男」――'Among School Children' からの引用。

（4）ぜんぜん知らない人をイシュマエルと呼べ、と命令されたいかどうか――メルヴィル『白鯨』の冒頭の一文についての言及。

（5）ル＝グウィンは一九九七年に『易教』の翻訳 *Lao Tzu: Tao Te Ching: A Book about the Way and the Power of the Way*（Shambhala）を出版している。

（6）「アレフ」――ヘブライ語の最初の文字であり、神と人の調和、創造された世界の無限の多様性などの神秘的な意味を持つ。この文字をテーマにしてボルヘスが書いた短編のタイトルでもある。

(7) ジューエット——サラ・オーン・ジューエット(一八四九—一九〇九)。ニューイングランド出身の作家。

(8) トロロプ——イギリスの小説家。一八一五—八二。

(9) 続編——『トム・ソーヤー外国へ行く』と『探偵トム・ソーヤー』を指すと思われる。

(10) カールが英文学の教授になってからでさえ——カール・クローバーはコロンビア大学の教授を務めていた。

(11) リーヴズを持ってきた男——アフリカ系の家政婦に「男がリーヴズを持ってきた」と言われ、サーバーが辞書を片手に何のことか確かめようとする、という話。*The Thurber Carnival* 所収。

(12) だれがヴァージニア・ウルフを怖がっているか——エドワード・オールビーの戯曲のタイトル。邦訳は「ヴァージニア・ウルフなんかこわくない」。

(13) ゲイリー・スナイダー——アメリカの作家・詩人(一九三〇—)。東洋思想に造詣が深く、日本にも滞在した。

(14) マリアン・ムーア——アメリカの詩人・作家(一八八七—一九七二)。「詩」と題された詩の中で、詩人に「本物のヒキガエルのいる想像上の庭」をつくりだすことを求めている。

(15) 人々をだますことについてのリンカーンの警句——リンカーンの警句として知られているものの一つに「あらゆる人間を一時だますことはできるし、少数の人間をずっとだまし続けることもできるが、すべての人間をずっとだまし続けることはできない」というのがある。

(16)　トント――TVシリーズ『ローン・レンジャー』に登場するインディアンの従者。
(17)　還元主義――「ある事象や存在が、それとは別のものに他ならない、あるいは、それにすぎないとする立場」(岩波哲学・思想事典)
(18)　半族――ある社会が二つの集団に分かれていて、自集団内では結婚せず、もう一つの集団の成員とのみ婚姻を結ぶことになっている場合、そのそれぞれの集団を半族という。
(19)　構成概念――「直接には観察できない、観察可能な事象から理論的に構成される概念」(有斐閣心理学事典)
(20)　イェイツの言葉を借りれば――'Among School Children' からの引用。
(21)　オスのクロゴケグモの経験――メスのクロゴケグモは交尾後、オスを殺して食べることがある。
(22)　クリフ・ノート文芸ガイドシリーズ――クリフスノート社がシリーズで出している、古典的文学作品の注釈書。学生・生徒のテスト、レポート対策用に、テーマ、プロット、登場人物、文学的手法、歴史的背景をまとめている。シリーズ名も正しくは CliffsNotes。
(23)　本書――本書『ファンタジーと言葉』の原題は「心のなかの波」(The Wave in the Mind) である。
(24)　ウェルギリウスの作品で占いをする――ローマ帝国末期から中世にかけて流行した書物による占いで、『アエネーイス』を適当に開き、目にとまった節で未来を占ったり、そこから助言を得たりする。
(25)　『野生の思考』――原文はフランス語 *Pensée Sauvage*。英語版は *Savage Mind* のタイトルで出版されている。

(26) マーシャル・マクルーハンは『グーテンベルクの銀河系』(一九六二)において、電子メディアにより地球規模の即時コミュニケーションが可能になったことを「地球村」(Global Village)という言葉で表現し、この言葉を広く普及させた。

(27) 「終わりのない戦い」——このエッセイのタイトルは、末尾に引用されているプリーモ・レーヴィの一節からとったものである。

(28) トゥトゥ主教——南アフリカで人種差別に対する非暴力反対運動を指導した。一九三一年生まれ。

(29) オードリー・ロード——アフリカ系の作家・詩人・活動家(一九三四—九二)。

(30) スパルタクス——紀元前一世紀にローマに対して奴隷が大反乱を起こしたが、その指導者だった奴隷剣士。

(31) 靴墨工場——ディケンズは一二歳の時に父親が破産し、靴墨工場で働くことになった。この時の体験が『デイヴィッド・コパフィールド』中のエピソードに反映されている。

(32) トニ・モリソンが明らかにした——アフリカ系作家トニ・モリソンがオックスフォード版「マーク・トウェイン全集」の『ハックルベリ・フィンの冒険』の前書きで述べていること。

(33) 再建法——南北戦争後、南部の州を連邦に復帰させるようにした法律。

(34) 「偽善的な読者よ、わが同類、わが兄弟……」——ボードレールの詩集『悪の華』の「読者に」より。

(35) 摂政時代を舞台にしたロマンス物——ジェーン・オースティンやジョージェット・ヘイヤ

ーの作品を原型とし、登場人物が非常に知的な会話を交わすこと、セックスがほとんど登場しないことが特徴。

(36) 権力は腐敗する——歴史家アクトン卿(一八三四—一九〇二)の言葉。

(37) 『夜の言葉』——『夜の言葉』原著およびサンリオ版には『辺境の惑星』の序文が収録されており、この序文は「そのアイディアはどこからとったのですか?」で始まる。また、第二エッセイ集『世界の果てでダンス』にもこのセンテンスをタイトルにしたエッセイがある。

(38) 「ああ、あの恐ろしいオークたちよ!」——エドマンド・ウィルソンが書いた『指輪物語』批判の評論のタイトル。

(39) フラクタル——どの階層でも部分が全体の相似形になっている図形。

(40) 何人かの有名な歴史家——二〇〇二年の初めに、アメリカの有名な歴史家二人が剽窃で訴えられた。

訳者あとがき

本書はアーシュラ・K・ル＝グウィンの第四エッセイ集の中から一七編を選んで翻訳したもので、元は二〇〇六年に単行本として出版された。エッセイ集の原題は *The Wave in the Mind—Talks and Essays on the Writer, the Reader, and the Imagination*(心のなかの波——作家、読者、そして想像力についての講演とエッセイ)(二〇〇四)である。「心のなかの波」というタイトルは、本文でも紹介されている(一七七、三〇九—三一〇ページ)が、巻頭に掲げられているヴァージニア・ウルフの手紙の一節からとられている。邦題『ファンタジーと言葉』は、ル＝グウィンが「これまでに読んできたもの」や「作家として書くこと」のなかで論じている「ファンタジー」と、今回訳出したほとんどすべての文章と関わりをもつ「言葉」を並べてつけた。

単行本『ファンタジーと言葉』が出版されて、もう一〇年近くが経とうとしている。この評論集に収録されているエッセイの多くは一九九〇年代から二〇〇〇年代初頭にかけて書かれているので、元のエッセイが書かれてから、ものによっては二〇年近く経っているということになる。この間、世界でも日本でもいろいろなことがあった。特にインターネットの普及はわたしたちの日常を大きく変え、またその変化のスピードは驚くほど速かったように思う。

今回『ファンタジーと言葉』が現代文庫に入ることになり、一つだけ心配だったのは、ル＝グウィンがいくつかのエッセイで電子メディアについて述べていることが時代遅れに感じられるかもしれない、ということだった。しかし、これはまったくの杞憂でしかなかった。改めて読み直してみて、インターネット上の言説についての指摘を含め、ル＝グウィンが当時考えていたことの射程はきわめて長いものだったのである。ル＝グウィンがいかに物事の本質を見抜いており、その言葉がわたしたちの現在とどれほど痛切に切り結んでいるかはそれぞれのエッセイを読んで実感していただきたい。

今回、新たにこれを読んでくださる読者のための橋渡しとなるような解題を各エッセイに添えてみた(エッセイの副題は省略した)。参考になれば幸いである。なお、今回分量の都合で、単行本に収録されている「ページの外で／うるさい雌牛たち」「操作説明書」の二つのエッセイを残念ながら割愛したことを申し添える。

個人的なこと

自己紹介

「わたしは男である」で始まるこのエッセイで、ル＝グウィンはユーモアたっぷりに、女性が歴史上ずっと二級市民として扱われてきたことを批判している。ハーヴァード大学の学長に女性が選ばれないと述べている箇所があるが、二〇〇七年にドルー・ギルピン・フォーストが女性として初めてハーヴァードの学長に選ばれた。この時ル＝グウィンは、自分が死ぬ前に女性の学長が選ばれたことはよかった、ラドクリフ・カレッジ出身ではないけれど、とブログに書いている。

インディアンのおじさん

元々は父A・クローバーの後輩の人類学者たちを前にしたスピーチ。このエッセイで、ル＝グウィンは父とヤヒ族の最後の生き残りであったイシとの関係について、いくつかの誤解を正し、クローバーの研究協力者で、自分が子どもの頃に親しかった別の二人のネイティブ・アメリカンについての思い出を語っている。これを読むと、ル＝グウィンの作品の底流にある文化多元主義がたんなる概念ではなく、文化や言語を異にする人たちとの自然な交流のなかで育まれてきたことがよくわかる。

わたしの愛した図書館

ル＝グウィンがいかに本を愛し、図書館を愛し、図書館と本によって支えられてきたかがよくわかるエッセイ。ル＝グウィンは本の世界が無償ですべての人に開かれていることの重要性をわたしたちに訴えている。

これまでに読んできたもの

幸福な家庭はみな

　幸福な家庭はみな一様だが、不幸な家庭の不幸は千差万別である——よく引用され、思わずうなずきたくなる一節だが、ル＝グウィンは大好きな作家トルストイにあえて異議を唱え、完璧に「幸福な家庭」というものがありうるだろうか、トルストイ自身が不幸だと決めつけている小説のなかの家庭も、実はまずまず幸福と言えるのではないか、と問いかけている。

現実にそこにはないもの

　ボルヘスとその友人たちが編んだ『ファンタジーの本』の英訳の序文として書かれたこのエッセイは、ファンタジーという言葉の語源から説き起こす、広義のファンタジー擁護論となっている。ル＝グウィンは『夜の言葉』所収のエッセイ「アメリカ人はなぜ竜がこわいか」以来一貫して、リアリズム重視のアメリカ人に対し、ファンタジーの価値を主張しつづけてきた。ル＝グウィンが何度もくり返しこれを主張しなければならないこと自体が、アメリカ文化の根底にあるピューリタニズム的空想蔑視の根強さを物語っているとも言える。

子どもの読書・老人の読書

ル＝グウィンはマーク・トウェインの『アダムとイブの日記』に寄せたこの序文のなかで、なぜトウェインがアメリカ文学の巨人であるかを、ユーモア、ジェンダー観、宗教という三つの観点から述べている。

内なる荒れ地

エッセイの冒頭でル＝グウィンは、ハロルド・ブルームの『影響の不安』を皮肉り、先行作品の影響を免れないことへの不安を一蹴して、ほとんどの人間が影響を受けていると考えられる昔話が、先行作品シルヴィア・タウンゼンド・ウォーナーの詩を媒介にして、どのようにル＝グウィン自身の作品を生み出したかを説明している。ウォーナーが「眠り姫」について書いた詩にインスピレーションを受けて書かれた「密猟者」という短編は、「眠り姫」の舞台であるイバラの生け垣に囲まれた何も起こらない場所―内なる荒れ地―についてのものだが、ル＝グウィンの心の奥底に気づかれぬまましまわれていたこの場所のイメージは、ウォーナーの詩を読んだことによって呼び覚まされたのである。

いま考えていること

〈事実〉そして／あるいは／プラス〈フィクション〉

ノンフィクションと銘打たれた作品にフィクションが持ち込まれる問題について、ル＝グウィンは幅広い観点からていねいに論じている。日本でもごく最近ベストセラー作家による「ノンフィクション」作品に創作・虚偽が含まれているとの指摘がなされ、一部で話題になったが、ル＝グウィンはこの問題と、インターネット上の情報の多くが正確さや事実の確認をないがしろにしがちであることにつながりがあるのではないかと危惧している。

遺伝決定論について

ウィルソンの『社会生物学』をめぐっては三〇年以上にわたる長い論争があり、セーゲルストローレ『社会生物学論争史―誰もが真理を擁護していた』やオールコック『社会生物学の勝利』が書かれている。ル＝グウィンのエッセイは、この論争に関連して、ウィルソンの自伝『ナチュラリスト』を読んで感じた疑問点をつづったもので、社会科学の立場に近いところから、用語の定義をあくまでも正確にすることの重要性を指摘している。

犬、猫、そしてダンサー

犬は自分の体のサイズを知らないが、猫は知っているという話を枕に、人間の中ではダンサーが自分の体の大きさ、自分がどう見えるかを最もよく知っていると述べた後で、ル＝グウィンは人間の美について、美のルールについて話を進める。そしてルールの一つとして、若者は誰でもみな美しいと述べ、そこから容貌の変化にたいする老人のとまどいに触れ、老人の顔からはそれまでに生きられた経験が美として輝きだすことがあり、レンブラントなどの芸術家はそれを描いていると語っている。

コレクター、韻を踏む者、ドラマー

エッセイの前半でル＝グウィンはビスカチャ、ニワシドリ、ザトウクジラなどの動物にからめて「美とは何か」を論じている。キーワードは遊び、複雑さ、無用性である。後半では、詩のみならず、散文においても文学の言葉は音が大切であること、句読法によって作り出されるリズムが作品に繊細なニュアンスを付加していることを述べ、ジェーン・オースティンの小説でそれを検証している。

語ることは耳傾けること

ル＝グウィンはこの長いエッセイの中で、コミュニケーションについて、文字で書かれた文学と声によって語られる文学について、さらに声によるパフォーマンスの特徴について、思索をめぐらせている。未発表の原稿であり、特定の読者を想定していないと思われるこのエッセイにおいて、ル＝グウィンはいろいろな分野から自在にアイディアを見つけてきてはつなげて論じており、慣れない読者にはついていきにくいと感じられるかもしれない。かいつまんで言えば、ル＝グウィンが言いたいのは、コミュニケーションはたんなる情報の伝達ではないということ、人間のコミュニケーションの基本は声によって語られることをその場で聞くことだということ、こうしたコミュニケーションは身体的な同調によって人々を結びつけること、その意味で声によるパフォーマンスは語り手と聞き手の双方がつくりあげる一度きりのかけがえのないイベントだということである。

「終わりのない戦い」

このエッセイもル＝グウィンがメモとして書いたものだが、抑圧や不正に対し、反抗しない人間を非難するナイーブな理想主義を批判し、弱者が立ちあがらない理由は何なのかを探っている。被抑圧者が声をあげるとき、多くの場合それは自分たちの権利を主張するのではなく、愛国心の表明や現体制への支持だったとの指摘もあり、今日のわたしたちの状況を考える上でも示唆に富むエッセイである。

作家として書くこと

作家と登場人物

ル＝グウィンはこのエッセイで作家と登場人物の関係を論じ、ディケンズの『デイヴィッド・コパフィールド』とマーク・トウェインの『ハックルベリ・フィンの冒険』を例に引いて、物語のなかで焦点となる人物、つまりその人物の視点から語りがなされている人物と作者自身は別物だということをわかりやすく説明している。

自問されることのない思いこみ

このエッセイでル＝グウィンは、作家が――特に権力をもつ多数派(男性・白人・異性愛者・キリスト教徒)に属する作家が――多数派の考え方や経験を「自問することなく」人類にとって普遍的であるかのように描くことに対し、厳しい批判を加える。さらに、子どもの視点に立ってひたすら大人を断罪するような作品にも疑問を示し、前のエッセイに続いて『デイヴィッド・コパフィールド』と『ハックルベリ・フィンの冒険』を挙げて、同じように子どもの視点から書かれていても、この両作品の場合は子どもの視点の背後に経験を積んだ大人のまなざしがある点が違うと指摘している。

わたしがいちばんよくきかれる質問

ル＝グウィンはこのエッセイで、小説を書くということがどのようなプロセスでなされるか、創作行為の究極の源泉までさかのぼって考察している。他のエッセイでもル＝グウィンはアメリカ文化の基底にあるピューリタニズムが過度に「現実」を重視し、想像力の産物である「フィクション」をそれに劣るものと考えることに苦言を呈しているが、このエッセイでも、いわゆる作品の「アイディア」が経験だけでなく想像力にも基づくこと、アイディアは経験から直接生まれるのではなく、経験は必ず想像力によって変容させられるということから説きはじめる。エッセイの後半では、さまざまなアイディアから物語が構成される時に、結晶作用の核になるのが主人公の名前であること、経験・想像力よりさらに深いところにある物語の源泉は心のなかの波(本書の原題)であり、作家は心のなかに深く沈潜してこのリズムを見つけ、それと同調して記憶と想像力を動かしていくのだと述べている。

年をとって書かずにいること

いわゆるwriter's block(作家のスランプ状態)について綴ったエッセイだが、興味深いのは、ル＝グウィンが身体性と結びつけてこれを論じていることである。身体のある登場人物のなかに自分自身を入れ込み、身体のある登場人物を自分のなかに宿らせることができなければ本物の物語は書けない、とル＝グウィンは言う。頭の中だけで作りあげた人物は身体を欠いているため、物語を語ることができない、と。それゆえスランプに陥った作家にできるのは、静かに待つことだけ、登場人物の声が聞こえてきて、身体を含めてその相手と一体化できるまで待つことだけだ、というのがル＝グウィンの結論である。

ル＝グウィンは現在八五歳だが、その知的活力と文学に対する情熱は少しも衰えていない。昨年一一月に二〇一四年度全米図書賞〈米文学への貢献〉賞を受賞した時のスピーチは、フランスの出版社アシェット社とアマゾン社の訴訟問題を踏まえて、営利企業が作家や出版社に何を書け、何を出版せよと圧力をかけていると厳しく批判する内容だったことが話題になった(全文がル＝グウィンのウェブサイトに掲載されている)。

二〇一五年一月

青木由紀子

追記（二〇二〇年七月）

ル＝グウィンは二〇一八年一月二二日に亡くなった。翌二〇一九年には、ル＝グウィンのウェブサイト構築に力を貸したヴォンダ・マッキンタイアが他界し、サイトの形式が変更された。先に触れた全米図書賞受賞スピーチは現在のウェブサイトでは読むことができない（『ガーディアン』紙のウェブサイトから閲覧可能）。元のウェブサイト上のブログ記事を集めたエッセイ集*No Time to Spare*の邦訳『暇なんかないわ 大切なことを考えるのに忙しくて――ル＝グウィンのエッセイ』（谷垣暁美訳、河出書房新社）は二〇二〇年一月に出版された。

アーシュラ・K・ル＝グウィンのおもな邦訳作品リスト

（単行本のみ、原作発表順）

『ロカノンの世界』青木由紀子訳、サンリオ、一九八〇、小尾芙佐訳、ハヤカワ文庫、一九八九
『辺境の惑星』脇明子訳、サンリオ、一九七八、ハヤカワ文庫、一九八九
『幻影の都市』山田和子訳、サンリオ、一九八一、ハヤカワ文庫、一九九〇
『影との戦い（〈ゲド戦記〉第1巻）』清水真砂子訳、岩波書店、一九七六
『闇の左手』小尾芙佐訳、早川書房、一九七二、ハヤカワ文庫、一九七八
『こわれた腕環（〈ゲド戦記〉第2巻）』清水真砂子訳、岩波書店、一九七六
『天のろくろ』脇明子訳、サンリオ、一九七九、ブッキング、二〇〇六
『さいはての島へ（〈ゲド戦記〉第3巻）』清水真砂子訳、岩波書店、一九七七
『所有せざる人々』佐藤高子訳、早川書房、一九八〇、ハヤカワ文庫、一九八六
『風の十二方位』小尾芙佐・佐藤高子・浅倉久志訳、ハヤカワ文庫、一九八〇
『オルシニア国物語』峯岸久訳、早川書房、一九七九、ハヤカワ文庫、一九八八
『世界の合言葉は森』（「アオサギの眼」を収録）小尾芙佐・小池美佐子訳、ハヤカワ文庫、一九九〇
『ふたり物語』杉崎和子訳、集英社文庫、一九八三、別訳『どこからも彼方にある国』中村浩美訳、あかね書房、二〇一一

『マラフレナ』(上・下)友枝康子訳、サンリオ、一九八三
『夜の言葉――ファンタジー・SF論』山田和子他訳、サンリオ、一九八五、改訂版 山田和子他訳、岩波同時代ライブラリー、一九九二、岩波現代文庫、二〇〇六
『始まりの場所』小尾芙佐訳、早川書房、一九八四
『コンパス・ローズ』越智道雄訳、サンリオ、一九八三、ちくま文庫、二〇一三
『オールウェイズ・カミングホーム』(上・下)星川淳訳、平凡社、一九九七
『空飛び猫』村上春樹訳、講談社、一九九三、講談社文庫、一九九六
『帰ってきた空飛び猫』村上春樹訳、講談社、一九九三、講談社文庫、一九九六
『世界の果てでダンス』篠目清美訳、白水社、一九九一
『帰還〈ゲド戦記〉第4巻』清水真砂子訳、岩波書店、一九九三
『内海の漁師』小尾芙佐・佐藤高子訳、ハヤカワ文庫、一九九七
『素晴らしいアレキサンダーと、空飛び猫たち』村上春樹訳、講談社、一九九七、講談社文庫、二〇〇〇
『空を駆けるジェーン』村上春樹訳、講談社、二〇〇一、講談社文庫、二〇〇五
『言の葉の樹』小尾芙佐訳、ハヤカワ文庫、二〇〇二
『ゲド戦記外伝』二〇〇四、改訂版『ドラゴンフライ アースシーの五つの物語〈ゲド戦記〉第5巻)』清水真砂子訳、岩波書店、二〇一一
『アースシーの風(〈ゲド戦記〉第6巻)』清水真砂子訳、岩波書店、二〇〇三
『なつかしく謎めいて』谷垣暁美訳、河出書房新社、二〇〇五

『ファンタジーと言葉』青木由紀子訳、岩波書店、二〇〇六
『ギフト　西のはての年代記Ⅰ』谷垣暁美訳、河出書房新社、二〇〇六、河出文庫、二〇一一
『ヴォイス　西のはての年代記Ⅱ』谷垣暁美訳、河出書房新社、二〇〇七、河出文庫、二〇一一
『パワー　西のはての年代記Ⅲ』谷垣暁美訳、河出書房新社、二〇〇八、河出文庫(上・下)、二〇一一
『ラウィーニア』谷垣暁美訳、河出書房新社、二〇〇九
『いまファンタジーにできること』谷垣暁美訳、河出書房新社、二〇一一

本書は二〇〇六年五月、岩波書店より刊行された。文庫版刊行にあたり、「ページの外で／うるさい雌牛たち」「操作説明書」の二つのエッセイを割愛し、訳を大幅に改訂した。

ファンタジーと言葉
アーシュラ・K. ル＝グウィン

2015年3月17日　第1刷発行
2020年8月17日　第2刷発行

訳　者　青木由紀子《あおきゆきこ》

発行者　岡本　厚

発行所　株式会社　岩波書店
〒101-8002 東京都千代田区一ツ橋 2-5-5
案内 03-5210-4000　営業部 03-5210-4111
https://www.iwanami.co.jp/

印刷・精興社　製本・中永製本

ISBN 978-4-00-602260-0　Printed in Japan

岩波現代文庫創刊二〇年に際して

二一世紀が始まってからすでに二〇年が経とうとしています。この間のグローバル化の急激な進行は世界のあり方を大きく変えました。世界規模で経済や情報の結びつきが強まるとともに、国境を越えた人の移動は日常の光景となり、今やどこに住んでいても、私たちの暮らしは世界中の様々な出来事と無関係ではいられません。しかし、グローバル化の中で否応なくもたらされる「他者」との出会いや交流は、新たな文化や価値観だけではなく、摩擦や衝突、そしてしばしば憎悪までをも生み出しています。グローバル化にともなう副作用は、その恩恵を遥かにこえていると言わざるを得ません。

今私たちに求められているのは、国内、国外にかかわらず、異なる歴史や経験、文化を持つ「他者」と向き合い、よりよい関係を結び直してゆくための想像力、構想力ではないでしょうか。

新世紀の到来を目前にした二〇〇〇年一月に創刊された岩波現代文庫は、この二〇年を通して、哲学や歴史、経済、自然科学から、小説やエッセイ、ルポルタージュにいたるまで幅広いジャンルの書目を刊行してきました。一〇〇〇点を超える書目には、人類が直面してきた様々な課題と、試行錯誤の営みが刻まれています。読書を通した過去の「他者」との出会いから得られる知識や経験は、私たちがよりよい社会を作り上げてゆくために大きな示唆を与えてくれるはずです。

一冊の本が世界を変える大きな力を持つことを信じ、岩波現代文庫はこれからもさらなるラインナップの充実をめざしてゆきます。

(二〇二〇年一月)

岩波現代文庫[文芸]

B260
ファンタジーと言葉
アーシュラ・K・ル＝グウィン
青木由紀子訳

〈ゲド戦記〉シリーズでファン層を大きく広げたル＝グウィンのエッセイ集。ウィットに富んだ文章でファンタジーを紡ぐ言葉について語る。

B261-262
現代語訳 平家物語(上・下)
尾崎士郎訳

平家一族の全盛から、滅亡に至るまでを描いた軍記物語の代表作。日本人に愛読されてきた国民的叙事詩を、文豪尾崎士郎の名訳で味わう。〈解説〉板坂耀子

B263-264
風にそよぐ葦(上・下)
石川達三

「君のような雑誌社は片っぱしからぶっ潰すぞ」――。新評論社社長・葦沢悠平とその家族の苦難を描き、戦中から戦後の言論の裏面史を暴いた社会小説の大作。〈解説〉井出孫六

B265
坂東三津五郎 歌舞伎の愉しみ
坂東三津五郎
長谷部浩編

世話物・時代物の観かた、踊りの魅力など、俳優の視点から歌舞伎鑑賞の「ツボ」を伝授。知的で洗練された語り口で芸の真髄を解明。

B266
坂東三津五郎 踊りの愉しみ
坂東三津五郎
長谷部浩編

踊りをもっと深く味わっていただきたい――そんな思いを込め、坂東三津五郎が踊りの全てをたっぷり語ります。格好の鑑賞の手引き。

岩波現代文庫［文芸］

B267
世代を超えて語り継ぎたい戦争文学
澤地久枝
佐高信

『人間の条件』や『俘虜記』など、戦争と向き合い、その苦しみの中から生み出された作品たち。今こそ伝えたい「戦争文学案内」。

B268
だれでもない庭
――エンデが遺した物語集――
ミヒャエル・エンデ
ロマン・ホッケ編
田村都志夫訳

『モモ』から『はてしない物語』への橋渡しとなる表題作のほか、短編小説、詩、戯曲、手紙など魅力溢れる多彩な作品群を収録。自筆の挿絵多数。

B269
現代語訳 好色一代男
吉井勇

愛欲の追求に生きた男、世之介の一代を描いた西鶴の代表作。国民に愛読されてきた近世文学の大古典を、文豪の現代語訳で味わう。
〈解説〉持田叙子

B270
読む力・聴く力
河合隼雄
立花隆
谷川俊太郎

「読むこと」「聴くこと」は、人間の生き方にどのように関わっているのか。臨床心理・ノンフィクション・詩それぞれの分野の第一人者が問い直す。

B271
時間
堀田善衞

人倫の崩壊した時間のなかで人は何ができるのか。南京事件を中国人知識人の視点から手記のかたちで語る、戦後文学の金字塔。
〈解説〉辺見庸

B272
芥川龍之介の世界
中村真一郎

芥川文学を論じた数多くの研究書の中で、中村真一郎の評論は、傑出した成果であり、最良の入門書である。〈解説〉石割 透

B273-274
法服の王国
小説裁判官（上・下）
黒木 亮

これまで金融機関や商社での勤務経験を生かしてベストセラー経済小説を発表してきた著者が新たに挑んだ社会派巨編・司法内幕小説。〈解説〉梶村太市

B275
惜櫟荘《せきれきそう》だより
佐伯泰英

近代数寄屋の名建築、熱海・惜櫟荘が、新しい「番人」の手で見事に蘇るまでの解体・修復過程を綴る、著者初の随筆。文庫版新稿「芳名録余滴」を収載。

B276
チェロと宮沢賢治
―ゴーシュ余聞―
横田庄一郎

「セロ弾きのゴーシュ」は、音楽好きであった賢治の代表作。楽器チェロと賢治の関わりを探ることで、賢治文学の新たな魅力に迫る。〈解説〉福島義雄

B277
心に緑の種をまく
―絵本のたのしみ―
渡辺茂男

児童書の翻訳や創作で知られる著者が、自らの子育て体験とともに読者に語りかけるように綴った、子どもと読みたい不朽の名作絵本45冊の魅力。図版多数。〈付記〉渡辺鉄太

岩波現代文庫［文芸］

B278
ラ ニ ー ニ ャ
伊藤比呂美

あたしは離婚して子連れで日本の家を出た。心は二つ、身は一つ…。活躍し続ける詩人の傑作小説集。単行本未収録の幻の中編も収録。

B279
漱石を読みなおす
小森陽一

戦争の続く時代にあって、人間の「個性」にこだわった漱石。その生涯と諸作品を現代の視点からたどりなおし、新たな読み方を切り開く。

B280
石原吉郎セレクション
柴崎聰編

石原吉郎は、シベリアでの極限下の体験を硬質にして静謐な言葉で語り続けた。テーマ別に随想を精選、詩人の核心に迫る散文集。

B281
われらが背きし者
ジョン・ル・カレ
上岡伸雄
上杉隼人訳

恋人たちの一度きりの豪奢なバカンスがマフィアの取引の場に！　政治と金、愛と信頼を賭けた壮大なフェア・プレイを、サスペンス小説の巨匠ル・カレが描く。〈解説〉池上冬樹

B282
児 童 文 学 論
リリアン・H・スミス
石井桃子
瀬田貞二
渡辺茂男訳

子どものためによい本を選び出す基準とは何か。児童文学研究のバイブルといわれる名著が、いま文庫版で甦る。〈解説〉斎藤惇夫

2020. 8

岩波現代文庫［文芸］

B283
漱石全集物語
矢口進也

なぜこのように多種多様な全集が刊行されたのか。漱石独特の言葉遣いの校訂、出版権をめぐる争いなど、一〇〇年の出版史を語る。〈解説〉柴野京子

B284
美は乱調にあり
―伊藤野枝と大杉栄―
瀬戸内寂聴

伊藤野枝を世に知らしめた伝記小説の傑作が、文庫版で蘇る。辻潤、平塚らいてう、そして大杉栄との出会い。恋に燃え、闘った、新しい女の人生。

B285-286
諧調は偽りなり（上・下）
―伊藤野枝と大杉栄―
瀬戸内寂聴

アナーキスト大杉栄と伊藤野枝。二人の生と闘いの軌跡を、彼らをめぐる人々のその後とともに描く、大型評伝小説。下巻に栗原康氏との解説対談を収録。

B287-289
口訳万葉集（上・中・下）
折口信夫

生誕一三〇年を迎える文豪による『万葉集』の口述での現代語訳。全編に若さと才気が溢れている。〈解説〉持田叙子（上）、安藤礼二（中）、夏石番矢（下）

B290
花のようなひと
佐藤正午
牛尾篤画

日々の暮らしの中で揺れ動く一瞬の心象風景を〝恋愛小説の名手〟が鮮やかに描き出す。秀作「幼なじみ」を併録。〈解説〉桂川潤

2020. 8

岩波現代文庫［文芸］

B291
中国文学の愉しき世界
井波律子

烈々たる気概に満ちた奇人・達人の群像、壮大にして華麗な中国的物語幻想の世界！ 中国文学の魅力をわかりやすく解き明かす第一人者のエッセイ集。

B292
英語のセンスを磨く
—英文快読への誘い—
行方昭夫

「なんとなく意味はわかる」では読めたことにはなりません。選りすぐりの課題文の楽しく懇切な解読を通じて、本物の英語のセンスを磨く本。

B293
夜長姫と耳男
近藤ようこ漫画
坂口安吾原作

長者の一粒種として慈しまれる夜長姫。美しく、無邪気な夜長姫の笑顔に魅入られた耳男は、次第に残酷な運命に巻き込まれていく。〔カラー6頁〕

B294
桜の森の満開の下
近藤ようこ漫画
坂口安吾原作

鈴鹿の山の山賊が出会った美しい女。山賊は女の望むままに殺戮を繰り返す。虚しさの果てに、満開の桜の下で山賊が見たものとは。〔カラー6頁〕

B295
中国名言集 一日一言
井波律子

悠久の歴史の中に煌めく三六六の名言を精選し、一年各日に配して味わい深い解説を添える。毎日一頁ずつ楽しめる、日々の暮らしを彩る一冊。

B296
三国志名言集
井波律子

波瀾万丈の物語を彩る名言・名句・名場面の数々。調子の高さ、響きの楽しさに、思わず声に出して読みたくなる！　情景を彷彿させる挿絵も多数。

B297
中国名詩集
井波律子

前漢の高祖劉邦から毛沢東まで、選び抜かれた珠玉の名詩百三十七首。人が生きることの哀歓を深く響かせ、胸をうつ。

B298
海うそ
梨木香歩

決定的な何かが過ぎ去ったあとの、沈黙する光景の中にいたい――。いくつもの喪失を越えて、秋野が辿り着いた真実とは。〈解説〉山内志朗

B299
無冠の父
阿久悠

舞台は戦中戦後の淡路島。「生涯巡査」の父をモデルに著者が遺した珠玉の物語が文庫に。父親とは、家族とは？〈解説〉長嶋有

B300
実践 英語のセンスを磨く
―難解な作品を読破する―
行方昭夫

難解で知られるジェイムズの短篇を丸ごと解説し、読みこなすのを助けます。最後まで読めば、今後はどんな英文でも自信を持って臨めるはず。

2020. 8

岩波現代文庫［文芸］

B301-302
またの名をグレイス(上・下)
マーガレット・アトウッド
佐藤アヤ子訳

十九世紀カナダで実際に起きた殺人事件を素材に、巧みな心理描写を織りこみながら人間存在の根源を問いかける。ノーベル文学賞候補とも言われるアトウッドの傑作。

B303
塩を食う女たち
聞書・北米の黒人女性
藤本和子

アフリカから連れてこられた黒人女性たちは、いかにして狂気に満ちたアメリカ社会を生きのびたのか。著者が美しい日本語で紡ぐ女たちの歴史的体験。〈解説〉池澤夏樹

B304
余白の春
―金子文子―
瀬戸内寂聴

無籍者、虐待、貧困――過酷な境遇にあって自らの生を全力で生きた金子文子。獄中で自殺するまでの二十三年の生涯を、実地の取材と資料を織り交ぜ描く、不朽の伝記小説。

B305
この人から受け継ぐもの
井上ひさし

著者が深く関心を寄せた吉野作造、宮沢賢治、丸山眞男、チェーホフをめぐる講演・評論を収録。真摯な胸の内が明らかに。〈解説〉柳　広司

B306
自選短編集　パリの君へ
高橋三千綱

売れない作家の子として生を受けた芥川賞作家が、デビューから最近の作品まで単行本未収録の作品も含め、自身でセレクト。岩波現代文庫オリジナル版。〈解説〉唯川　恵

2020. 8

B307-308

赤い月（上・下）

なかにし礼

終戦前後、満洲で繰り広げられた一家離散の悲劇と、国境を越えたロマンス。映画・テレビドラマ・舞台上演などがなされた著者の代表作。〈解説〉保阪正康

B309

アニメーション、折りにふれて

高畑勲

自らの仕事や、影響を受けた人々や作品、苦楽を共にした仲間について縦横に綴った生前最後のエッセイ集、待望の文庫化。〈解説〉片渕須直

B310

花の妹 岸田俊子伝
―女性民権運動の先駆者―

西川祐子

京都での娘時代、自由民権運動との出会い、政治家・中島信行との結婚など、波瀾万丈の生涯を描く評伝小説。文庫化にあたり詳細な注を付した。〈解説〉和崎光太郎・田中智子

B311

大審問官スターリン

亀山郁夫

自由な芸術を検閲によって弾圧し、政敵を粛清した大審問官スターリン。大テロルの裏面と独裁者の内面に文学的想像力でせまる。文庫版には人物紹介、人名索引を付す。

B312

声の力
―歌・語り・子ども―

河合隼雄
阪田寛夫
谷川俊太郎
池田直樹

童謡、詩や絵本の読み聞かせなど、人間の肉声の持つ力とは？ 各分野の第一人者が「声」の魅力と可能性について縦横無尽に論じる。

2020. 8

岩波現代文庫[文芸]

B313
惜櫟荘の四季
佐伯泰英

惜櫟荘の番人となって十余年。修復なった後も手入れに追われ、時代小説を書き続ける毎日が続く。著者の旅先の写真も多数収録。

B314
黒雲の下で卵をあたためる
小池昌代

誰もが見ていて、見えている日常から、覆いがはがされ、詩が詩人に訪れる瞬間。詩人は詩をどのように読み、文字を観て、何を感じるのか。〈解説〉片岡義男

B315
夢十夜
近藤ようこ漫画
夏目漱石原作

こんな夢を見た――。怪しく美しい漱石の夢の世界を、名手近藤ようこが漫画化。描き下ろしの「第十一夜」を新たに収録。

B316
村に火をつけ、白痴になれ
伊藤野枝伝
栗原康

結婚制度や社会道徳と対決し、貧乏に徹しわがままに生きた一〇〇年前のアナキスト、伊藤野枝。その生涯を体当たりで描き話題を呼んだ爆裂評伝。〈解説〉ブレイディみかこ

B317
僕が批評家になったわけ
加藤典洋

批評のことばはどこに生きているのか。その営みが私たちの生にもつ意味と可能性を、世界と切り結ぶ思考の原風景から明らかにする。〈解説〉高橋源一郎

2020.8